HUNDIDA

Planeta Internacional

COLLEEN HOOVER

HUNDIDA

Traducción de Lara Agnelli

Planeta

Título original: *Woman Down*

Avda. Diagonal, 662-664, 08034 Barcelona (España)
www.editorialplaneta.es
www.planetadelibros.com

Primera edición: febrero de 2026
ISBN: 978-84-08-31582-7
Depósito legal: B. 131-2026
Composición: Realización Planeta
Impresión y encuadernación: CPI Black Print
Printed in Spain - Impreso en España

PEFC Certificado
Este libro procede de bosques gestionados de forma sostenible
PEFC
PEFC/14-38-00305
www.pefc.es

Para Lauren Levine.
Sin ti no existiría el «ahí, justo ahí».

Queridos lectores:

Tal vez alguno de vosotros recuerde el relato «Saint», que formó parte de la antología *One More Step* hace unos años. Los que no lo conozcáis estáis a punto de hacerlo en una versión muy ampliada.

La antología no ha vuelto a publicarse desde entonces, pero algunos nunca habéis dejado de pedir que continuara la historia. Habéis logrado mantener vivo el relato en vuestros corazones a pesar de que no estuviera disponible en ninguna parte. Como autora, nada me resulta más inspirador que saber que un lector anhela conocer más a algún personaje.

He querido dar a esta pareja el espacio que se merecía y construir el universo que solo se intuía cuando no era más que un relato llamado «Saint».

Así que he tomado como punto de partida esa historia y he volcado en ella mi corazón y mi alma para hacerla crecer. He tardado tres años en publicar un libro desde que salió *Volver a empezar*. No es que me haya pasado los tres años reescribiendo «Saint», sino que decidí probar otras cosas aparte de la escritura. Y, francamente, necesitaba distanciarme un poco de una carrera que empezaba a resultarme más estresante de lo normal.

Pero todo eso cambió cuando me sumergí de nuevo en esta historia. Trabajar en ella me ha devuelto el entusiasmo que sentí al escribir el relato original. He modificado el título y los nombres de algunos personajes y localizaciones, he añadido escenas y personajes nuevos. Otros personajes han cambiado y he incluido algunos giros argumentales que no tenían cabida en la versión reducida. Quería que los que ya habíais leído la historia tuvierais la sensación de estar leyendo un libro nuevo, distinto, sin perder la trama original ni el tono del relato. Y confieso que he disfrutado muchísimo durante el proceso de transformarlo y darle una nueva vida en esta versión.

Aunque los autores aprovechamos experiencias de nuestro día a día y, en el caso de esta novela, hay temas que se parecen a vivencias propias, por favor, tened en cuenta que este libro no es un reflejo de mi vida ni de mis principios morales. Tampoco expreso en él mi opinión sobre mis colegas ni sobre la industria editorial. Es solo un viaje divertido en el que he acompañado a los personajes, nada más. Por favor, os ruego que no busquéis paralelismos entre la novela y mi vida privada, porque no los hay. Solo soy una escritora que ha escrito sobre otra escritora, y de ninguna manera defiendo el comportamiento ni las ideas de la protagonista.

Ha sido un placer darle unas vueltas a «Saint». Espero que estéis listos para una lectura vertiginosa y que disfrutéis de este paseo, a ratos divertido y a ratos inquietante..., ¡pero siempre sexy!

Con todo mi amor,

Colleen Hoover

1

—¡Hola, hola! Os habla Kellie. Si sois lectores de ficción y buscáis terapia tras alguna lectura que os ha dejado especialmente tocados, bienvenidos a *¿Y ahora qué, lectores?* El pódcast donde los dramas literarios son diseccionados y criticados, pero siempre con amor.

—Y yo soy Micah, vuestro sumiller experto en cotilleos, ya sean literarios o audiovisuales.

—¿Sumiller? —Kellie se echa a reír—. Si ni siquiera bebes vino.

—¿Quién necesita alcohol cuando puedes emborracharte con la mierda que os traemos hoy?

—Oh, me encanta el tema de hoy. ¡Tiene tanta chicha!

—Eso se queda corto. Estamos ante un caso flagrante de tierra quemada. Vamos a hablar de Petra Rose, la autora favorita de los clubs de lectura y de los tableros de ambientación literaria de Tumblr, cuya reputación ha ardido y se ha convertido en cenizas.

—Si, por lo que sea, se os ha pasado por alto la historia mientras hacíais *scroll* en las redes sociales o, no sé, os habíais tomado un descanso para respirar, que sepáis que internet se ha echado encima de la que fue su autora más adorada. Y no con delicadeza —comenta Kellie.

—Nop. La autora superventas de *Algo terrible*...

—El que probablemente sea el peor título de todos los tiempos...

—Pues sí —corrobora Micah—, es como si lo hubiera hecho a propósito, como si estuviera pidiendo a gritos el clamor popular. Pero bueno, el caso es que la novela hizo surgir mil debates entre los partidarios del #EquipoAsh y los del #EquipoCaleb. Era el centro de las disputas entre los fans, todo de buen rollo..., hasta que dejó de serlo. Kellie, ¿nos harías el honor de resumir la situación antes de anunciar a nuestro invitado sorpresa?

—Bueno, breve no voy a ser, pero será un placer. Vamos a rebobinar un poco para los nuevos. Según las valoraciones de los lectores, *Algo terrible* no es un libro tan terrible. Se trata de una novela muy emocional y bien escrita sobre Elise y su viaje vital a través del amor, el trauma y el conflicto de identidad, salpicada con pinceladas de humor. Es un romance realista y generoso que logró algo sorprendente: triunfar en las listas de más vendidos sin que apareciera ni un solo dragón, ni siquiera un mago. Pero es que no estábamos ante una novelita subida de tono. Los personajes evolucionaban, había conflictos morales complejos..., vamos, una FANTASÍA para el *fandom*.

—Lo pillamos, te gustó. Ve a lo interesante.

—Era mi novela favorita —replica Kellie a la defensiva.

—Y puede seguir siéndolo.

—No, después de esto, ya no. Vale, el triángulo amoroso. Elise, Ash y Caleb. Si no has visto al menos un meme de los tres durante los últimos cinco años es que los has pasado perdido en la selva. Hubo foros eternos dedicados a discutir sobre el tira y afloja de ese trío. Y, entonces... llegó la adaptación.

Se oye gruñir a Micah antes de que diga:

—Llamar a eso «adaptación» es ser muy generoso.

—Al principio pintaba muy bien. Había presupuesto y mucha expectación entre los fans, pero tanto el estudio como la autora guardaban un silencio sospechoso. Aparte de la pareja protagonista, no sabíamos nada del resto de los personajes, y lo más grave fue que no se hacía ninguna mención a nuestro querido Caleb y que, cuando salió el tráiler, no había ni rastro de él. ¡Había desaparecido! En ese momento estuvo a punto de estallar la guerra, pero la gente le dio una oportunidad a la película y fue a verla al cine a pesar de la inquietud que invadía TikTok.

—Y la que invadió este pódcast —le recordó Micah—. Tú hablabas del tema todos los días.

—Ya, es que yo era del equipo Caleb a muerte, pero ¿qué más da? Lo ELIMINARON. Eliminaron el triángulo amoroso por completo y reescribieron la historia para que todo girara alrededor de Ash y de su conexión con Elise. Los fans nos llevamos un disgusto tremendo, porque ¿qué demonios íbamos a hacer con todos los productos que nos había vendido la autora? Ni siquiera apoyar al equipo Ash tenía sentido después de ver esa monstruosidad de película, porque si te ponías una camiseta del #EquipoAsh parecía que no eras del #EquipoElise, pero todos éramos del equipo Elise. Nos traicionaron, Micah. Estamos hablando de TRAICIÓN.

—Me hago una idea. Unos niveles de traición que te llevan a gritar bajo la lluvia con la ropa llena de manchas de vino.

—Mejor nos olvidamos de esa noche, Micah. Menudo disgusto llevaba.

Los dos se echan a reír.

—Vale, vale —sigue diciendo Kellie—. Todos sabemos cómo funciona Hollywood y que la mayoría de los autores no tienen ni voz ni voto en las adaptaciones cinematográficas. Unos pocos afortunados logran que salga bien, pero no es lo habitual. Al principio, Petra se defendió con el clásico «a mí no me echéis la culpa». Subió a su Insta algo del palo: «Amigos, yo no tenía ningún control del aspecto creativo. Estoy tan sorprendida como vosotros».

—Y todos nos lo creímos porque era lo que queríamos escuchar —comenta Micah—, pero no por mucho tiempo. Al cabo de poco... (música de suspense) se filtró una conversación entre Petra y uno de los productores que demostraba que no solo había estado al corriente en todo momento, sino que ¡había dado su aprobación!

—Exacto. ¿Te acuerdas de lo que decía? —pregunta Kellie.

—Lo tengo aquí apuntado. Cito: «Tienes razón, buena parte de su personaje es poco realista. Me parece bien que lo eliminéis. La película puede quedar más potente sin Caleb y sin triángulo amoroso».

—Lo de «más potente sin Caleb» fue la gota que colmó el vaso de la paciencia de la gente. ¿Más potente? ¡¿POTENTE?! —exclama Kellie—. No puedes eliminar de un plumazo a la mitad de tus seguidores y tratarlos como si estuvieras puliendo un poquito la obra.

—La reacción fue inmediata —sigue resumiendo Micah—. TikTok, Reddit, X (lo que antes se conocía como Twitter y, seamos sinceros, sigue siendo Twitter) estallaron y se llenaron de hashtags como #PetraCancelada, #UnaAdaptaciónTerrible o #UnaAutoraTerrible. Por eso estoy de acuerdo con que *Algo terrible* es el peor título que se le puede poner a una novela; parece que pida a gritos que la critiquen.

—Ya ves. Y ahora hay lectores que están quemando sus ejemplares... literalmente. Ha habido una rebelión literaria. Muchos se sienten traicionados... ¡Yo entre ellos! Es algo personal. Nos mintió, se puso de parte de la industria y dejó de lado la relación que tenía con los lectores, algo íntimo y auténtico que la había convertido en una estrella. Eliminó lo que hizo que nos enamoráramos del libro y luego culpó a los pocos que habían criticado al personaje, a pesar de los cientos de miles de lectores a los que nos había encantado.

—Uf, eso ha dolido tanto como el monólogo de Caleb en el capítulo veintiocho.

—No me recuerdes ese monólogo, Micah, o me echaré a llorar, literal.

—Perdona, pero es que era tan bueno. Habría sido increíble poder ¡VERLO EN PANTALLA GRANDE, GENTE DE HOLLYWOOD QUE NOS ESTÁIS ESCUCHANDO!

—La gente de Hollywood no nos escucha, Micah. Solo tenemos dos mil suscriptores.

—Dos mil oyentes fieles que nunca nos traicionarían como hizo Petra con sus lectores.

—Pues ya ves cómo le ha ido por centrarse en los que no importaban y olvidarse de sus seguidores de toda la vida. Ahora todo el mundo le está dando la espalda, y no me extraña. Nos hizo la peineta a todos, y eso se paga. A veces me pregunto si Petra Rose cree en sus personajes o si se avergüenza de lo que escribe.

—No lo sabemos. No sabemos nada, de hecho —comenta Micah—. Lleva un año sin publicar en redes sociales, excepto en su club de fans.

—Un club de fans que cada día tiene menos seguidores, por lo que tengo entendido. No te lo puedo asegurar porque yo lo dejé hace seis meses.

—Espero que ese silencio signifique que está aprendiendo a escribir una trama en la que crea de verdad. Y pensar que la gente se ha tatuado frases de esa autora..., yo flipo.

—Calla, que he visto vídeos de gente borrándose esos tatuajes —dice Kellie.

—Qué pena. Solíamos citar sus frases, y ahora... la odiamos.

—«Odiar» es una palabra muy dura.

—Este es un pódcast sincero —insiste Micah.

—Es verdad, la odiamos. Tanto que hemos tirado de mil hilos y hemos cambiado colaboraciones que ya habíamos cerrado para poder traeros al invitado especial de hoy. Aún no me creo que haya accedido a participar en nuestro modesto pódcast, así que no podemos estar más agradecidos. Con esta entrevista tal vez consigamos que los suscriptores suban a dos mil uno.

—Ya, sigue soñando. —Micah hace una pausa antes de anunciar—: Señoras y señores, lectores todos, os invitamos a uniros a nosotros en esta entrevista a nada más y nada menos que Allister Jones, el productor de *Algo terrible*.

—No es que lo hayamos perdonado por la adaptación, pero al menos tiene el valor de dar la cara. ¡Bienvenido, Allister!

—Muchas gracias por recibirme —replica él—. Menudo resumen os habéis marcado.

«Me cago».

«En ese».

«Capullo».

Apago el pódcast en cuanto reconozco su voz. En un par de segundos, el corazón se me ha disparado y me veo obligada a detener el coche en el arcén con un nudo en el estómago porque tengo ganas de vomitar.

—Ay, Dios.

Veo que me tiemblan las manos, aún al volante, y desplazo una hacia la puerta en busca del botón para bajar la ventanilla. En cuanto ha bajado lo suficiente para asomar la cabeza, inspiro el aire con aroma a pino. Con los ojos cerrados, sigo respirando hondo hasta que se me empieza a pasar el mareo.

«¿En serio pensaba que la terapia de exposición me iba a ayudar?».

Escuchar el pódcast ha sido el peor momento que he vivido desde que se filtraron los mensajes que crucé con Allister.

Abro los ojos y apoyo la nuca en el reposacabezas. Sigo respirando hondo unos segundos más y trato de no pensar en que el maldito productor está probablemente haciendo un tour de entrevistas por varios medios de comunicación mientras yo me veo obligada a encerrarme en una cabaña de mala muerte para escribir una novela que no logro terminar desde que estalló el fiasco de la película, a ver si consigo no perder mi casa ahora que las ventas de mis libros han caído en picado.

—No has hecho nada malo —digo mientras me incorporo despacio a la carretera—. No has hecho nada malo. Lo que el mundo piense de ti no es lo que eres.

Me he ido repitiendo este mantra desde que Nora me obligó a prometerle que lo haría al menos cinco veces al día. Pero tengo la sensación de estar recitando una mentira, lo que no me ayuda ni un poquito a seguir adelante con mi vida con alegría. Desde que empezó todo esto, no soy capaz de hacer nada. Siento que soy un fraude y que todo lo que había construido se ha desplomado sobre mi cabeza. Ahora estoy sepultada entre escombros y nadie se molesta en desenterrarme, porque les da igual si respiro o no. Lo único que les interesa es saber quién asistirá a mi funeral cuando me haya asfixiado.

Lo que me lleva a preguntarme quién se presentaría llegado el caso. Sé que mi familia y los amigos de toda la vida vendrían, pero me doy cuenta de que los «amigos» que he conocido en el mundo editorial no eran amigos de verdad. Aparte de Nora, todos me han hecho el vacío. Y no los culpo. La pérdida de mi reputación ha provocado que las ventas se desplomen, y todo el mundo ha sido testigo de ello. Cualquier muestra de apoyo podría convertirlos en el blanco de las críticas en TikTok, lo que llevaría a que también se desplomaran sus ventas. Esto es un trabajo como cualquier otro. Por mucho que me habría gustado poder disfrutar de esas amistades fuera del ámbito editorial, me voy dando cuenta de que no somos más que colegas tristes y estresados que tratan de sobrevivir hasta que llegue la jubilación.

Llevo dos horas conduciendo y las líneas discontinuas de la carretera se funden y forman una sola línea blanca bajo los neumáticos, una que parece no tener fin. Todavía no estoy segura de si me alejo en busca de un refugio en la montaña o si huyo del caos en el que se ha convertido mi vida. Imagino que un poco de cada, como suele suceder siempre. Supongo que es una mezcla de aspiración y desesperación, aunque nunca había sentido una necesidad tan apremiante de escapar de mi vida, mudar de piel y convertirme en alguien distinto, que es lo que estoy a punto de hacer. Lo que más deseo ahora mismo es zambullirme de cabeza en este libro, sumergirme tanto en él que nada ni nadie del exterior sea capaz de derribar los muros de mi mundo de ficción.

Tengo la ansiedad por las nubes y sé que escribir es lo único que me calma.

Espero que esta vez también funcione. Esta sensación de urgencia, esta esperanza poco esperanzada de poder redimirme no me dejará tranquila hasta que llegue a la cabaña y me entregue por completo a la escritura.

El bloqueo del escritor me atrapó, asfixiante como un cepo, justo cuando mi nombre empezaba a aparecer en artículos fuera de la esfera puramente literaria.

La fama puede ser el sueño de una persona y una pesadilla cruel para otra. Irónico, ¿verdad?

Mi móvil vibra en el soporte para bebidas y la pantalla se ilumina con una notificación que vuelve a disparar mis niveles de ansiedad. Poco después de que empezara la avalancha de críticas, desactivé las notificaciones de las aplicaciones de redes sociales. El mundo digital, que hasta entonces había visto como una plataforma de conexión, se convirtió en un enemigo implacable, y la única manera de silenciarlo fue apartarme de él.

Por lo menos ahora, cuando me llega una notificación,

sé que se trata de alguien que quiere hablar conmigo, y no sobre mí.

Es un alivio ver el nombre de Nora en la pantalla. Tras deslizar el dedo sobre ella, la llamada se conecta a los altavoces del coche.

—Espero que me llames para decirme que tienes Adderall y que me lo enviarás por correo —le suelto.

—Primero, no voy a enviarte anfetaminas. La que tiene déficit de atención soy yo, no tú. Y segundo, no te hacen falta drogas. Lo que necesitas es ir a terapia y un buen polvo —hace una pausa— de alguien que no sea yo. Era una sugerencia, no un ofrecimiento.

—Maldito sea... lo primero y lo segundo. —Suspiro—. Bueno, al menos has elegido un buen momento para llamar.

—¿Por qué? ¿Otro ataque de pánico?

—Estaba escuchando *¿Y ahora qué, lectores?*

—¡Petra, me cago en todo!

Suelto un gruñido antes de decir:

—Ya, ya lo sé.

—Precisamente por eso te llamaba, para decirte que ni se te ocurriera escucharlo.

—Pero me dijiste que la terapia de exposición me vendría bien. Y eso he hecho: exponerme.

—Me refería a volver poco a poco a las redes sociales. Subir un post o algo así. No me refería a que buscaras a todo el mundo que te ha estado poniendo a caldo y lo escucharas. ¡Por Dios! Soy tu amiga, no Satanás.

—¿Lo has escuchado?

—He tenido que apagarlo cuando ha empezado a hablar Allister McCapullo Carapolla.

—Ya, yo también. He tenido que parar en el arcén al oír que él era el invitado. Me han venido ganas de vomitar.

—Lo siento. ¿Estás llegando ya?

—Estoy a diez minutos.

—¿Estás segura de que es buena idea? —A Nora se le rompe un poco la voz.

—¿El qué? ¿Retirarme en el bosque para recuperarme después de haber sido despellejada digitalmente por todo el mundo?

Mantengo la vista fija en la carretera. Veo pasar los pinos, que cada vez son más grandes y abundantes, hasta que tengo la sensación de que amenazan con tragarse el coche.

—No ha sido todo el mundo —puntualiza Nora—. Lo que pasa es que algunos han hecho mucho ruido, sobre todo los que pretendían ganar dinero con ello.

—Ah, claro. Han investigado a los que me enviaban amenazas de muerte y han llegado a la conclusión de que lo que querían era dinero, se me olvidaba. —Se me escapa una sonrisa irónica.

—Esa gente no te conoce. Amenazaron con hervir a tu perro, Petra. ¡Y ni siquiera tienes perro!

—Ya, pero son capaces de regalarme un cachorrito con un lazo, dejar que me encariñe con él y luego hervirlo.

La señal se pierde durante un instante. Cuando la recupero, la voz de Nora suena metálica, como la de un robot, pero enseguida se pierde del todo.

—Mierda.

Cojo el móvil y lo lanzo sobre el salpicadero, como si así fuera a conseguir más cobertura.

—... serio. —La voz de Nora regresa a media frase—.

Sigues teniendo tu carrera..., más o menos. Podrías fustigarte un poco y redactar una disculpa bien sentida. Luego la subes a Instagram con el emoji de las manos formando un corazón y un par de caritas llorando y...

—No. No pienso disculparme ante personas que han tomado partido sin conocer las dos caras de la historia.

Nora suspira.

—Mira, si quieres salvar tu carrera, vas a tener que volver a conectarte. Podrías dar tu versión de la historia en un pódcast.

—Puedo salir de este pozo sin rebajarme al nivel de Allister. Por eso voy a la cabaña a escribir. Obtendré mi venganza con lápiz y papel.

Se hace una larga pausa.

—Pero... tú usas un portátil, no papel.

—Ya, pero suena más literario así.

—Tienes razón. Véngate con las letras. Escribe la historia completa y publícala como si fuera ficción. Será una buena manera de desahogarte. Llámame más tarde, cuando ya estés instalada. Tengo una idea.

—Oh, no. Odio tus ideas.

—Pero esta es buena, te lo prometo.

—Vale.

—Y no escuches más pódcast. Ponte a los Brudi Brothers o algo así. Te quiero.

—Y yo a ti.

Cuando Nora cuelga, el pódcast se reanuda de manera automática.

—No fue fácil trabajar con alguien como ella —dice Allister.

Sus palabras me golpean como un cubo de agua hirviendo sobre hielo. Apago el pódcast de nuevo y me concentro en las curvas de la carretera.

—Lo mismo digo, Allister McCapullo Carapolla.

No odio a mucha gente, pero Allister ocupa el primer puesto de la lista. Y el último. Y los centrales.

De hecho, él es mi lista.

Reduzco la velocidad cuando el GPS me avisa de que se acerca mi desvío. En algún punto de este camino asfaltado me espera una cabaña, donde, con ayuda de un portátil y mucho silencio, espero rescatar lo que queda de mi maltrecha creatividad.

2

No sé si voy a poder rescatar mi creatividad si hay vecinos cerca. Siempre evito alquilar casas que tengan vecinos, pero he visto una en el camino que lleva a la cabaña.

Busqué imágenes de satélite por internet para asegurarme de que no hubiera más casas cerca, porque no quiero tener que estar oyendo gritos de niños a todas horas. La cabaña que he alquilado parecía estar aislada en esta zona de bosque; no vi ninguna vivienda más. Supongo que quedó cubierta por los árboles cuando Google hizo la foto.

Mi cabaña queda al final de un camino asfaltado de poco más de un kilómetro. Es un alivio comprobar que no está pegada a la otra casa; hay al menos trescientos metros de distancia entre las dos viviendas.

Suelo elegir lugares sin tráfico y sin vecinos porque me distraigo con mucha facilidad. Cuantas menos personas tengo que ver y menos conversaciones debo mantener, más me concentro. Una vez reservé una cabaña para retirarme a escribir y conocí a las vecinas ya antes de llegar a la puerta. Era un grupo de mujeres que iban de «escapada de chicas». Acabé emborrachándome con ellas todas las noches y no escribí nada.

Normalmente no tengo nada en contra de ese tipo de distracciones, pero esta vez cualquier despiste resultaría nefasto, teniendo en cuenta lo mucho que me juego si no logro entregar la novela en la fecha acordada.

Por eso se me escapa un gruñido cuando al llegar a la casa veo un ser humano, vivito y coleando, que me espera en el porche.

Con todos los avances tecnológicos actuales, no hay ninguna razón que justifique que el dueño de la casa me reciba en persona. Y, sin embargo, aquí está. Todavía no lo conozco y ya me parece el ser más irritante del planeta.

«Lo retiro».

El cuerpo de los corgis me resulta todavía más irritante. Hay algo en su silueta que... no cuadra. Es como si Dios hubiera empezado a diseñarlo y luego se hubiese ido a hacer otra cosa y lo hubiese dejado a medias, en esa especie de limbo de las razas perrunas. El cuerpo es demasiado largo para esas patas que parecen muñones, y la cabeza, demasiado grande para el resto del cuerpo, por lo que parece que están a punto de caerse de morros a cada paso. Siempre que veo uno, no puedo evitar pensar que estoy presenciando un error cósmico con cuatro patas.

Si ese tipo tuviera un corgi a sus pies, me preguntaría si he muerto y he ido a parar al infierno.

La sonrisa del hombre se hace cada vez más amplia, tanto que no me extrañaría que se le rasgara la cara, incapaz de contener tantos dientes. Su modo de andar dando saltitos es el de alguien que necesita caer bien, como si aún fuese a venderme las virtudes de una cabaña que pagué ya hace meses.

«¿Por qué estoy de tan mal humor?».

«Ah, sí. El pódcast».

Tras aparcar el coche, cojo el móvil y me obligo a dejar de fruncir el ceño. No me olvido del llavero, del que cuelga un espray de pimienta. Nunca he tenido que usarlo, pero es que no suelo quedarme a solas con desconocidos.

Acaricio el espray con el pulgar mientras me lo guardo en el bolsillo. El peso y el frío del metal me tranquilizan un poco. Me encuentro en medio de la nada, rodeada por una densa arboleda que parece tragarse la carretera a mi espalda, y, aunque estoy casi segura de que podría ganar a este tipo en una pelea si las cosas se pusieran feas, nadie me oiría gritar.

«¿Dónde están los osos cuando uno los necesita?».

Gracias al perfil de la plataforma de alquiler, sé que el dueño se llama Louie Longsetter. ¿Qué clase de nombre es Louie Longsetter? Suena a personaje de telecomedia, no parece el nombre de alguien a quien esperas conocer en la vida real, con padres de verdad que pronunciaron el nombre del niño en voz alta y pensaron: «Sí, este me gusta».

Me cuesta creer que alguien llamado Louie Longsetter pueda ser peligroso, pero saber que lleva ahí esperándome más rato de la cuenta hace que me lo replantee.

Trato de imaginarme a un asesino llamado Louie Longsetter y casi se me escapa la risa, pero como mujer que está a punto de sumirse en el aislamiento durante varias semanas, la idea de que pueda ser una amenaza se me queda atascada en el cerebro, incómoda e indeseada, como un runrún del que no puedo librarme.

—¡Menuda puntualidad! —exclama con entusiasmo y una alegría desmesurada, como si fuera una invitada de honor en vez de una inquilina más.

Baja los escalones del porche con paso optimista y se dirige hacia mí de un modo que me resulta demasiado ansioso; me pone nerviosa.

La gente muy alegre me despierta una antipatía inmediata. No me gusta ser así y sé que es cosa mía, pero tengo tantos defectos que no puedo entretenerme con este en concreto.

—Es lo que tiene el GPS —murmuro mientras abro el maletero con una prisa no justificada.

O sí, porque, aunque Louie Longsetter no parezca el nombre de un asesino, estoy casi segura de que había un asesino en serie que se llamaba Pichushkin, así que todo es posible.

Louie se ha acercado y ha metido las manos en el maletero para hacerse con las maletas. Las saca las dos a la vez y las suelta de golpe sobre la grava.

Hago una mueca y me contengo para no pegarle un grito. Son mis maletas nuevas, marca Rimowa, caras, elegantes y, hasta este momento, completamente libres de golpes o arañazos. Me las regalaron por mi cumpleaños, hace unos meses, y es la primera oportunidad que he tenido de usarlas. Me sentía orgullosa de que estuvieran como el primer día.

«Hasta ahora».

Me agacho para poner una de las maletas en vertical mientras me esfuerzo por mantener el enfado a raya.

Louie, ajeno a todo, me imita e incorpora la otra maleta, aunque acto seguido la arrastra sobre la grava en dirección al porche. Las ruedas crujen como si fueran uñas sobre una pizarra, por lo que me encojo, levanto la mía del suelo y la llevo en brazos.

—Es usted Petra Rose, la señora escritora, ¿verdad? —Me busca la mirada por encima del hombro.

«¿Señora escritora?».

Asiento mientras camino tras él y trato de sonreír con educación.

—Sí, señor. He venido a buscar inspiración... en el silencio del bosque.

En el asiento de atrás hay provisiones que tengo que descargar, pero prefiero no comentarlo. Lo único que quiero ahora es que Louie se marche. Lo necesito. Lo necesitaba ya antes de que llegara. Para eso están las puertas que se abren con código numérico y las instrucciones para hacer el *check-in* de manera automática, ¿no?

Subimos los escalones del porche; yo con la maleta abrazada para que las ruedas no rayen la madera, mientras que Louie arrastra la otra sin contemplaciones.

—No he leído ningún libro suyo —comenta en tono de disculpa—, pero a mi mujer le parece que una vez leyó uno. —Se detiene ante la puerta y se saca un llavero del bolsillo—. La película sí que la vimos. Cuando le dije a mi mujer que venía, me hizo prometerle que le preguntaría por no sé qué personaje que faltaba. No sé a qué se refería. En fin, mientras venía hacia aquí, iba pensando. ¿Sabe lo que daría para una buena película? —me pregunta mientras me ofrece las llaves.

«No, por favor. Esto no».

—Mi vida. —Alza una ceja, como si quisiera impresionarme—. Mi vida ha sido una auténtica locura. Si se la cuento, ganaría millones.

«Estoy segura de que no».

—Si necesita alguna idea... —añade.

Al parecer la expresión de mi cara no es lo bastante clara, por lo que sonrío antes de que insista.

—Me temo que solo sirvo para escribir ficción, por desgracia.

He perdido la cuenta de las veces que me han ofrecido escribir las historias de la gente cuando se enteran de que soy escritora. Todo el mundo está convencido de tener un bestseller en potencia entre manos.

Tal vez tengan razón. Yo, ahora mismo, no logro escribirlo.

—Pero, si me deja contársela...

—¿Sabe qué? Si tan buena es, debería escribirla usted mismo. —Trato de no sonar maleducada—. Nadie la conoce tan bien como usted, y no debería ir regalando ideas así como así. —Mi tono de voz es educado, pero por dentro no veo el momento de que se marche.

—Es que soy disléxico. —Niega con la cabeza mientras su sonrisa pierde intensidad—. Muy disléxico. Tenía miedo de que lo notara en mis correos electrónicos. Le confieso que, cuando reconocí su nombre, me puse nervioso. Tenía miedo de responder por si se reía de mi gramática.

—Nunca haría una cosa así. Mi padre era disléxico, y la persona más inteligente que he conocido.

Louie me dirige una sonrisa.

—Es una mala pasada. Siento que su madre tuviera que lidiar con ello.

No digo nada, porque acabo de decirle que lo era mi padre, no mi madre. ¿Tiene problemas de memoria? ¿Está sordo?

Me guiña el ojo.

—Era un chiste de disléxicos.

Le devuelvo la sonrisa.

—Vale, me la ha colado.

—Mi mujer dice que habría sido buen actor. Ella es actriz. Mi mujer. Bueno, más o menos. Es difícil de explicar, pero... actúa. En documentales. Supongo que eso la convierte en actriz, pero...

Louie sigue hablando sobre su esposa y sobre si lo suyo es una carrera o no lo es, pero yo he dejado de escucharlo, porque...

«¡Madre del amor hermoso!».

El exterior de la casa no le hace justicia al interior.

Por dentro es mucho más moderna de lo que pensaba: líneas limpias, acabados elegantes, como algo sacado de una revista de decoración. Lo único rústico que hay aquí es la fachada, pero el interior es deslumbrante.

Esperaba suelos de madera de los que crujen al andar sobre ellos, fragancia de pino o tal vez el acre olor de la chimenea apagada, pero lo que me encuentro son superficies pulidas, una iluminación fría y el tipo de decoración minimalista propia de un *loft* de ciudad. Los suelos de hormigón pulimentado relucen bajo las luces empotradas que lo bañan todo con una luz más propia de una clínica que de un hogar. Las paredes están pintadas de blanco puro, estéril, y adornadas con cuadros abstractos que cuelgan en marcos demasiado caros y ostentosos para un lugar como este.

Las cabañas rústicas tienen un encanto especial. En ellas no necesitas gran cosa, solo un buen fuego que te permita ver pasar corriendo algún animal salvaje frente a las ventanas. Esperaba encontrarme con paredes de madera sin lijar y la sensación de estar entre los brazos de la madre naturaleza, alejada del mundo.

Pero ¿esto?

Tengo la sensación de haber entrado en casa de un magnate de la tecnología, no en un refugio para escritores.

Suspiro y, al arrastrar la maleta hacia el salón, el ruido de las ruedas resuena con demasiada fuerza en el espacio vacío. Oigo que Louie me sigue y casi puedo oír también la satisfacción que siente al verme observar el resto de la casa. Me vuelvo hacia él para decirle:

—Esto no se parece en nada a lo que sale en las fotos.

—Acabamos de terminar la remodelación —me anuncia, ufano—. Usted es la primera huésped que se aloja en la vivienda reformada. Estamos muy orgullosos del resultado. El mérito es de mi mujer, que lo ha diseñado casi todo. Tiene mucha mano para estas cosas.

Empiezo a entenderlo. No tenía ningún sentido que alguien como Louie poseyera una casa como esta.

Los muebles del salón son tan estériles como los de la entrada. Hay un sofá de cuero negro que pegaría más en una sala de exposiciones que aquí. No me imagino hundiéndome en él para perderme entre las páginas de un libro. La mesita baja que hay enfrente refleja la luz en demasiados ángulos y tiene unos cantos tan afilados que te pueden rebanar la rodilla si no vas con cuidado.

Incluso la chimenea, con la que contaba para obtener un poco de calor de hogar y rusticidad, es tan solo una elegante estufa de gas. Emite destellos con una precisión mecánica que me hacen añorar el crepitar real del fuego de leña.

Ya, ya lo sé, soy una malcriada y una desagradecida.

«¿A quién no le gustaría alojarse en un sitio tan bonito?».

Pero es que... no tiene encanto, ni historia. Es funcional y eficiente, seguro, pero no es el sitio que habría elegido para encontrar la inspiración. Es un lugar que invita a trabajar, a ejecutar tareas, pero no a crear. Y sí, es cierto que buscaba soledad, pero también quería sentirme conectada con la naturaleza, con la belleza sin civilizar de estos bosques. Y, en vez de eso, me encuentro en un Airbnb de lujo, demasiado inmaculado para el proceso creativo que imaginaba.

He tenido un bloqueo tan grande que le echo las culpas a todo y ya estoy empezando a culpar a la casa, por lo que pudiera pasar.

Vuelvo a suspirar. Tal vez no haya encontrado lo que buscaba, pero teniendo en cuenta el mal humor que gasto últimamente, me temo que no iba a estar contenta con nada ahora mismo.

—Muy bonito —comento, aunque estoy segura de que Louie esperaba una reacción más entusiasta.

—Le diré a mi mujer que le ha encantado. Vivimos aquí al lado, siguiendo la carretera. Supongo que habrá visto la casa al venir. Es la única que hay, aparte de esta.

Me mira a los ojos mientras habla, como si esperara que le pidiera más detalles, pero yo me limito a asentir con la cabeza y confío en que pille la indirecta.

—Sé que ha venido a trabajar —sigue diciendo—, pero si no está demasiado ocupada podría venir a cenar a casa algún día. A mi mujer le encantaría conocerla. Vivimos los dos solos y agradecemos tener un poco de compañía cuando se puede.

Su sonrisa vuelve a ensancharse y los ojos se le iluminan de nuevo, tanto que me resulta demasiado lanzado y ansioso.

O tal vez la palabra que busco es «desesperado».

O simplemente «solitario».

Hago una mueca al oír la invitación, pero trato de disimularla con una sonrisa. No se me ocurre nada peor que pasar una velada entera con Louie Longsetter y su mujer, que cree que se leyó un libro mío y que es actriz, aunque no del todo actriz, pero algo así como actriz. La explicación de antes ya me ha dejado agotada, y eso que todavía no la he conocido.

—Oh, es muy amable por su parte. —A cada segundo que pasa, me cuesta más mantener la sonrisa—. Pero la verdad es que tengo mucho trabajo. Si sacara un rato, le enviaría un mensaje, ¿le parece?

Le leo la decepción en los ojos, pero enseguida se repone.

—Por supuesto, por supuesto. Al fin y al cabo, ha venido a escribir. Se lo he comentado por si le apetecía tomarse un respiro o algo... —Me saluda con la mano—. Si necesita alguna cosa, ya sabe dónde encontrarme.

Vuelvo a asentir con la cabeza, esta vez con más decisión.

—Gracias, lo tendré en cuenta.

Tras despedirse de nuevo con la mano, incómodo, sale y se dirige hacia la carretera. Yo cierro la puerta, me apoyo en ella un instante y contemplo el moderno espacio, que me saca de quicio.

«Lo que faltaba».

El porche trasero, el que tiene vistas al lago, no da al oeste.

Siempre alquilo casas encaradas al oeste para esta fase de la escritura. No hay nada que encienda la hoguera de mi creatividad como un buen atardecer. Esos cielos naranjas, rosados y violetas me empujan a escribir con una urgencia que me resulta muy estimulante y que es justo lo que necesito ahora mismo.

Lo que necesitaría.

Porque este año he tardado más de lo habitual en reservar la cabaña y tengo que conformarme con una encarada al este, por lo que ahora siento la diferencia en cada fibra de mi ser inseguro y carente de talento. Los amaneceres me resultan demasiado implacables, exigentes, como si esperaran demasiado de mí a esas horas de la mañana. Pero me temo que así es como voy a empezar los días en esta casa con enormes ventanales orientados al este.

Tal vez podría escribir en el dormitorio principal, que es la siguiente habitación a la que le echo un vistazo. Hay una ventana detrás de la cama que da al oeste, pero el bosque es demasiado denso y no permite ver el atardecer desde la casa.

—¡Se me olvidaba!

«¡Mierda!».

Giro en redondo al oír la voz de Louie y, si no grito, es porque se me ha hecho un nudo en la garganta. Me llevo la mano al pecho, sobresaltada, pero trato de controlar el cabreo que me asalta al verlo en la puerta del dormitorio.

Me muestra una hoja de papel que sacude en el aire.

—La contraseña del wifi y cosas así. Me había olvidado de las instrucciones. —Deja el papel en el aparador que hay junto a la puerta—. Como le he dicho antes, es la primera persona que se hospeda aquí tras la remodelación, así que estoy seguro de que me olvido de algo. Si tiene algún problema, algún aparato que no funciona o lo que sea, no dude en...

—Gracias —lo interrumpo en tono brusco—. Yo me encargo.

Louie asiente, pero la mitad de sus dientes desaparecen. En la mayoría de la gente, su expresión seguiría siendo una sonrisa, pero en él parece casi una mueca de disgusto.

—Mucha mierda —añade—, o lo que sea que se les diga a los escritores. —Se dirige a la salida una vez más—. ¿Muchas letras? ¿Muchas teclas?

Sigue murmurando expresiones alternativas mientras cierra la puerta. Odio que sepa quién soy y para qué he venido. No debería haber usado mi correo de trabajo para efectuar la reserva, pero hace tanto tiempo que lo utilizo que estoy acostumbrada y me costaría usar otro nombre que no fuera mi seudónimo.

No puedo huir de mí misma, o del nombre por el que me conoce la gente, ni siquiera ante un hombre que es más viejo que mi padre y que vive en mitad de la nada. Da igual lo mucho que me esfuerce en dejar de ser Petra Rose, porque lo voy a seguir siendo, aquí, allá o en cualquier otra puta parte. En la portada de la revista *People*, en el *E! News*, el TMZ o cualquier otro canal de famoseo, o en pódcast que solo tienen dos mil seguidores.

Gajes del oficio, supongo. Estoy segura de que seguiría dedicándome a esto aunque las novelas no hubieran funcionado como lo hicieron.

Si es que lo que tendría que hacer es aprovecharme de tener tantos seguidores y abrir mi propia plataforma para ponerme a caldo a mí misma. Probablemente ganaría más dinero criticándome que siendo yo misma.

Siempre había temido que llegara este momento, me

aterraba perder el anonimato, pero nunca se me pasó por la cabeza que las cosas pudieran llegar a estos niveles.

Cuando empecé a escribir, lo hacía por diversión. Era un impulso, una necesidad íntima. Un lugar al que podía escapar cuando la vida real se volvía demasiado caótica. Yo me divertía y los lectores se divertían conmigo. Escribía sobre cualquier cosa que me llamaba la atención, ya fueran luchadores buenorros de artes marciales mixtas, extraterrestres que atacaban la Tierra o granjeros que se enamoraban de chicas de ciudad. Diecisiete libros más tarde, mi nombre era conocido, pagaba las facturas con lo que ganaba por escribir y la vida se portaba bien conmigo. Me sentía en la cima del mundo.

Por desgracia, la gravedad hace que todo lo que sube vuelva a caer. Y lo mío no fue un tropezón, fue como si alguien me agujereara el paracaídas y todo el mundo me viera descender en caída libre, en directo, en horario de máxima audiencia.

Y esta es la razón por la que me encuentro en esta situación. He de escribir una novela cuya fecha de entrega pasó ya hace tiempo y he de pagar una casa cuya hipoteca no se abona sola. Y ¿cuál es la guinda del pastel?

Una escritora bloqueada.

3

Una escritora bloqueada y muy cabreada.

Fuera está oscuro, estoy deprimida y no he avanzado nada. Y encima tengo hambre.

Llevo ocho horas refunfuñando en esta dichosa cabaña, frustrada y furiosa con todo y con todos. Cuando no soy productiva me convierto en una arpía. Por eso me aíslo del mundo para escribir, para proteger a mis seres queridos cuando me enfurezco por culpa del bloqueo y la maldita página en blanco.

Echo de menos los atardeceres de mi cabaña de siempre, el lento apagarse del día, el modo en que el crepúsculo favorece la reflexión y la contemplación serena. En esta cabaña, sin la ayuda del atardecer, es como si la inspiración se me escurriera entre los dedos, igual que la luz, y me dejara cazando unas sombras con las que soy incapaz de formar pensamientos coherentes.

Sí, estoy culpando al sol y a su ausencia de mi incapacidad para escribir. Igual que he culpado al tiempo, a mi salud digestiva, a Mercurio retrógrado, a la cafeína o a los hombres.

Reajusto la postura y me miento mientras aporreo el

teclado y trato de convencer a mi cerebro de que me merezco los premios que he ganado, las reseñas positivas que he recibido y los numerosos libros que he vendido.

Pero la voz que me dice que no soy más que un fraude que tuvo un golpe de suerte siempre grita más. Odio el síndrome del impostor. Odio creerme siempre las reseñas negativas y no hacer caso de las positivas. Odio estarme planteando si soy capaz de escribir una novela realista.

Echo un vistazo a la pantalla y releo lo poco que llevo escrito:

> El olor aséptico de la sala de interrogatorios, mezclado con el aroma de café recalentado y la falta de ventilación, no ayudaba a que los latidos del corazón de Reya se calmaran. Al otro lado de la mesa, el detective Miller seguía haciéndole preguntas sobre Sarah y la última vez que la vio, con su voz baja y monótona. Cada palabra era como una cuchillada que hurgaba una y otra vez en la herida que le causó perder a su mejor amiga. Y, sin embargo, una parte de Reya —una parte inquietante e inoportuna— se fijó en cómo el uniforme del policía cedía a la presión de sus anchos hombros y en la intensidad de sus ojos oscuros mientras tomaba notas. Se odió por ello, por esa chispa de atracción que había prendido en ella y que le parecía una traición a la memoria de Sarah. ¿Cómo podía su mente perderse en ese tipo de cosas después de que su mundo se hubiera roto en mil pedazos? La culpa le lastraba el estómago, pesada como una losa, y se unía al dolor que ya de por sí le resultaba duro de acarrear.

Contemplo las frases que he escrito, consciente de que mi yo del futuro, probablemente medio dormido y espoleado por el café tibio, declarará que son una mierda pinchada en un palo y lo borrará todo.

Más que un manuscrito, este libro es la tumba digital de mis pasajeras aspiraciones literarias. Siento que cada palabra es como un okupa que se ha instalado en la página, aunque sabe que antes o después le llegará la orden de desahucio.

No voy a terminarlo nunca. A este paso, voy a quedarme en esta cabaña con crisis de identidad durante un año, al menos, reescribiendo los mismos cinco párrafos mientras el cursor me mira y parpadea, como si fuera un diminuto oráculo que me juzga. Si los cursores pudieran hablar, el mío se pasaría el día diciéndome: «Déjalo ya, esto no es lo tuyo», como si no lo tuviera ya bastante claro.

No es que estar aquí sea una tortura; me gusta estar a solas desde siempre. Por eso alquilo este tipo de casas y me transformo en una especie de ermitaña lacustre varias veces al año, tras mudar de piel y dejar atrás el agobio de la ciudad. Sacramento, a pesar de todas sus bondades, me sofoca con su abrazo de asfalto y cemento, un abrazo que nunca pedí.

Aquí, en cambio, se está tranquilo, en paz, y el aire huele a pino y a agua pura. Eso no me lo quita nadie.

Necesito abrazar el poder del pensamiento positivo y centrarme en el hecho de que estas escapadas no son una huida, sino una terapia mental.

Me aparto del escritorio mientras el cursor me sigue juzgando en silencio y me dirijo a la cocina. El olor del café de hace un rato continúa en el aire, como un recordatorio del optimismo con que he empezado la sesión de escritura, cuando creía que el café sería la solución a mis problemas..., hasta que he recordado que odio el sabor del café.

Me acerco a la puerta principal y la abro para respirar un poco de aire fresco. Fuera el mundo es un caleidoscopio de verdes y marrones, pero lo único que veo son sombras en la oscuridad. Me parece distinguir algo que se mueve a lo lejos y entorno los ojos para enfocar mejor.

Me quedo paralizada al ver que se mueve.

Una sombra. Una figura.

El terror frío y afilado se me clava como una garra en la garganta y no me deja respirar. Me apoyo en la puerta de la cabaña que debería ser mi refugio, mi santuario, no el escenario de una película de asesinatos en el bosque.

Cuando la figura se adentra en un claro de luna, el terror se desinfla como una nube de alivio y vergüenza. Solo es Louie Longsetter, que se ha acercado al lago.

Al distinguirme en la puerta, me dirige un saludo amistoso.

—¡He atrapado a un mapache en la trampa! —grita desde el otro extremo del patio. Levanta lo que parece un animal muerto y blandito, que me da mucha pena—. ¡Perdón si la he asustado!

Logro devolverle una sonrisa temblorosa y un saludo discreto, mientras mi corazón trata de recuperar su ritmo tras este súbito esprint. El lago es un lugar público, todo el mundo tiene derecho a visitarlo, pero me resulta extraño que Louie se pase por aquí sabiendo que se aloja alguien en la casa. Una vez dentro, aprieto el botón para bajar todas las persianas y, justo cuando me alejo de la ventana, el móvil vibra y me vuelvo a sobresaltar. Miro la pantalla: es Nora.

«Mierda».

Le dije que la llamaría cuando acabara de instalarme y me olvidé.

—Hola —la saludo con la voz todavía un poco temblorosa.

—Vale, te cuento mi idea.

Su voz, vibrante y cargada de una energía casi frenética, me llega a través de la línea telefónica, en perfecto contraste con el terror silencioso que acabo de experimentar.

—¿De qué se trata ahora? —Frunzo el ceño casi sin darme cuenta—. Por favor, dime que no te ha vuelto a dar por los búhos de macramé. En mi despacho ya no me caben más manualidades tuyas.

Nora se echa a reír. Su risa suena a felicidad, es la risa de alguien que no tiene problemas.

—No, nada de búhos de macramé, aunque no me desagrada la idea. Estaba empezando a pillarle el punto al tema. No, me refería a que tengo una idea que puede ayudarte a salir de esta situación, pero necesito que confíes en mí.

Dejo escapar el aire en un suspiro largo, de agotamiento. Conozco ese tono de voz. Es el que precede a una sugerencia que será brillantísima o terrorífica.

—Nora, ¿de qué hablas?

—De tu grupo privado —responde en voz más baja y tono conspiratorio—. Creo que deberíamos hacer un directo. Solo nosotras y los pocos miles de fans de confianza, los que nunca compartirían capturas de pantalla de los días en los que vamos con pelos de loca.

Me quedo sin aliento.

—¿Un directo? Nora, ¿estás loca? Estoy traumatizada por los comentarios de la gente en internet. ¿Y si alguien lo comparte fuera del grupo?

—¿Qué pasaría? —La voz de Nora se ha vuelto más incisiva y parece cortar mi ansiedad—. Francamente, Petra, tienes que dejar de preocuparte así. ¿Crees que a los demás autores les preocupa tanto lo que digan de ellos? ¿Crees que se obsesionan con cada comentario, cada insulto, cada palabra que escriben y que puede acabar convertida en una captura de pantalla?

Permanezco en silencio unos instantes y acabo respondiendo, en tono inseguro:

—Pues sí, sí que lo creo.

A Nora se le escapa la risa por la nariz.

—Ya, sí, supongo que tienes razón —admite—. Pero ya es hora, Petra. Ha pasado un año desde el último directo que hicimos juntas. Hoy hace un año.

Sus palabras se quedan colgando en el aire, densas, y van calando en mí.

«Hoy hace un año».

Me empieza a dar vueltas la cabeza. Ha transcurrido ya un año desde que se estrenó la adaptación de mi última novela. Un año desde que mi mundo se puso patas arriba y el escrutinio público se convirtió en una manta asfixiante.

La autora que era antes solía escribir dos novelas al año sin ningún esfuerzo, pero ahora soy incapaz de terminar la que empecé hace año y medio. Tampoco me veo capaz de enfrentarme a preguntas en directo desde la debacle del último vídeo que grabé. Nunca entenderé por qué a los editores les pareció buena idea hacer un directo desde la librería más grande de Nueva York el día después del estreno de la película.

Bueno, no es que no lo entienda. Es lo normal, todos los editores lo hacen y los autores lo aceptan porque es publicidad para la novela. Lo que pasa es que esos directos no suelen acabar en desastre, con el autor llorando y escondiéndose en el baño.

«Dios, todavía me muero de vergüenza».

Pero casi no tengo tiempo de reaccionar, porque Nora está conectándose a FaceTime. Cuando aparece su cara, reconozco la mirada que me está dirigiendo. No sé exactamente lo que trata de decirme con ella, solo sé que no me gusta que me mire así.

—Hazlo, por favor. Creo que te ayudará ver que todavía hay gente que cree en ti.

—Nora, me van a decir de todo.

—Tienes razón, es muy posible, pero no lo verás porque no vas a leer los comentarios. De eso me encargo yo, ¿vale? Mira, me voy a conectar. Puedes colgar si quieres, pero creo que deberías quedarte.

Ya sé que no debería reaccionar como si me estuviera pidiendo que enterrara un cadáver. Que solo es Facebook, joder.

«Petra, aguanta un poco».

Me paso los dedos bajo los ojos para librarme de los posibles restos de máscara de pestañas que me hayan ido quedando a lo largo del día.

Nuestros lectores de toda la vida estaban acostumbrados a vernos así, auténticas, sin arreglar. Muchas veces nos conectábamos en mitad de la noche, cuando nos daba por ahí, si no encontrábamos inspiración o queríamos liberar frustraciones, pero eso era antes, cuando teníamos muchos menos seguidores, y los que había eran mucho más positivos.

Pero a medida que iba creciendo como autora, las preguntas se volvían cada vez más maliciosas. Y eso fue antes de que estallara la traca final, cuando se filtraron los mensajes de texto.

Durante un tiempo, los directos se convirtieron en algo habitual, parte de nuestra rutina, hasta el punto de que nos proporcionaban ingresos, con los que pagábamos parte de las facturas. Nuestros vídeos nocturnos se volvieron sorprendentemente populares en TikTok y nos aportaron más lectores que cualquier campaña de marketing. Los escritores nos seguían porque hablábamos del proceso narrativo con honradez y no ocultábamos lo duro que es, lo frustrante que resulta escribir una frase que te suena bien ahora y mal al cabo de un minuto. Hablábamos de las muchas veces que nos sentíamos tentadas de abandonar y mucha gente se identificó con nosotras. Creo que nuestra transparencia fue un consuelo para muchas personas, que se sintieron acompañadas en su lucha diaria. Y no hablo solo de escritores; también tenían mucho éxito entre los lectores, que iban siguiendo el avance de nuestras novelas desde mucho antes de que llegaran a las librerías. Nora y yo compartíamos lo justo para mantener el interés: una frase por aquí, una parte de la trama por allá, y posibles pistas que los dejaban vibrando de ganas de saber más. Supongo que, de algún modo, les estábamos dejando asomarse a nuestras vidas. No les importaban los *spoilers*, siempre y cuando pudieran formar parte del proceso de creación.

Hace un año dejé los directos. Nora sigue conectándose, pero en solitario.

—Nada de TikTok, te lo prometo —insiste—. Solo el grupo de Facebook, el privado; nadie lo verá a menos que pertenezca al grupo.

Noto que Nora va ganando confianza. Al ver que me acerco el portátil, debe de pensar que yo también me siento más confiada, pero lo que noto se parece mucho más al pánico.

—Nora, por favor —le suplico—, no creo que sea capaz de...

—Mírame a mí —me interrumpe en tono calmado, tranquilizador—. Y a la cámara. Yo me encargo de filtrar las preguntas, Petra. Ya verás, en nada te sentirás como en casa y te encontrarás mucho mejor. Sabes perfectamente que no hay mejor motivación que los lectores. Llevas demasiado tiempo apartada de ellos. Esto te ayudará a escribir, te lo prometo.

Inspiro hondo, trato de peinarme con los dedos y abro el grupo de Facebook. Espero a que Nora active el directo y me invite a unirme.

Tras echarle un vistazo a la cara oscurecida por las sombras que aparece en pantalla, me levanto de un brinco y enciendo la luz de la cocina para iluminar un poco la escena. La luz dura, poco acogedora, parpadea un instante antes de clarear la estancia y llenarla de sombras alargadas que trepan por las paredes. No es una luz que favorezca, pero me tendré que conformar.

Cuando me vuelvo a sentar, ya estamos en directo.

No hay cuenta atrás, ni tiempo de replantearme mi participación ni de prepararme lo que voy a decir.

Cuando Nora y yo empezamos a hacer estos directos, me sentía un poco incómoda, como si estuviera actuando delante de un público invisible. En mayor o menor medida, siempre sentía una presión que me exigía ser ocurrente, divertida o, por lo menos, coherente. Pero ahora, tras haber dejado a Nora sola en los directos durante un año, esa presión se ha multiplicado y me siento a punto de explotar.

—Y estamos... ¡en directo! —exclama Nora—. Oídme todos, por fin he logrado arrancar a Petra de su mesa de trabajo. ¡Aquí está!

Saludo y le agradezco mucho que finja que mi ausencia se ha debido a mi apretada agenda, cuando en realidad me aterraba la idea de volver.

—Petra, no te imaginas cuánto te he echado de menos. ¿Cómo te va la vida? ¿Te ha pasado algo interesante últimamente?

Nos reímos a la vez, porque la pregunta no podría ser más retórica. Todo el mundo sabe lo que me ha pasado en este tiempo, pero, de todas formas, respondo:

—Oh, ya sabes, lo de siempre.

—Sé que estás de retiro para escribir, pero no reconozco la casa. ¿Es la de siempre? ¿La han renovado?

Levanto el portátil y lo muevo a mi alrededor para que los lectores se hagan una idea del lugar.

—No. Esta vez he tenido que alquilar una en el otro lado del lago. Pero, mira, menudo sitio. Es increíble.

—¡Guau! ¿Por qué no me has invitado?

—Ya sabes que no hacemos nada cuando estamos juntas.

—Ya, por tu culpa. Siempre pones alguna serie adictiva de esas de asesinatos y nos la acabamos viendo del tirón, y cuando nos queremos dar cuenta, se han acabado las vacaciones y tenemos que volver.

—¿Vacaciones? —Me echo a reír—. No me acuerdo de la última vez que hice vacaciones.

—Oh, vamos. No digas eso, que pareces una niña mimada. Estás en una cabaña que parece salida de una revista de decoración y que no es tu casa. Me da igual si trabajas o no: por lo menos no estás en un sitio peor, como mi casa, donde tengo que aguantar las peleas del vecino con su ex por teléfono a cada rato. Y hablando de peleas, ¿cómo va la tuya con la novela?

Me encojo de hombros y siento sobre ellos la pesada carga de mi falta de progreso.

—No llevo aquí ni un día, pero ya siento que estoy estancada. No he escrito ni veinte páginas en año y medio.

Nora frunce el ceño y ladea la cabeza. Cuando vuelve a tomar la palabra, su tono de voz es más serio.

—¿Quieres que hablemos de ello?

—Estaba a punto de acostarme cuando me has llamado —admito—. Me temo que mi cerebro ya se ha ido a dormir.

Nora echa la cabeza hacia atrás y suelta un gruñido exagerado.

—Esperaba que hubieras escrito ya un par de capítulos.

—Ya, y yo. —Sonrío sin ganas.

—Eres demasiado dura contigo misma.

Nora hace un gesto con la mano, quitándole importancia a mis preocupaciones, a lo que respondo con un suspiro. Ojalá fuera tan fácil dejar de ser tan autocrítica.

—Soy mi peor crítico. O, al menos, solía serlo.

Ella mira al cielo con un gesto familiar que hace siempre que la saco de quicio.

—¿Tienes como mínimo los nombres de los protagonistas?

—Sí, hasta ahí he llegado. —Me acomodo en la silla. Por poco que sea, tengo algo de lo que sentirme orgullosa—. Cameron es el interés romántico de la heroína; se hace llamar Cam. Y ella se llama Reya.

A Nora se le ilumina la mirada.

—Cam y Reya. —Pronuncia los nombres en voz alta para probarlos antes de darles su aprobación—. Me gusta. ¿Están casados o tendrán un encuentro interesante?

—Podría decirse que las dos cosas. Cam está casado... —Titubeo un poco—. Al menos en el borrador que escribí hace un par de años.

Nora alza las cejas.

—Oh, eso no me lo esperaba. ¿Tendremos un triángulo amoroso?

Sigo dudando y aparto la mirada de la pantalla, como si la respuesta se ocultara en alguna parte, entre las sombras.

—No lo sé. Esa era la idea, pero... igual lo cambio. Nunca se sabe.

Escribí el borrador de esta historia antes del fiasco de la adaptación y me temo que eso es, en parte, lo que me bloquea. Tengo miedo de no saber reflejar bien cosas que no he experimentado en persona.

—No, no, no. —Nora se inclina hacia la cámara y me mira como si la estuviera traicionando—. Ya sabes que los triángulos amorosos son mis favoritos. No me quites el triángulo —lloriquea.

—Deja que desarrolle un personaje y luego ya hablaremos de si llegamos o no a los tres.

—Venga, vale. Vamos a leer una pregunta.

Nora entorna los ojos y los fija en la pantalla. Tal como hemos quedado, yo he minimizado el chat y le dejo a ella la tarea de seleccionar las preguntas.

—Aquí hay una. Ally Panzano quiere saber por qué estás tardando tanto en terminar esta novela, ya que siempre habías sido muy rápida escribiendo.

Me echo hacia atrás en la silla mientras me planteo cómo responder de manera delicada.

—Si quieres que sea del todo sincera, tendré que admitir que es por la atención pública. No estoy acostumbrada y no me gusta; ni siquiera cuando es positiva.

—Es verdad —confirma Nora—. No veas lo incómoda que se siente cuando alguien alaba su trabajo.

—La escritura para mí siempre ha sido evasión y terapia. Cuando te pierdes en la historia y la disfrutas, no piensas en lo que pasará después de que la publiquen. Pero entonces llega el día del lanzamiento, las giras, las entrevistas..., todo eso. Hasta ahora no lo llevaba mal. Al contrario, disfrutaba de los viajes y de los días de lanzamiento... hasta cierto punto. Nunca me ha gustado la publicidad, pero hasta no hace mucho todo se mantenía dentro de unos límites tolerables. Pero ahora que mi imagen es más pública que nunca, la parte que viene después de la escritura ha tomado más peso y me genera mucho más estrés. La idea de terminar el libro y escribir FIN ya no me parece un logro. Al contrario, me asusta tener que pasar a la fase de la promoción, porque el contenido de las entrevistas ha cambiado, y no todo el mundo ha nacido con habilidad natural para hablar delante de una cámara, sobre todo cuando te piden tu opinión sobre cosas que se escapan del ámbito de tus novelas.

Nora me sonríe.

—Gracias por mostrarnos tus vulnerabilidades, Petra. Ha sido una muy buena respuesta, muy honesta. ¿Vamos a por otra pregunta? Ahí va: «¿Por qué dudas sobre si escribir acerca del triángulo amoroso en la nueva novela? ¿Es por lo que pasó cuando cortaron el anterior en la adaptación?».

Alzo una ceja.

—¿Es una pregunta real o es tuya?

—Es real, te lo prometo —responde riendo.

Me sorprende lo poco incómoda que me siento de momento. Las sensaciones se parecen mucho a las de los viejos tiempos. Poco a poco, me voy relajando y sintiendo más a gusto.

—No estoy segura. Lo que pasó con la película me afectó, eso está claro. En esta novela también iba a haber un triángulo, aunque muy distinto al anterior, nada que ver. Sin embargo, dicen que hay que escribir sobre cosas que se conozcan y yo nunca he formado parte de un triángulo amoroso. Tal vez fuera eso lo que falló en la última novela. Supongo que no es fácil escribir sobre algo que no he vivido.

A Nora se le escapa una carcajada de incredulidad.

—¡Qué tontería! —exclama—. Tu novela más vendida trata de una mujer que se enamora de un exconvicto, y, que yo sepa, nunca has salido con un exconvicto.

—Ya, y varios lectores dijeron que no era realista.

Nora sacude la cabeza y me dirige una mirada a medio camino entre la exasperación y el cariño.

—Antes que nada, deja de leer las reseñas negativas. Y después, ¿no ves que casi todas las críticas negativas se centran en eso? Dicen que los personajes o las tramas son poco realistas. Es el término que usan los lectores a los que no les ha gustado algo. Personalmente, no necesito que todos los elementos de un libro sean realistas. Los dragones no son realistas, pero *Alas de sangre* lo está petando.

—Pero esa novela no es realista de por sí —le hago notar—. Por algo al género se le llama «fantasía».

—¡Qué anticuada! Ahora se le llama «*romantasy*». Pero, bueno, eso da igual. Lo importante es que la historia sea buena, y sé reconocer una buena historia cuando la leo. El realismo está sobrevalorado. A veces la gente necesita evadirse con una historia que sería imposible en la vida real; esa es la gracia de la ficción. ¿Por qué te crees que canales como Lifetime o Hallmark tienen tanto éxito? Por eso mismo, porque son refugios.

—¿Se sigue usando el término «canales»? ¿No es anticuado? ¿Cómo se llaman ahora? ¿Apps? ¿Plataformas?

—Calla, no me recuerdes lo mucho que añoro DirecTV, que me echas años encima —se lamenta Nora—. En todo caso, reconozco que las tramas que aparecen en Lifetime o Hallmark son mis favoritas. Podría ver mil veces como una madre celosa asesina a una animadora y no me cansaría.

Sonrío, pero las dudas no me abandonan del todo.

—¿Sabes lo que creo que pasa? ¿La razón por la que no logro avanzar con la escritura?

—Te escucho.

—Quiero que la historia parezca real; sentirla mientras la escribo. Pero ¿cómo va a ser real si no he experimentado nada de lo que estoy contando? Tal vez debería pasarme a la fantasía y olvidarme del suspense romántico. O eso o tomarme un descanso y salir al mundo a vivir un poco. Probar cosas peligrosas, con suspense. Conocerlas de primera mano.

—Lo que importa es lo que la gente siente mientras lee —insiste Nora, en tono más serio—. Para que algo parezca real no es necesario que lo hayas experimentado. Solo hace falta que la gente sienta que es posible. Y eso se te da de miedo, Petra. Haces que la gente crea en lo imposible.

Asiento en silencio mientras dejo que sus palabras calen en mí, aunque sigo sin estar convencida. Si algo tiene Nora es que cree en mí incluso cuando yo dejo de hacerlo. Tal vez si me aferro a eso, podré seguir adelante un poco más.

—¿Qué sabrás tú de realismo en la ficción? Tú tampoco has salido nunca con un exconvicto.

Nora se echa a reír.

—Eso es lo que tú te crees.

Sonrío, aunque por dentro sigo batallando con la frustración, mi vieja compañera. Ojalá pudiera creerme las opiniones de cinco estrellas con la facilidad con que acepto las negativas. Las buenas críticas están ahí, mucho más numerosas que las malas, pero por desgracia me obsesiono con las negativas mucho más que Nora. Es como si los comentarios negativos contuvieran más verdad; como si, de algún modo, fueran más honestos o más profundos, por mucho que la lógica me diga que no es así. A Nora siempre se le ha dado mucho mejor sacudirse de encima las críticas y confiar en su instinto y en sus lectores. Yo, en cambio, suelo dejar que las voces negativas se instalen en mi cabeza sin pagar alquiler. En mi defensa, diré que antes era más como Nora, pero gracias a la notoriedad que me aportó la adaptación de la novela, siento que todo lo que escribo se mira con lupa.

—Tal vez deberías tener una aventura para poder clavar las emociones de los protagonistas —bromea Nora—. Busca un hombre casado que te recuerde a Cam y enróllate con él.

Me río, aunque no me hace mucha gracia que hable con tanta despreocupación de este tipo de cosas delante de tantos lectores, que no dejan de ser desconocidos. Siento una opresión en el pecho al pensar en que alguien pueda sacar la frase de contexto y usarla como cebo para atraer visitas en internet. Me imagino el titular de alguna publicación digital: ¡PETRA ROSE QUIERE FOLLARSE A UN HOMBRE CASADO!

Nora no acostumbra a filtrar lo que dice, y, aunque esa es una de las razones por las que la quiero, en estos momentos siento la necesidad de andar de puntillas.

—¿Cómo voy a encontrar a un poli buenorro aquí, en medio de la nada?

—¿Es un poli? ¡Guau! ¡Alerta de *spoiler*! —Nora sonríe como si hubiera encontrado la solución a todos mis problemas—. Pues ¿por qué no vas a escribir a un sitio menos aislado? ¿Has probado en un Starbucks? A los polis les encanta el café.

—Y tú, ¿por qué no te vas a dormir? —le sugiero—. En Nueva York ya es tarde.

—Hay doscientas personas haciendo preguntas sin parar. Respondamos alguna más antes de irnos, ¿vale?

Nora tiene la mirada fija en el chat, que le indica la cantidad de gente conectada, que no deja de aumentar. Desliza el dedo por la pantalla para filtrar entre la avalancha de comentarios y preguntas que no dejan de aparecer. Yo fijo la mirada en su cara para no verlos. Contengo el aliento a la espera de recibir algún insulto o algún comentario hiriente que demuestre que mis miedos no son infundados, pero ella mantiene la expresión alegre y despreocupada. Es una profesional del tema y se lo toma muy en serio, aunque estemos en el grupo privado, un entorno teóricamente seguro. Me ha prometido que me protegería y está cumpliendo su palabra.

Su mirada se ilumina cuando encuentra una pregunta que le llama la atención.

—Esta es buena —comenta mientras se acerca a la cámara—. Esta persona pregunta: «¿En serio crees que un escritor tiene que experimentar una situación para saber cómo reaccionaría un personaje ante ella? Para eso existe la imaginación, ¿no?».

Nora se queda mirando a la cámara, expectante, como indicándome que la pregunta es para mí.

Me inclino hacia delante y apoyo los brazos en la mesa mientras le doy vueltas al tema. La pregunta me parece más intensa de lo habitual para este tipo de directos. Es algo que lleva reconcomiéndome desde hace un año y que a menudo reverbera en las paredes de mi estudio. No es fácil de responder, porque me parece más una pulla que una pregunta.

—No es fácil enfrentarse al síndrome del impostor —admito antes de suspirar—. Los manuales de escritura animan a los autores a dejar volar su imaginación, pero esos mismos libros aconsejan escribir sobre lo que se conoce bien. Pero, entonces, ¿qué hacemos si queremos escribir sobre algo que no conocemos? Y ¿qué pasa si nos equivocamos?

—Yo no lo veo como una equivocación. Cada ser humano responde de maneras distintas ante una misma situación —contesta Nora, y su voz calmada es como un ancla a la que aferrarme ante la marea de inseguridades que amenaza con ahogarme.

—Pues yo siento que me equivoqué. Solo hay que echarle un vistazo al último año de mi vida.

Nora alza una ceja, sorprendida.

—Bueno, ya que sacas el tema, me gustaría dar mi opinión..., si te parece bien.

—Claro, dale. Te escucharé encantada.

—Tú y yo somos autoras de ficción, escribimos entretenimiento. Lo que no comprendo es en qué momento se perdió la diversión. Escribiste un libro, lo que siempre es meritorio. Qué demonios, has escrito docenas de libros, algunos divertidos, otros muy emotivos, pero siempre de evasión. ¿En qué momento se empezó a linchar a los autores cuando un lector no está de acuerdo con el contenido de un libro, o no le gusta, o cuando odia la adaptación al cine? Es un libro. O una película. No es neurocirugía. No estamos salvando vidas.

—Algunos te lo discutirían —le digo—. Entiendo lo que quieres decir y estoy de acuerdo con lo primero que has dicho. Es verdad que buena parte de la diversión se ha perdido ahora que las críticas llegan por más vías y ya no se limitan a Goodreads y Amazon. Ahora la gente graba vídeos y dedica cuentas enteras en las redes sociales a hacer reseñas, por lo que tienen mucha más visibilidad. Los lectores están más involucrados que nunca y tienen más impacto, lo que no es malo. Una buena reseña que se vuelva viral puede cambiar la vida de un autor en muchos aspectos positivos. Pero no estoy de acuerdo en que los libros sean solo un entretenimiento; concibo los libros y las películas como herramientas muy poderosas que también pueden cambiar mentes, conductas, tipos de pensamiento. Y sí, creo de veras que pueden salvar vidas.

—Interesante. Y, entonces, ¿crees que también pueden destrozar vidas?

Qué buena pregunta. No sé si voy a saber responderla como se merece, pero Nora me da tiempo para reflexionar.

—Está claro que hay personas que lo creen; por eso los prohíben —digo al fin—. ¿Estoy de acuerdo con ellos? En lo de prohibirlos, no, pero sí es verdad que me preocupa que algunos lectores, sobre todo los jóvenes que leen libros para adultos, no sepan trazar la línea que separa la realidad de la ficción. A veces vemos que se disculpan comportamientos de personajes que escribimos como villanos de la historia. ¿Significa eso que el lector excusaría esos mismos comportamientos en la vida real? Espero que no.

Nora da una palmada en la mesa para mostrar su acuerdo.

—¡Exacto! La cantidad de veces que me han pedido que escriba la secuela de un libro donde se redima a algún personaje horrible me hace perder la fe en la humanidad —admite—. No me hagas hablar sobre las complejidades de los humanos y sus principios morales. Me fascina que la interpretación de una persona pueda variar tanto de la de otra ante las mismas palabras. Recibo correos electrónicos de lectores que me dicen que un libro les ha parecido vulgar, y ese mismo día me llega otro diciéndome que ha echado de menos que sea más picante. Todo es tan subjetivo... y difícil de manejar, sobre todo porque las opiniones te llegan desde todas partes al mismo tiempo. Halagos, críticas, halagos, más críticas. A veces, las personas que se manifiestan en contra de que se censuren libros son las mismas que se ganan la vida diciendo que algunos libros no deberían haberse escrito. Exponen en detalle las razones por las que creen que ese libro sobra y por qué el autor no debería ser considerado un autor, pero al día siguiente vuelven a protestar contra la censura literaria. ¡Aclaraos un poco, por favor! ¿En qué quedamos? ¿Vetamos los libros o nos conformamos con machacar al autor hasta que ya no sea capaz de volver a escribir? Y, para acabar de rematarlo, algunos tienen la osadía de etiquetarnos en sus publicaciones, como si nos interesara saber por qué piensan que deberíamos dedicarnos a otra cosa.

Nora se ha alterado tanto que tiene que inspirar hondo antes de seguir hablando. No sé qué la ha puesto en ese estado, pero sospecho que no todas las preguntas han sido tan ponderadas como las que ha leído en voz alta.

—Gracias por dejar que me desahogue —añade riendo.

—De nada. Tal vez deberíamos leer otra pregunta antes de ahuyentar a todos los lectores —bromeo.

Nora mira a la cámara.

—Sabéis que esto no iba por ninguno de vosotros —les asegura—. Queremos a nuestros lectores y os estamos muy agradecidas, pero no vemos la necesidad de que nos etiqueten en posts en los que nos despellejan. Y volviendo al tema que nos ocupa... Vale, no, se me ha olvidado el tema que nos ocupa.

—Básicamente discutíamos acerca de si deberíamos escribir solo sobre lo que conocemos de primera mano —resumo.

—Ah, sí. Tenía una buena respuesta preparada antes de que se me llevaran los demonios. Sí, claro, es evidente que podemos retratar mejor las emociones y reacciones de los protagonistas si hemos experimentado todas las situaciones que describimos, pero qué aburridos serían los libros si los autores se limitaran a escribir solo sobre lo que han vivido y sentido, ¿no? Qué limitado sería todo. Yo no estoy aquí para hacer una autobiografía. Escribo para usar la imaginación. Para nosotras es una forma de evadirnos, igual que para vosotros.

—Estoy de acuerdo —digo—, pero supongo que todo escritor se hace estas preguntas de vez en cuando, ¿no?

Nora hace un gesto con la mano, como si ella no se identificara con lo que he dicho.

—Somos narradoras. Nuestro oficio es imaginar vidas distintas a la nuestra. Si tuviéramos que experimentarlo todo, no podríamos escribir porque estaríamos demasiado ocupadas liándonos con polis buenorros y persiguiendo a madres asesinas que atacan a animadoras.

Su despreocupación a la hora de hablar sobre estos temas me hace reír, y noto que los hombros se me destensan un poco. Nora vuelve a recorrer el chat en busca de una pregunta adecuada hasta que la encuentra. No puede disimular que se lo está pasando bien.

—Esta es divertida: «Si os dieran la oportunidad, ¿alguna de las dos estaría dispuesta a experimentar las cosas que les pasan a sus protagonistas? Como aquel tornado que mató a...». —Nora deja de leer y advierte—: *Spoiler* a la vista. No pienso terminar la frase. Pero ¡sí! —exclama con entusiasmo—. Creo que vivir un tornado sería una pasada. Y acabo de terminar una novela en la que un jugador de hockey se enamora de su representante. A eso también me apunto las veces que haga falta.

—Yo también me apunto. A lo del jugador de hockey, a lo del tornado no.

—¿Y qué me dices de la vida de Carrie? —Nora hace referencia a un personaje de mis novelas, su favorito—. ¿Pasarías por lo mismo que pasó ella?

A ese pobre personaje le hice sufrir un calvario, pero no puedo decir que no me habría gustado entenderla más antes de escribir la novela. ¿Habría sido mejor el libro si hubiera podido sentir su dolor como si fuera mío?

—Pues mira, sí. Haría cualquier cosa por ser mejor escritora, por tener más seguridad a la hora de escribir. Experimentaría en carne propia todas mis historias si con ello lograra que os gustaran más las novelas, que fueran más creíbles, que les dierais cinco estrellas a todas.

Aunque la última parte me sale en tono de broma, lo digo muy en serio. Si vivir esos momentos dramáticos y desgarradores fuera a convertirme en mejor escritora, ¿por qué no iba a hacerlo? A veces me pregunto si me resultaría más fácil transmitir emociones si llevara una vida más alocada. Mi vida actual es aburrida, predecible, no tiene nada sobre lo que valga la pena escribir.

—Vale, pues la próxima vez que vengas a Nueva York, nos vamos a la caza del poli y a ver qué pasa.

Las dos nos echamos a reír, pero el tema permanece dando vueltas en el fondo de mi mente a pesar de que la conversación avanza por otros derroteros. Una escritora le pregunta a Nora si va a seguir escribiendo una serie que dice que ha alargado ya demasiado. Una lectora nos pregunta cuándo vamos a escribir algo juntas.

—Nunca —respondemos a la vez.

—Tenemos demasiados compromisos por separado

—añade Nora—. Además, es el beso de la muerte para los autores. Es raro encontrar a dos cuya amistad haya sobrevivido a una colaboración.

—Sí, y valoramos demasiado nuestra amistad para ponerla en peligro.

Respondemos cuatro o cinco preguntas más que han pasado el filtro experto de Nora. Le observo la cara mientras examina los comentarios. De vez en cuando niega con la cabeza en un gesto casi imperceptible antes de pasar a otra pregunta. Ha mantenido su promesa. La gente no me está insultando y, si lo hacen, yo no me entero, lo que es una bendición.

La verdad es que esto me está resultando mucho más fácil de lo que esperaba. Mis respuestas son todavía más prudentes de lo habitual en mí, pero la tensión que me oprimía el pecho ya se ha aflojado. Tengo la sensación de que, si vuelvo a conectarme unas cuantas veces más, lograré relajarme del todo y volver a responder sin andar con pies de plomo.

Nora se encarga de guiar la conversación y, gracias a su energía contagiosa, recobramos la camaradería y la complicidad propias de nuestras charlas. Poco a poco, el placer de charlar con Nora se impone al miedo y dejo de pensar en los miles de ojos que nos observan.

Me dejo arrullar por el ritmo, centrándome en las preguntas de Nora, en el tono amable que usa para leer los comentarios. Me siento sumida en una pequeña burbuja, un lugar seguro desde el que asomarme al mundo del que me he estado escondiendo. Tal vez esa sea la solución. Tal vez ir haciendo las cosas así, exponiéndome a la vida pública a mi ritmo, en un entorno donde me siento cómoda y segura, me ayude a superarlo. No es hablar en público lo que me aterra, es la falta de control, la vulnerabilidad ante la negatividad desatada. Pero aquí, con Nora que me sirve de escudo, casi me estoy divirtiendo.

La conversación sobre realismo y verosimilitud, la importancia de la imaginación frente a la experiencia directa, incluso las bromas sobre enrollarse con polis..., me parecen pasos importantes para recobrar la cómoda rutina de la que disfrutaba antes.

—Vale, esta pregunta tengo que hacértela —dice Nora—. Alex Brown quiere saber si habrá alguna otra adaptación de tus novelas al cine, teniendo en cuenta el estrés que te ha supuesto la primera.

—Eso espero —respondo con franqueza—. Me hizo mucha ilusión que adaptaran uno de mis libros, pero no disfruté del proceso porque tuve que tratar con muchísima gente. Escribir un libro es una tarea solitaria hasta que llega la fase de la edición, pero el cine es como recibir a cien personas en tu despacho todos los días. Me aparté en cuanto pude, aquello no era para mí.

A veces me pregunto si el resultado habría sido distinto si me hubiera implicado más en el proceso. Supongo que nunca lo sabré, y los lectores tampoco porque no pienso darle más publicidad a esa adaptación, ni siquiera para contar mi versión de las cosas ni para explicar por qué le envié a Allister aquel mensaje.

Es cierto que eliminaron a Caleb en la película y también lo es que envié el mensaje, pero lo importante y lo que aún me quita el sueño es la razón por la que lo hice. Caleb era un personaje clave en la historia original. Cuando hablaron de suprimirlo por primera vez, lo defendí y argumenté por qué era necesario en la novela, pero no con la pasión con que debería haberlo hecho.

La verdad es que perdí la confianza en mí misma. Pensé que la gente de Hollywood, que llevaba un montón de películas a sus espaldas, sabría más que yo. Al principio lo intenté, di razones por las que Caleb era importante para darle profundidad a la novela, pero ya entonces había empezado a distanciarme de todo. Las reuniones de producción eran eternas y, aunque lo defendía y explicaba la evolución de su personaje, comenzaba a sentirme como un fraude, como alguien que no estaba a la altura de los demás.

En una de las reuniones, Allister trajo varios comentarios negativos sobre Caleb y los leyó delante de todos. Uno de ellos decía: «El personaje no está bien desarrollado en la novela. No podría aguantar la brevedad del guion. Sería perjudicial para la película».

Después de aquello, no oí nada más. Tras aquella reunión, me fui a casa y empecé a buscar en internet argumentos para poder defenderlo en la siguiente.

Algunas críticas comentaban que a su personaje le faltaba profundidad emocional y que parecía menos importante que el resto. También me aparecieron comentarios de foros que decían que su personaje parecía poco desarrollado con relación al resto.

Por supuesto, también había gente que adoraba a Caleb, pero sus palabras me llegaban como murmullos, al contrario que las palabras negativas, que me parecían gritos.

Mi problema nunca ha sido aceptar las críticas, todo lo contrario: tiendo a suponer que esas críticas son la única verdad y me cuesta mucho creerme las opiniones positivas.

Al cabo de unas horas, estaba convencida de que todos los creativos de la reunión, incluido Allister, tenían razón. Que todos ellos sabían más sobre los personajes que habían salido de mi cabeza que yo misma.

Al final, tras un intercambio de mensajes, me rendí. En la siguiente reunión, se decidió prescindir de Caleb, que se convirtió en una víctima colateral del guion. Desde entonces no he podido quitarme de encima la sensación de que mi falta de convicción, probablemente nacida de mi falta de experiencia directa sobre el tema, desempeñó un papel importante en su caída.

Pensé que no lo había descrito bastante bien. Todavía no estoy convencida de haberlo hecho bien.

Estas ideas siguen dando vueltas por mi cabeza, ruidosas, persistentes, cuando Nora anuncia el fin del directo. La charla sobre la necesidad o no de «vivir la historia» ha abierto una nueva vía de inseguridad. Cómo no, de todo lo que ha pasado me quedo con lo que percibo como mis defectos.

Y, sin embargo, el chat en sí no ha sido la pesadilla que me imaginaba. El miedo que había ido creciendo por culpa de experiencias anteriores parece haberse deshinchado un poco. Nora, con su calma, me ha demostrado que, con ciertas medidas de seguridad, el contacto con los lectores no tiene por qué ser traumático.

Me esfuerzo en sonreír a cámara, les deseo buenas noches a los lectores y me despido de Nora sin entretenerme, agotada. Pero, en cuanto apago el portátil, me invade un alivio inmenso, que siento en todo el cuerpo. Sentada en silencio, contemplo la pantalla negra. Ojalá fuera tan fácil desconectar las dudas sobre escritura que no me dejan en paz y me siguen taladrando la cabeza.

Por lo menos, me he librado de uno de mis mayores miedos. Ahora, enfrentarme a internet y al mundo ya no me parece tan terrorífico como un monstruo debajo de la cama, sino algo parecido a un viejo gruñón al que he logrado ponerle un bozal. Tal vez el entorno controlado del grupo privado es justo lo que necesito para regresar al mundo de los libros.

Un paso diminuto, pero no deja de ser un paso.

Apago las luces y el suave clic del interruptor resuena en el silencio de la cabaña. Compruebo que las puertas estén bien cerradas, como haría cualquier persona acostumbrada a la soledad que sabe que más vale prevenir que curar.

Todo está en silencio, excepto por el lejano sonido de las olas del lago al romper contra la orilla, pero esta es la hora en que suele haber más ruido en mi cabeza. Es como si mi crítica interior se hubiera instalado allí y levantara la persiana del negocio justo a esa hora para recordarme cada uno de mis fallos, cada reseña mordaz, cada escena que me he cuestionado, y ahora, además, cada vez que no he luchado lo suficiente para defender a un personaje.

Pero, por primera vez en mucho tiempo, oigo un leve susurro de esperanza, una vocecita que sugiere que tal vez, solo tal vez, logre encontrar el camino de vuelta a las palabras. La posibilidad de que un poco de exposición controlada a los lectores combinada con la soledad del retiro pueda funcionar. Es una sensación diminuta pero poderosa, como el inicio de una revolución.

Mientras me dirijo al dormitorio, pienso en mañana. Espero que el día resulte ser más productivo, que me despierte con la mente despejada y una nueva perspectiva acerca del triángulo amoroso. Y, tal vez, que el mundo virtual me dé un poco menos de miedo gracias a Nora y a un chat en directo manejado con mano experta que no ha acabado estallando en mil pedazos.

«Todo va a salir bien».

4

—Todo va a salir bien —me repito mientras retiro el plástico del botellín de la bebida energética.

Es el segundo 5-hour Energy que me tomo, lo que es normal en mí; forma parte de mi ritual de escritura.

Bueno, vale, ya sé que en realidad es una mala costumbre, malísima, pero lo de ritual suena mejor.

Evito cualquier refresco o bebida carbonatada porque me sientan mal, pero, por alguna razón, puedo meterme un chupito de 5-hour Energy en ayunas y no me provoca la menor molestia. Me espabila igual que el café a otros. Lo malo es que, a la hora de la comida, necesito más horas de energía, por lo que, ahora mismo, me estoy tomando dos al día.

No sé si es así como funciona el tema —que dos botellines vayan a aportarme diez horas de energía— o si he condicionado a mi cerebro para que lo crea, pero ahora no me siento preparada para dar lo mejor de mí hasta que me he tomado los dos. No soy productiva hasta que me los tomo, y lo peor es que, a veces, me los bebo los dos a la vez, lo que significa que dentro de poco se convertirán en tres.

Lo que viene siendo una adicción, se mire por donde se mire.

Quiero dejarlo, pero estoy esperando a jubilarme o a que me dé un ataque al corazón, lo que llegue antes. Mientras siga aquí y tenga que trabajar, me los continuaré tomando.

Mis preferidos son los de sabor fresa-plátano. Todos resultan bastante asquerosos, pero no son más que un chupito, por lo que contengo la respiración y me tomo el segundo del día. Mientras tiro el botellín vacío a la papelera, alguien llama a la puerta.

Mi primer impulso es echarme al suelo para esconderme, pero se impone el segundo, más propio de un adulto maduro. Me dirijo a la puerta para ver de quién se trata. Espero que sea Louie y no alguien nuevo, pero al acercarme a la mirilla no me encuentro con su cara, sino con una mata de algo... naranja.

Me aparto un momento para que mis ojos se reajusten. Cuando vuelvo a mirar, la persona que hay al otro lado se ha alejado un poco y distingo una cabeza.

Es una mujer con el pelo muy rizado. Los rizos, de color naranja intenso, le llegan hasta los hombros. Es mayor que yo, probablemente mayor que mi madre. Lleva un vestido largo, de seda, con un chal a juego estampado con flores lilas. No sabría decir si va en camisón o vestida a la moda, pero lo que sí diría es que se trata de la mujer de Louie. ¿Por qué lo creo? Pues por su edad, por el hecho de que se encuentre aquí y por la bandeja de horno que lleva en las manos.

Si no llevara chupitos con diez horas de energía en el cuerpo, no sé si me habría atrevido a abrir la puerta, porque su modo de vestir y su cabello me hacen pensar que no se trata de una persona introvertida y callada. Por suerte tengo energía para conocer a alguien nuevo. Y también siento curiosidad por saber si ese pelo es natural, así que abro la puerta para saludarla y, de paso, echarle un vistazo en condiciones.

—¡Hola, hola! —canturrea.

Su voz es tal como me la había imaginado, demasiado potente y alegre. Y el pelo, desde luego, no es natural. Ese color ha sido una elección consciente, pero, por lo que sea, le queda bien. Bueno, no le queda mal del todo.

—¿Puedo ayudarla en algo?

—Conoció a mi marido cuando llegó. —Su voz suena sólida y entrenada, como si supiera cómo proyectarla en un escenario—. ¡Pasaba para ver si necesitaba algo!

—Hola. No. Todo bien, gracias.

—Estupendo. —Cuando ve que abro un poco más la puerta, se le ilumina la mirada ante la perspectiva de que la invite a entrar—. He traído algo para picar.

—Oh, caramba.

Me entrega la bandeja.

—Son brownies —me informa—, pero sin sorpresa, ya lo siento.

—Pues casi que mejor. No me está cundiendo el trabajo. Lo último que necesito es tener que tomarme una siesta por culpa de la marihuana.

—Marigold —se presenta, y me extiende la mano—. Pero llámame Mari, por favor. ¿Puedo tutearte?

—Sí, claro.

—Pues eso, que me llames Mari. No Mery, ni Marie. Ma-ri —insiste—. Durante un año probé a llamarme Gold, pero no me gusta cómo quedaba junto al apellido de mi marido. Gold Longsetter me suena a raza de perro.

Me echo a reír, aunque no sé si se lo tomará mal.

—Encantada de conocerte, Mari. Yo soy Petra.

—Petra Rose, sí, ya sé quién eres. Vimos la película que escribiste.

Siento un calor que me sube por el pecho. Si ha visto la película y sabe cómo me llamo, a saber cuántas cosas más habrá oído.

—Bueno, yo no escribí la película. Yo solo escribí el libro en el que se basa, pero...

Ella me interrumpe sacudiendo la mano.

—Ya, ya. Trabajo en Hollywood y sé cómo funcionan esas cosas. Pero es tu idea, tu libro, tu película. Así es como yo lo veo, al menos. —Señala hacia el interior con la cabeza—. ¿Puedo pasar? No me quedaré mucho rato, te lo prometo.

—Mmm..., claro.

Abro la puerta y ella entra taconeando sobre el suelo de hormigón. Mira a su alrededor y suspira mientras contempla la cocina.

—Me encanta cómo ha quedado la cabaña. Traté de convencer a Louie para que nos mudáramos aquí después de la reforma, pero dijo que sería más fácil alquilarla. —Se detiene al completar el círculo y me mira. El vestido se detiene unos segundos más tarde que ella—. Supongo que tenía razón, porque ha atraído a una celebridad de las grandes.

—Oh, yo no diría que soy...

—No me refería a ti. No es que no seas famosa, pero no te haría la pelota de esta manera; no tengo tan poca clase.

Hablaba de Michael Showalter. Estuvo aquí hace unos años. Fue antes de la remodelación, pero, igualmente, dejo que Louie se lleve el mérito porque soy una buena esposa. Michael estuvo dos semanas enteras y dejó una reseña de cinco estrellas que firmó con su nombre auténtico. Es la opinión que tenemos destacada en la web.

Noto que se da cuenta de que no tengo ni idea de quién es el tal Michael Showalter, porque hace una mueca y agita la mano.

—Se me olvidaba que eres escritora y no actriz. Es un director. De los grandes. Bueno, de los medianos. Da igual, el caso es que dejó su opinión allí, en el diario de los huéspedes —dice señalando un cuaderno sobre el aparador que hay bajo el televisor—. Dijo que había pasado las mejores vacaciones de su vida. Está en la página treinta, por si quieres echarle un vistazo.

Cuando Mari señala un taburete de la barra, pidiendo permiso para sentarse, se lo doy. Se sienta antes de seguir hablando.

—¿Te contó Louie que soy actriz?

—Empezó a contármelo, pero la conversación tomó otros derroteros. ¿Te apetece tomar algo? —le pregunto desde la cocina. No parece tener intención de irse pronto, por lo que lo menos que puedo hacer es mostrarme hospitalaria con esta mujer que sería el personaje menos realista sobre el que podría escribir en una novela.

—¿Tienes vino?

—Sí, tinto. ¿Te va bien?

Ella asiente con la cabeza.

—Louie y yo hemos vivido en Los Ángeles casi toda la vida. Él se dedicaba al mantenimiento, yo era actriz. Sigo siéndolo, pero solo actúo para el ID, el Canal de Investigación del Discovery Channel. ¿Lo conoces? Es donde echan los programas de crímenes, los de capítulos cortos.

—Sí, claro. —Le sirvo el vino y le acerco la copa—. Son mi pasatiempo favorito.

Ella levanta la copa de vino con la elegancia de una vieja gloria de Hollywood.

—Yo me encargo de recrear los asesinatos. ¿Sabes cuando hablan sobre una mujer que fue asesinada por sus nietos y se ven imágenes silenciosas de gente que interpreta al asesino, a la víctima o al detective? Pues yo soy una de ellas. He interpretado un montón de papeles distintos, tantos que probablemente me reconocerían por la calle si siguiera viviendo en Los Ángeles.

Al ver que no respondo ni me río, me mira con atención.

—Estás en las nubes, chica. Era una broma. —Da otro sorbo al vino—. Por raro que parezca, no soy tan egocéntrica como para creer que la gente va a reconocerme por la calle, aunque en la industria hay muchos que lo creen. Madre mía, la de historias que podría contarte sobre gente que sale en la tele todos los días... No lo haré, porque me he pasado la vida firmando cláusulas de confidencialidad, aunque si me emborrachas lo suficiente...

Esa última frase es una provocación, quiere que vuelva a llenarle la copa.

—¿Has salido en alguna película o programa que pueda haber visto? ¿O estás centrada en las recreaciones de asesinatos? —le pregunto para que no parezca que no quiero participar en la conversación.

—Sigo esperando mi momento. Nunca se sabe, muchas

actrices han triunfado tarde en la vida, aunque hay gente que piensa que, cuando una actriz empieza a aceptar papeles menores, las probabilidades de tener una carrera de éxito se desvanecen. A mí eso me da igual. Yo lo que quiero es actuar. Haría cualquier cosa por dinero. Cualquier trabajo de actriz, me refiero. Lo otro no lo haría. Ya sabes, esas cosas que se hacen por internet, gratis. Pero, aparte de eso, prefiero cualquier papel como actriz antes que trabajar en una oficina. Llevo toda la vida viviendo de mi talento. Muchas actrices que no han triunfado a lo grande se niegan a hacer trabajitos menores (pero pagados) por miedo a romper sus sueños y, al final, mueren con el corazón repleto de rechazo acumulado, y ese orgullo que abrazaban no les ha servido de nada. Yo no soy así. Dame un poco de atrezo, una peluca y un cheque al terminar y ya me tienes feliz. ¿Te acuerdas de aquel programa que se llamaba *Sobreviví*? ¿El que recreaba historias de personas que no morían, pero habían estado a punto?

—Sí —respondo, sorprendida porque todavía no he perdido el hilo de su charla inacabable—. ¿Salías ahí?

—Fue mi primera intervención en ese tipo de programas. Siempre que pueden graban con los supervivientes, acompañados por actores, pero, por suerte para mí, una señora que sobrevivió a un accidente de coche y que se pasó seis días colgando boca abajo en medio de un arroyo se parecía mucho a mí. Total, que me contrataron para hacer de ella y me pasé ocho horas diarias colgando de un coche mientras se grababa el capítulo. Sin pausas, por supuesto. Nadie aguanta colgada boca abajo tanto tiempo, no es seguro ni sano. Bueno, la señora del accidente lo hizo, pero no le quedaba otra. En fin, fue el papel más difícil de mi carrera, pero me pagaron muy bien. Y como me mostré tan profesional, los productores volvieron a llamarme más veces y he seguido apareciendo en muchos de sus programas.

Da un trago al vino y, mientras lo hace, menea la mano libre con tanto énfasis que las pulseras que lleva en la muñeca repiquetean.

—Lo siento. —Deja la copa en la barra y se disculpa con un gesto de la mano—. No me callo ni debajo del agua. Cuando quieras que me vaya, dímelo, porque soy capaz de quedarme aquí toda la noche.

«Oh, Dios. No, por favor».

Sonrío, a pesar de que la idea me aterra.

—No pasa nada —miento.

Pero ella se da cuenta, porque apura el vino y se levanta.

—Petra, si supieras disimular, tal vez me habría creído que querías compañía y me habría quedado un rato más. No seas educada para no herir mis sentimientos, ni los míos ni los de nadie. Si no expresas lo que sientes, es como si tus sentimientos no existieran. Ya te dejo en paz.

—Lo siento. Es que... tengo tanto trabajo...

—Cariño. —Se acerca a mí y me sujeta por los hombros—. Si alguien puede entenderte, soy yo. Sé cómo funciona esto de ser artista. Estás a merced de tu musa. —Me da unas palmaditas en la mejilla con la mano fría—. Eres tan guapa. Triunfadora y guapa..., lo que siempre he soñado ser. Te odio un poco. —Me rodea y se dirige a la puerta—. Me ha encantado conocerte. Y el vino. Por favor, envíame una foto con la marca. Te paso mi número. Y si necesitas algo, grita. Ah, y si quieres ver alguno de los programas en los que salgo, te mando el enlace. Nunca se sabe cuándo vas a necesitar a una asesina sesentona de pelo naranja en una de tus películas.

—Suena bien —le digo riendo... y apabullada.

Mari sale al porche con decisión, sin sostenerme la puerta.

—Lo sé. Soy un poco histriónica, pero me echarás de menos cuando no esté. Soy de ese tipo de personas que abruman cuando no las conoces, pero cuando llegas a conocerme..., bueno, sigo abrumando, aunque al menos ya sabes a qué atenerte. —Empieza a bajar los escalones.

—¿Mari? —la llamo.

—¿Sí, cielo? —Se vuelve hacia mí.

—Creo que deberías haber seguido usando el nombre de Gold. Te pega mucho.

Ella se me queda mirando, pensativa, y luego dice:

—No, no puedo tener un nombre tan loco con esta personalidad. Al menos una parte de mí debe parecer domesticada. —Y, con estas palabras, baja la escalera y se dirige hacia la carretera—. ¡Volveré otro día a por la bandeja del horno! —grita.

Cierro la puerta y voy a por los dulces. Cuando retiro la tapa, el olor de los brownies recién hechos inunda el aire a mi alrededor.

Dos chupitos de 5-hour Energy y una bandeja de brownies entera para mí sola.

«Oh, sí».

5

«Oh, no».

Algo no va bien.

Me siento en la cama con el corazón latiéndome desbocado en el pecho y me retiro el antifaz de los ojos. El ambiente de la habitación es opresivo, hay una calma densa, esa que suele notarse cuando acabas de despertarte sobresaltada en mitad de la noche. Trato de encontrar en mi cabeza qué es lo que me ha despertado. ¿Ha sido un ruido? ¿Un sueño?

Fuera lo que fuese, ha sido lo bastante perturbador como para arrancarme de un sueño profundo y tranquilo y dejarme desvelada, con los sentidos en alerta y el cuerpo tenso por el chute de adrenalina.

Tal vez sea Mari, que ha venido a buscar más vino tras dos días de paz después de su última visita.

Sigo tratando de ubicarme cuando distingo las luces. Destellos rojos y azules penetran la oscuridad de la habitación, salpicando las paredes como si quisieran advertirme de algo.

Las luces, que parecen danzar y que proyectan sombras largas en las paredes, me desorientan todavía más; no sé si esto es real o si estoy soñando. El dormitorio está en el lado oeste de la casa, por lo que desde aquí no veo lo que pasa frente a la puerta principal, pero las luces siguen con sus destellos, urgentes, rítmicos, imposibles de ignorar.

Hay una ventana a mi espalda, sobre el cabecero. Me giro y aparto la cortina para echar un vistazo, pero lo único que veo es el resplandor de las luces que viene de la entrada. Desde aquí no distingo ningún vehículo, solo el pulso constante, rojo y azul, que ilumina los árboles.

Por supuesto, mi mente se pone en lo peor. ¿Habrá habido un accidente? ¿Un robo? ¿Qué hace la policía aquí, en mitad de la nada? ¿Le ha pasado algo a Louie?

Cuando alguien llama a la puerta principal, los fuertes golpes me sobresaltan de nuevo. El corazón me da un vuelco y el ruido me impulsa a levantarme de la cama. Los golpes no se detienen y resuenan como truenos por la cabaña. Me pongo la bata con las manos temblorosas y cojo el móvil. Con cada paso que me acerca a la puerta, el pulso se me acelera más y más.

Miro la hora en el móvil. Son casi las cinco de la mañana, el sol no tardará en salir.

Enciendo la luz del porche, que ilumina la zona que hay frente a la cabaña, antes de acercarme a la mirilla.

Me sorprende encontrarme con un agente de policía a medio metro de la puerta. Aunque su postura parece relajada, desprende un aire de urgencia cada vez que mira por encima del hombro hacia el coche patrulla.

Las luces del vehículo son tan brillantes que aparece ante mí como una silueta y me cuesta distinguir sus rasgos. El perfil resalta con la dureza de la luz roja y azul y, por un instante, me siento como desconectada de la realidad; como si estuviera presenciando una escena que le ocurre a otra persona y yo fuera una espectadora que se limitara a contemplar. Mi mente me lanza preguntas a toda velocidad.

Sin saber qué hacer, agarro el móvil con más fuerza. ¿Llamo a alguien?

No, es demasiado tarde. O demasiado temprano. En cualquier caso, puedo resolver esto sola.

Es probable que se trate de un malentendido. Se habrá equivocado de dirección. Pero esa idea no me ayuda a librarme de la inquietud que se me ha instalado en el estómago. Inspiro hondo y apoyo la mano en el pomo.

Tras mirar una vez más por la mirilla, descorro primero el cerrojo inferior mientras me pregunto qué traerá a un agente de policía a mi tranquila y apartada cabaña en mitad de la noche.

Mis pensamientos se revolucionan una vez más mientras dudo si descorrer o no el segundo cerrojo. Finalmente abro la puerta, pero dejo puesta la cadenita, por lo que solo se abre unos centímetros. Una porción de espacio suficiente para ver el exterior, pero no para permitir que algo —o alguien— entre.

Ser escritora me ha convertido en una persona desconfiada. Me da igual que alguien lleve uniforme. He creado demasiados giros argumentales y he descrito a demasiados villanos disfrazados de héroes como para no ponerme en lo peor en cualquier situación.

Mi mente me advierte:

«¿Y si es un coche de policía falso?».

Este tipo podría estar haciéndose pasar por policía. Aunque me enseñe sus credenciales, podría haberlas falsificado para que le deje entrar en la casa, lo que me colocaría en una posición muy vulnerable. Demasiadas historias criminales, demasiadas condecoraciones robadas, demasiados thrillers psicológicos que me han condicionado hasta el punto de sospechar de cualquier cosa.

Y, a pesar de todo, la curiosidad y la preocupación me impulsan a escuchar lo que tenga que decir.

Cuando el agente oye que se abre la puerta, alza la cabeza y me clava la mirada. El destello de las luces todavía me dificulta distinguir sus rasgos con claridad. Su rostro queda distorsionado por la alternancia de sombras rojas y azules, y mis ojos, todavía medio pegados por el sueño, no me facilitan las cosas. Tengo la sensación de estar en una situación surrealista, a medio camino entre el sueño y la realidad.

Pero, a pesar de todos los obstáculos, tengo algo claro: el policía que está delante de mí no es de esos que desayunan café con dónuts.

Es alto, musculoso y ancho de hombros, como si pasara más tiempo en el gimnasio que en una comisaría. Verlo ahí, con esa aura autoritaria y serena, hace que me sienta más consciente que nunca de mi aspecto. Voy en bata, medio desnuda y vulnerable, un detalle que me impulsa a ajustarme el cinturón.

No tengo ni idea de qué hace aquí, pero una parte de mí —la escritora, me imagino— aprecia que haya llegado en este preciso momento. Si tuviera que imaginarme qué aspecto tiene Cam —el poli buenorro de mi novela—, sería justo así.

Mi mente cataloga el instante y guarda la imagen para usarla más adelante.

«Esta es la cara que tendrá Cam», me digo, y no puedo evitar sonreír un poco a pesar de las extrañas circunstancias.

El agente me muestra la placa, que brilla bajo la luz del porche. Entorno los ojos para leer el nombre, pero me distraigo al ver que la luz se refleja en otro objeto: el anillo de boda que lleva en la mano izquierda.

«Está casado. Cómo no...».

No es que tenga importancia, pero es otro detalle que mi mente hiperactiva ha decidido añadir a la lista de similitudes entre este tipo y el protagonista de mi novela.

«Creo que acabo de encontrar a mi musa».

—Disculpe que la moleste, señora. —Su voz profunda y ronca parece retumbar en mi interior—. Soy el oficial Nathaniel Saint.

Fijo la mirada en la placa una vez más y releo el nombre, a pesar de que ya lo tengo grabado en la memoria. Mi corazón sigue alborotado, aunque sospecho que ahora es por razones distintas: nervios y otra cosa a la que no pongo nombre. Me llevo la mano al cuello y me presiono la piel, como ordenándole a mi corazón que se calme de una vez.

Cuando el oficial Saint se guarda la placa en el bolsillo, me doy cuenta de que esto no es un sueño ni una fantasía.

Es real.

Hay un policía en mi puerta en mitad de la noche, lo que solo puede significar una cosa: que ha pasado algo malo.

El pánico se apodera de mí cuando lo primero que me viene a la cabeza es mi familia. ¿Le habrá pasado algo a alguno de los míos? La aterradora idea hace que me cueste respirar mientras mil escenarios espantosos cruzan por mi mente.

Como si se hubiera dado cuenta de mi preocupación, el oficial Saint suaviza el tono mientras trata de calmarme.

—No pasa nada, no se preocupe. He venido a informar de un incidente que se ha producido en esta carretera esta noche. Me gustaría hacerle un par de preguntas, si no le importa. Es el protocolo.

Aliviada, suelto el aire de manera entrecortada y me destenso un poco.

«Todo el mundo está a salvo. Los tuyos están bien».

Asiento mientras me invade una gran sensación de gratitud y suelto la cadenita. La policía no ha venido a traerme malas noticias, solo a hacerme unas preguntas. Soy capaz de hacerlo, sin problemas. En ese momento, me acuerdo de Louie y su mujer, Mari.

—¿Los vecinos están bien? —le pregunto mientras abro un poco más la puerta.

La brisa de la noche es fresca y me recuerda lo poco vestida que voy. Cuando el viento da vueltas a mi alrededor, me cubro el pecho con un brazo mientras con el otro lo invito a pasar, señalando hacia la cocina.

—Están bien; acabo de venir de allí.

Suspiro, aliviada, pero sigo confusa.

—Pase —le digo en voz más baja, como si empezara a calar en mí la gravedad de la situación.

Mientras el oficial Saint entra, me fijo en lo alto que es. Mide por lo menos diez centímetros más que yo, tal vez quince. Ocupa más espacio del que su cuerpo requiere y su presencia tiene una autoridad natural. Cuando cierro la puerta, sigo un poco desorientada, pero me alegro de dejar el frío fuera.

—¿Qué tipo de incidente? —Trato de que mi voz suene

más firme, aunque mi mente sigue siendo un hervidero de preguntas sin respuesta. Señalo hacia la mesa de la cocina, pero él rechaza mi invitación—. ¿Qué ha pasado?

—Será un momento —afirma sin alejarse mucho de la puerta.

No es así como pensaba pasar la noche, pero supongo que es lo que tienen los giros argumentales. Ahora que sé que todo el mundo está bien, agradezco la intrusión. Hacía tiempo que no recibía un chute de dopamina como este.

Permanezco a una distancia prudencial, no sé si por instinto, o porque me sigue pareciendo muy surrealista que haya un policía en la cabaña. Él no se ha movido de su lugar, cerca de la puerta. Parece consciente de la tensión del momento, del difícil equilibrio entre tener noticias que dar y el no querer penetrar en la intimidad de la gente.

Me pregunto qué edad tendrá. Yo tengo treinta y cuatro y los aparento, año arriba, año abajo. Pero me cuesta calcular la suya, tal vez porque todavía no estoy despierta del todo y porque las luces que llegan desde el exterior siguen bañándole la cara con sombras danzarinas. Podría ser más joven que yo, pero también podría ser mayor.

Hay algo en su expresión que me lleva a pensar que es mayor que yo, que tiene más experiencia de la vida. No hay amabilidad en sus ojos; tiene la mirada de alguien que ha estado expuesto al lado más implacable de la vida. Aunque tal vez eso se deba a su trabajo y no a su edad.

O también podría tratarse de una mirada entrenada, la que acostumbra a mostrar en su trabajo. Una actitud relajada y una mirada amable no son requisitos necesarios para su profesión. A los agentes de policía probablemente se los entrena para disimular sus emociones mientras dan noticias difíciles, y por eso casi todos parecen personas tan serias.

El oficial echa un vistazo a su alrededor y examina el entorno antes de volver a mirarme a la cara.

Hace una pausa, como si estuviera escogiendo las palabras con cuidado antes de decir:

—¿Conoce a un hombre llamado Don William Puttman? —me pregunta en tono profesional pero cauteloso, como si quisiera comprobar si el nombre me resulta familiar.

Niego con la cabeza mientras frunzo un poco el ceño. Ese nombre no me suena de nada.

—No.

Él parece tranquilizarse un poco al oír mi respuesta, como si se hubiera quitado un peso de encima. Se apoya en la puerta y deja las manos a los lados, en una postura más relajada.

Mientras lo observo, no puedo evitar seguir tomando notas mentales. Es un Cam perfecto. Es como si el universo supiera que necesitaba inspiración y me hubiera enviado a un policía justo cuando me hacía falta.

Su postura, su voz, incluso el uniforme, que le queda como un guante. Llevo tiempo buscando las palabras para definirlo, pero me veía incapaz por culpa de esta niebla creativa que colgaba sobre mí. Pero verlo aquí, tan cerca, en carne y hueso, está encendiendo una chispa. Siento una extraña y urgente necesidad de terminar esta conversación para irme directa al portátil y ponerme a escribir.

—Ha habido una persecución policial que ha terminado en esta carretera. —Señala hacia el exterior, hacia donde las luces siguen dando vueltas—. Hemos acordonado el área, y habrá agentes por aquí durante una hora, más o menos. Solo quería informarla para que no se extrañara si oía algo.

Asiento mientras trato de procesar lo que dice.

«Una persecución? ¿En esta carretera?».

Esta zona está tan aislada que me parece imposible que algo tan dramático haya podido pasar cerca de aquí. Antes de poder preguntarle nada, sigue hablando.

—Y, por supuesto, quería preguntarle si existe alguna razón por la que la víctima se dirigiera hacia aquí, ya que esta carretera muere aquí. Pero, si no lo conoce...

—¿Víctima? —le interrumpo, y la palabra parece quedárseme atascada en la garganta.

El oficial asiente y su rostro se ensombrece un poco mientras aparta la mirada. Se nota que no le gusta dar este tipo de noticias.

—Sí, señora. Él..., hum... —Me inquieta verlo tan incómodo—. Se suicidó.

«Oh».

Siento que se me cae el alma a los pies. Por instinto, me abrazo, un gesto inconsciente para protegerme de la temperatura de la habitación, que parece haber descendido varios grados de golpe. Suelto el aire despacio, de manera entrecortada, mientras pienso en lo que acabo de oír. Alguien ha venido hasta aquí —tan cerca de mí— y se ha suicidado.

—¿Alguien se ha suicidado? ¿Aquí cerca? —susurro, y mis palabras suenan huecas.

No sé por qué he tenido que repetir lo que ha dicho. Tal vez he necesitado pronunciarlo para ayudarme a aceptarlo. O tal vez confío en que se trate de un error, que él me corregirá y me asegurará que las cosas no son tan graves como parecen.

Pero la expresión de su cara sugiere justo lo contrario.

Vuelve a asentir, pero esta vez su expresión se suaviza.

—Había estado en la cárcel. Recientemente se había saltado los términos de la libertad condicional —explica en tono empático—. Estoy seguro de que sabía que había una orden de captura y que, si lo deteníamos, tendría que volver a prisión, así que decidió...

Alzo la mano para interrumpirlo. No hace falta que termine la frase, puedo imaginarme el final.

Trago saliva. A mi mente le cuesta asimilar esta nueva realidad. La paz de la cabaña, la tranquilidad de la noche... han perdido su pureza y, de algún modo, parecen manchadas. Siempre me retiro en busca de soledad, tranquilidad, pero esta noche siento que algo oscuro se ha adueñado del lugar, y dudo que logre librarme pronto de esta sensación.

Él parece notar mi inquietud y, tras unos segundos, añade en tono amable:

—Enseguida la dejaremos tranquila. Solo quería asegurarme de que estaba al corriente de lo que había pasado y ver si tenía alguna pista que pudiera ayudarnos. Alguna relación con la víctima que debiéramos conocer antes de informar a la familia.

Vuelvo a negar con la cabeza, aturdida.

—No. No lo conozco..., conocía.

—De acuerdo —dice él en tono firme y sereno—. Si necesita algo, háganoslo saber. Estaremos por la zona.

Asiento, aunque apenas lo escucho.

Mañana escribiré esta escena en la novela y trataré de entenderla a través de los personajes y sus emociones, pero esta noche solo puedo permanecer aquí y tratar de asimilar que alguien ha venido hasta este lugar seguro y tranquilo y ha decidido quitarse la vida.

—Tal vez deba tomarle declaración —añade. Su voz sigue siendo profesional y calmada, pero ha adquirido una amabilidad que no encaja del todo con esta sombría situación—. Aunque no tiene por qué ser ahora. Le enviaré a un agente mañana, si no le importa. Es puro protocolo. Preguntaremos a los dueños de las dos casas de la carretera.

—Sí. —Asiento con la cabeza—. No hay problema, no saldré de casa. Pero..., mmm, yo no soy... Solo estoy de visita, la casa no es mía.

No tengo ni idea de por qué le doy explicaciones sobre la propiedad de la casa, como si eso fuera a librarme de un asesinato que no he cometido.

—Bueno, disfrute de la visita... a pesar de... esto. —Me saluda con un leve asentimiento de cabeza y se dispone a marcharse, pero se detiene y, tras dudar un instante, veo que se le ilumina la mirada antes de preguntarme—: ¿Está sola aquí?

Odio que me haga esta pregunta. Esas palabras, en apariencia inocentes, pueden implicar mucho más. No hay una buena respuesta. Sí, vale, es policía y tal vez eso debería hacerme sentir que es seguro decirle la verdad, pero sigue siendo un hombre. Un completo desconocido plantado en mi puerta en mitad de la noche.

Mis ideas tropiezan unas con otras mientras trato de elegir una para responderle. Contarle que mi marido está durmiendo puede parecer sensato, pero, teniendo en cuenta que hay una investigación policial abierta cerca de aquí, mentirle a un agente no me parece una gran idea. Y, sin embargo, admitir que estoy sola parece una invitación a que me pase algo, es como ponerme una diana en la espalda.

Debe de darse cuenta de mis dudas, porque me dirige una mirada comprensiva. Antes de que pueda responderle, vuelve a hablar, y esta vez su tono es más suave, como si no quisiera incomodarme.

—No es que piense que no puede cuidarse sola, pero... vaya con cuidado. Si va al pueblo y habla con alguien, asegúrese de que crean que no está aquí sola. Y, si puede, lleve el anillo de casada.

Abre la puerta mientras yo digiero sus palabras, que me han afectado más de la cuenta. Este pueblo pequeño y tranquilo es un lugar al que he venido muchas veces en busca de paz y soledad. Para mí, es un lugar de retiro al que vengo para olvidarme del mundo, cargar las pilas y escribir tranquila, sin que nadie me interrumpa. Pero, por su modo de hablar, parece que la serena superficie del lago esconde cosas que me han pasado inadvertidas hasta ahora. Es una sensación muy inquietante.

—¿Debería preocuparme? —le pregunto en voz más baja que hace un momento—. ¿Es una zona insegura?

Él se ha detenido en el umbral. Mira un instante hacia atrás, y parece quedar preso del juego de sombras que las luces intermitentes crean sobre los árboles. Cuando nuestras miradas se encuentran, la suya es firme e inexpugnable.

—No hay zonas perfectas —responde con diplomacia antes de llevarse los dedos a la gorra para indicar que la conversación ha terminado—. Hay que ser prudente siempre. Lamento haberla molestado; alguien se pondrá en contacto con usted mañana.

Cruza el porche en dirección a la escalera, pero de repente el pánico se apodera de mí y siento la necesidad de impedir que se marche; quiero que se quede un rato más. Tal vez se deba al shock de saber que hay un cadáver cerca de mi casa o al extraño consejo que me ha dado sobre fingir que no estoy sola. O tal vez es miedo, ese miedo atávico que sentimos en los huesos de vez en cuando.

Sea cual sea la razón, no puedo evitar llamarlo:

—¡Espere!

Él se detiene en el último escalón y se vuelve hacia mí. Parece preocupado, como si supiera por qué lo he llamado a pesar de que a mí me cuesta expresarlo con palabras. Permanezco en la puerta, sintiéndome pequeña e insegura, como una niña que busca consuelo después de haber tenido una pesadilla.

No sé por qué lo he llamado. Solo sé que estoy... asustada. Este hombre se presenta en mi casa para decirme que alguien acaba de suicidarse aquí al lado y ¿qué se supone que tengo que hacer ahora? ¿Volver a la cama como si nada?

—Perdón —me disculpo, avergonzada por haberme asustado tanto y por haberle pedido que no se fuera. Con un gesto de la mano, le indico que he cambiado de opinión—. Es que me cuesta asimilarlo.

Él da un paso hacia mí, despacio, y su expresión se suaviza cuando empieza a hablar.

—Yo aquí ya no puedo hacer gran cosa —dice en tono amable—, y debo volver al lugar de los hechos, pero me aseguraré de que esta noche haya alguien que no pierda de vista su casa. Todo irá bien.

Sé que trata de tranquilizarme, pero la ráfaga de aire

frío que me azota no me lo permite. Me abrazo con más fuerza, luchando contra el estremecimiento que me sacude por dentro. Siempre me he sentido segura en los lugares donde me retiro a escribir, pero tras este encuentro, la sensación de seguridad se ha agrietado.

—De acuerdo —susurro, y asiento con la cabeza, pero la voz no me sale muy convincente.

De hecho, apenas se me oye. Él se da cuenta y, por un instante, me pregunto si está reconsiderando lo de dejarme a solas.

Termina de subir la escalera y regresa a mi lado. Mientras camina, se saca algo del bolsillo y me lo entrega. Es una tarjeta de visita. En la parte superior aparece su nombre en letras mayúsculas y negritas: **DETECTIVE NATHANIEL SAINT**. Debajo hay una dirección de correo electrónico y dos números de teléfono.

—No pretendía asustarla. —Mantiene el tono amable—. El primer número es mi móvil. Si necesita algo, lo que sea, no dude en llamarme.

Agarro la tarjeta con fuerza, al menos me hace sentir un poco más segura en esta situación tan surrealista.

—Gracias —murmuro, y me aferro a ese pedacito de cartulina como si se tratara de un amuleto protector.

—¿Cuánto tiempo tiene previsto quedarse? —La mirada de curiosidad que me dirige parece sincera—. Me aseguraré de que un coche patrulle por esta zona un par de veces cada noche mientras esté aquí.

—Unas cuantas semanas —respondo, y no sé por qué, pero me siento un tanto avergonzada. Supongo que es por cómo me mira. Me da la sensación de que se está preguntando qué hace una mujer como yo escondida en una cabaña tanto tiempo—. Soy escritora —añado, y espero que una breve explicación sea suficiente—. Vengo un par de veces al año para concentrarme, sobre todo cuando se acerca la fecha de entrega del libro en el que estoy trabajando.

Él alza una ceja en un gesto de sorpresa y admiración.

—¿Escritora? —repite como paladeando la palabra—. ¿Qué tipo de libros escribe?

—Sobre todo, suspense romántico —admito, aunque me da vergüenza hablar de ello—. Y relatos, de vez en cuando, pero... Lo siento. Odio hablar de mi trabajo; me resulta muy incómodo.

Él me dirige una sonrisilla.

—¿Cómo se llama?

Por un momento estoy tentada de decirle que me llamo Reya, el nombre de la protagonista de la novela que estoy escribiendo. El impulso es tan fuerte que casi se me escapa, pero me contengo justo a tiempo. No puedo mentirle a un policía, así que me resigno y respondo con mi nombre auténtico. Aunque de mala gana.

—Petra Rose.

Su sonrisa se hace más amplia, pero no como si me hubiera reconocido, sino como si estuviera memorizando el nombre.

—Me pondré en contacto con usted mañana, Petra Rose.

Lo observo mientras se aleja de la casa hasta que queda engullido por las cegadoras luces del coche patrulla. Veo que entra en el coche negro, da la vuelta y regresa al lugar de los hechos. Cierro la puerta y corro los pestillos. Apoyada en la madera, noto que el corazón me late a toda velocidad y bajo la vista a la tarjeta de visita.

«Nathaniel Saint».

Podría ser uno de mis protagonistas. Incluso el nombre es perfecto.

«Podría ser Cam perfectamente».

A pesar de la hora que es y de los extraños acontecimientos de esta noche, siento que me asalta una súbita oleada de inspiración. Voy directa al portátil, empujada por el giro tan inesperado que ha tomado la noche. Los detalles del detective Nathaniel Saint me dan vueltas por la mente y no me resisto a la tentación de anotarlos.

Lo recuerdo todo sobre él: la voz, la presencia, el modo en que me ha hecho sentir cómoda e incómoda al mismo tiempo.

Las palabras brotan como hacía mucho tiempo que no me pasaba. De alguna manera, el miedo, la incertidumbre y la extraña energía de la noche han unido esfuerzos y han logrado romper el bloqueo creativo contra el que estaba luchando.

Nathaniel Saint se ha convertido en Cam, y con cada palabra que escribo, la novela se desencalla y empieza a fluir de nuevo.

No me puedo creer lo que ha pasado esta noche.

6

—No te vas a creer lo que pasó anoche —digo casi vibrando de emoción e incredulidad, con el móvil pegado a la oreja.

Los rayos del sol se cuelan por la ventana de la cocina, pero mi mente sigue reproduciendo el encuentro tan extraño como inesperado que, de manera milagrosa, ha reiniciado mi cerebro.

—Oh, bien. Algo de dramatismo al fin. —Nora es una gran defensora del caos—. Cuéntamelo todo. ¿Has llegado al fin a la página veintiuno?

—No es eso; es algo infinitamente mejor. —Casi puedo ver como las orejas de Nora se alzan, interesadas—. Tuve una visita. Una visita muy inesperada. Y... ¡era un poli!

Se hace el silencio, pero enseguida oigo que Nora contiene el aliento de manera teatral.

—¡¿Un poli?! Petra, ¿qué has hecho? Te juro que como tengas que escribir el libro en la cárcel no pienso enviarte provisiones.

—Que no, que no es eso —le aseguro. Conociéndola, ya debe de estar imaginándome vestida con un mono naranja—. Hubo una persecución policial que terminó cerca de la cabaña. Un preso que se suicidó para que no lo atraparan. Y un poli se presentó aquí para preguntarme si lo conocía. A las... cinco de la mañana o así. Casi me muero del susto, pero, madre mía de mi vida, tendrías que haberlo visto.

—¿Al poli? ¿O al muerto? ¿Era un muerto de la vida real? Por Dios, Petra. ¿Viste el cadáver?

—Eso de «muerto de la vida real» suena raro hasta para ti, Nora. Pero sí, pasó de verdad. Aunque no hablaba del muerto. Hablaba de Cam, el poli.

—¿SE LLAMABA CAM?

—¡Nooo! Lo llamo así porque es tal como me imagino a Cam ahora mismo.

—Qué locura. ¿Lo ves? El universo está de tu parte. —La voz de Nora se convierte en un susurro conspiratorio como siempre que está volcada de verdad en una historia—. ¿Estaba bueno? Porque si es un poli y vive en una zona rural, hay un cincuenta por ciento de probabilidades de que tenga pinta de cazarse su propia cena vestido con una ajustada camisa de franela. O eso, o que no sea capaz de saltar una cerca.

Me apoyo en la encimera con una sonrisa en la cara.

—Nora, estaba... ¡tan bueno! Y su nombre todavía me gusta más. Es el detective Nathaniel Saint.

Dejo el nombre colgando en el aire y lo disfruto.

Nora contiene el aliento de nuevo, esta vez con todavía más dramatismo.

—¡Venga ya! ¡Es perfecto para un protagonista! Te lo tienes que estar inventando. Seguro que te quedaste dormida sobre el teclado y lo soñaste.

—¡Te juro que sucedió! —insisto. Me aparto de la encimera y echo a andar de un lado a otro—. Era alto y tenía la mirada intensa. Y el uniforme le sentaba..., uf..., le sentaba tan bien que lo primero que me vino a la cabeza fue: «Hola, Cam. Aún no lo sabes, pero vas a ser la pareja de Reya». Fue como una señal, Nora, te lo juro, como si el universo hubiera decidido traerme la inspiración en carne y hueso.

—¡Has encontrado a tu musa! —exclama ella, en tono triunfal—. ¡Lo sabía! El universo nos ama. Y, oye, ¿conseguiste su teléfono? ¿Coqueteaste con él? ¿Le ofreciste una taza de café y, de manera totalmente accidental, lo tiraste encima de su atractivo uniforme para poder quitárselo?

Hago una mueca irónica sin dejar de sonreír.

—No, loca. Estaba demasiado ocupada tratando de no hiperventilar. Pero cuando se marchó, no me lo podía quitar de la cabeza. Y, entonces, empecé a escribir. He escrito páginas enteras, Nora. Páginas llenas de frases coherentes.

—¿En serio? —Su tono pasa de la incredulidad juguetona a la genuina sorpresa—. ¿No me tomas el pelo? ¿Has escrito de verdad?

—Lo digo muy en serio. —Selecciono el archivo en el portátil—. Ahora te lo paso.

Tras una breve pausa, la oigo exclamar, sorprendida:

—¡Petra! ¡Son casi diez mil palabras! —No puede ocultar su entusiasmo—. ¿Lo ves? Te lo dije. Solo necesitabas retomar el contacto con el universo literario para librarte del dichoso bloqueo. El karma te lo ha recompensado enviándote a un poli buenorro. Creo que estás recuperando el duende.

—Puede ser. —Siento un agradable calorcillo en el pecho que no tiene nada que ver con el sol. Es el calor de las palabras que vuelven a fluir, de una historia que al fin toma forma—. De pronto, las palabras vuelven a... encajar. Escribir vuelve a ser fácil. Es como si se hubiera desatascado algo en mi interior y todo fluyera de nuevo. Se me había olvidado lo agradable que es.

—Lo que has desatascado es un anticipo de la editorial, eso es lo que has desatascado —me recuerda—. Bueno, ahora vamos a lo importante. ¿Hay cámara de seguridad en esa cabaña? ¿Una camarita doméstica o algo así? ¿Hay grabaciones? Porque necesito una imagen; es por un tema puramente documental, por supuesto.

Suspiro de modo teatral y apoyo la frente en la nevera, que está fría.

—Ojalá hubiera una. Y tampoco se me ocurrió sacarle una foto de manera discreta, sutil, sin que se enterara.

Al recordar su silueta enmarcada por la puerta, tengo la sensación de que todo fue un sueño, un espejismo muy vívido. Y, aunque las palabras vertidas en el documento deberían ser suficiente motivo de felicidad, una pequeña y egoísta parte de mí echa en falta esa prueba visual, algo físico que me una a ese hombre que, al parecer, ha logrado romper la maldición que pesaba sobre mí.

—Tengo que colgar. —Siento la llamada del portátil. El pozo de la inspiración que hasta hace poco estaba seco, vuelve a rebosar—. Tengo que anotar más cosas antes de que se desvanezca en el reino etéreo de las musas.

—¡Vamos, corre! No dejes que Cam se escape. Y, ahora en serio, si consigues imágenes de alguna cámara de vigilancia, ya sabes a quién enviárselas.

—Serás la primera —le prometo, aunque mi cabeza ya está frente al ordenador.

Cuando estoy a punto de dar por finalizada la llamada, alguien llama a la puerta.

«¿Será posible?».

—Venga, te cuelgo —le digo.

—Espera —me pide, y me quedo con el dedo sobre la pantalla mientras me dirijo a ver quién hay en la puerta—. Eso significa que estás lista para hacer otro directo, ¿no? Las fans se volverán locas cuando se lo cuentes.

Siento que la vieja ansiedad amenaza con regresar y me llena de dudas. Pero entonces la imagen del detective, alto, imponente, se cuela en mi mente y todo me parece un poco más llevadero, recuperable.

—Vale. —Suspiro, pero no pierdo la sonrisa—. Siempre y cuando filtres las preguntas como la última vez.

Vuelven a llamar a la puerta.

—No lo dudes —me asegura—. ¡Buena suerte!

Cuelgo la llamada y me acerco a la mirilla, pero la esperanza de que pueda tratarse del policía se trunca al ver a la vecina en el porche.

Suspiro, pero abro igualmente.

—Hola, Mari.

La invito a entrar con un gesto de la mano. Supongo que ha venido a buscar la bandeja de los brownies, por lo que me dirijo a la encimera donde la dejé tras lavarla y secarla.

—¿Pudiste dormir anoche, con todo el follón? —me pregunta.

Me encojo de hombros.

—Algo dormí.

Le devuelvo la bandeja, pero, en vez de ir hacia la puerta, se acerca a la mesa y aparta una silla.

Parece que tengo compañía.

Mari hace girar el vestido con garbo para que se alce sobre la silla antes de sentarse.

—¿Y qué me dices de los polis? No me hizo mucha gracia verlos en la puerta, pero reconozco que estaban de muy buen ver.

—Yo solo vi a uno.

—Espero que fuera el más guapo. Bueno, los dos estaban muy bien, pero el alto..., madre mía. No he visto tanto movimiento por aquí desde que un grupo de *swingers* alquilaron la casa hace tres veranos.

Es imposible saber por dónde va a salir esta mujer, lo juro.

Mari se fija en la tarjeta que dejó el oficial. Está en la mesa, entre las dos, y no duda en cogerla y darle golpecitos con el dedo.

—Exacto, a este me refería. El alto, Nathaniel Saint.

—¿Lo conoces?

—No, intento mantenerme lejos de la autoridad siempre que puedo. Nunca se sabe con estos tipos. Procuro estar al margen de temas locales y del condado, menos cuando a algún idiota del ayuntamiento se le ocurre proponer una ley para prohibir los alquileres turísticos en el lago. Lo han intentado dos veces y las dos hemos ido Louie y yo a impedirlo. Vivimos de esto, y no me da la gana de tener que buscarme un trabajo de oficina. Menuda pesadilla. —Finge secarse el sudor de la frente—. Imagínate tener un trabajo administrativo, sintiendo que se me pudre el alma, hasta que me sustituyan por una inteligencia artificial antes de cumplir la edad para jubilarme. Mi única salida sería encontrar un nicho de mercado en OnlyFans para una actriz mediocre y entrada en años con el pelo como una muñeca repollo. No, gracias.

Vuelve a dejar la tarjeta en la mesa, pero no aparta la vista de ella.

—Si no hubiera visto el cadáver con mis propios ojos, pensaría que lo había soñado, pero estuvieron hablando con Louie y conmigo un buen rato.

—Vis... ¿Viste el cadáver?

«¿Cómo?».

—Oí el ruido y, como soy curiosa, fui a ver qué pasaba. No te preocupes, ya está todo despejado. Solo han quedado unas marcas de pintura en el suelo. Pasó allí enfrente, cerca de aquí. Esperaba ver una silueta del hombre dibujada en el suelo, como en los documentales en los que trabajo, pero no había nada. Probablemente porque no fue un asesinato y porque lo tendrán grabado en la cámara del coche, ya que lo iban persiguiendo, pero, bueno..., habría molado verlo.

«Molar» no es la palabra que habría elegido para describir algo así, pero no se lo discuto. Es imposible seguirle el ritmo. No sé cómo lo logra Louie. Tal vez no lo logra. En cualquier caso, y a pesar de su personalidad efervescente, el recuerdo de lo sucedido anoche vuelve a tensarme.

—Fue como una escena de una novela de detectives —sigue diciendo—. Lástima que no escribas suspense, Petra. Te podría haber servido de inspiración.

Claro que escribo suspense.

—Mari, ¿qué tipo de libros crees que escribo?

Ella se encoge de hombros.

—¿Novela romántica? No lo sé. Supongo que debería leer alguno. ¿Cuál me recomiendas?

—Ninguno —respondo con sinceridad—. Son novelas de suspense, pero si te gusta el género te podría recomendar otras mucho mejores.

Mari me da una palmada en el brazo.

—No seas tan crítica contigo misma, no mola nada.

No me había dado cuenta de que estaba siendo autocrítica. Yo lo llamo ser honesta.

—Vamos a empezar de nuevo. —Endereza la espalda y me mira a los ojos—. Petra, ¿cuál de tus libros me sugieres que lea primero?

Tiene razón. Nunca respondo a esta pregunta con orgullo. Lo mínimo que puedo hacer es intentarlo; tal vez así mejore mi actitud actual hacia mi carrera.

—Empieza por el principio —le digo con aplomo fingido—. El orden de publicaciones está en mi página web. Y si el primero te gusta, podrás ir siguiendo mi progresión a lo largo de los libros.

Mari sonríe.

—Mucho mejor. Le echaré un vistazo a tu página web. ¿Cómo se llama? ¿Petra la Patética punto com? —Se ríe de su propio chiste, pero añade un «es broma» antes de que haya podido encontrarle la gracia—. Es que siempre actúas de un modo tan lastimero cuando hablas de tu carrera que me da rabia. Voy a inundarte de halagos mientras estés aquí hasta que se te quite la tontería de encima —añade mientras se levanta—. Si necesitas hacer una pausa para ir de compras, avísame. Mañana iré a echar un vistazo a las casas de la zona, por si te apetece venir.

—No, gracias. Todavía no necesito distracciones.

—Igualmente, te enviaré un mensaje antes de salir por si cambias de opinión. —Coge la bandeja y se dirige a la puerta—. Tal vez haya suerte y le dé un infarto a Louie. Así tendría una excusa para llamar a los polis.

—Por Dios, Mari.

—Uno flojito —dice en tono desenfadado—. No quiero que se muera. ¿Quién me llevaría a Los Ángeles para las audiciones? —Me guiña el ojo antes de cerrar la puerta.

Me levanto a cerrar con pestillo antes de volver a la mesa.

Cojo la tarjeta que está junto al portátil y acaricio el nombre del detective Saint con el pulgar mientras me pregunto cómo debe de llamarlo la gente. Hay un montón de posibilidades, pero me imagino que, si lo conociera mejor, lo llamaría Saint. ¿Lo llamarán Nathaniel? Me parece demasiado formal y estirado para alguien que se mueve con tanta seguridad en sí mismo.

Tal vez lo llaman Nathan, que es un poco más informal, accesible. O tal vez es Nate para los más allegados. O quizá lo llamen por el cargo: «detective».

Lo llamen como lo llamen, el caso es que llevo un rato aguardando ansiosa su regreso. Debería haberle preguntado a Mari si le habían mencionado algo sobre tomarle declaración.

La mía la seguirán necesitando, supongo. Anoche dijo que hoy se pondrían en contacto conmigo —él o alguien de la comisaría—, y parte de mí está contando las horas, esperando oír que llama a la puerta en cualquier momento antes de que termine la jornada laboral. Pero a medida que la tarde se alarga y el sol empieza a esconderse, me doy cuenta de que ya son las seis de la tarde y no ha dado señales de vida.

Solo una persona se ha acercado a la puerta, pero era Mari y no el hombre al que esperaba ver.

Tal vez al final han decidido que no hacía falta tomar declaración a los residentes. Quizá a la luz del día se han dado cuenta de que era una pérdida de tiempo y que podían dar el caso por cerrado. Como ha dicho Mari, el hombre que murió se suicidó; no hay gran cosa que investigar.

Aunque la conclusión tiene lógica, me siento un poco decepcionada. Tengo muchas preguntas sobre lo que sucedió ayer, y no solo por quedarme tranquila.

Para una escritora, se trata de una oportunidad de oro, una que no debería desaprovechar. Es la posibilidad de hablar con un detective de verdad y de hacerle el tipo de preguntas que luego sirven para darle un barniz de credibilidad al libro. ¿Cuántas veces se ha presentado en mi puerta un hombre que parece sacado de la novela que estoy escribiendo? Ninguna.

Y lo peor es que, a medida que la luz se desvanece, la oportunidad parece evaporarse con ella.

Algo en mí se niega a rendirse. ¿Y si le escribo? Solo para asegurarme de que no van a necesitar una declaración. Haré que parezca una pregunta desinteresada, pero dejaré la puerta abierta para que él establezca contacto si le apetece. Tal vez incluso me sirva para poder resolver alguna de las dudas de mi proceso de documentación a las que llevo dando vueltas desde anoche.

Paseo los dedos sobre la pantalla del móvil, dudando; no sé si es buena idea o no. Finalmente, busco su número en la tarjeta y le escribo un breve mensaje:

Yo:

Hola, soy Petra Rose. ¿Todavía necesitan una declaración?

Le doy a enviar antes de que pueda arrepentirme. El mensaje es directo, profesional, pero también lo bastante desenfadado para invitar a una respuesta.

No estoy segura de qué estoy esperando. Tal vez una respuesta tardía o una respuesta formal de alguno de sus colegas desde otro número de teléfono, pero, para mi sorpresa, el móvil vibra casi al instante. Su respuesta ha llegado antes de lo que pensaba, y hay algo en esa velocidad que hace que mi corazón dé un vuelco.

Saint:

Hoy hemos estado cortos de personal. Lo siento. Si no es demasiado tarde, puedo pasarme un momento de camino a casa.

Leo su mensaje más de una vez. El estómago me empieza a dar vueltas ante la idea de volver a verlo. Su tono es informal y considerado al mismo tiempo, como si se disculpara por no haberse presentado a una cita que no concertamos, pero me propusiera otra para compensármelo. Y si bien en la superficie no es más que un encuentro formal, los nervios se apoderan de mí al pensar que pasará por aquí, aunque solo sea para tomarme declaración.

Yo:

Sí, claro. Y, si tiene un rato, me gustaría hacerle unas preguntas sobre algunas escenas que estoy escribiendo. Me iría muy bien poder adentrarme en la mente de un agente de policía.

Le doy a enviar rápido, sin pensármelo. Es verdad que necesito información para el libro, y tener a un policía tan a mano es una oportunidad que no puedo dejar escapar. Pero, siendo honesta, no se trata solo de eso. En el fondo, lo que quiero es volver a verlo, pasar más rato en su presencia, sentir esa extraña mezcla de atracción y curiosidad que me provocó la primera vez que lo vi.

Saint:

Soy todo suyo. En una hora estoy ahí.

Su respuesta llega de manera casi inmediata, y me falta el aliento al leer la primera frase. «Soy todo suyo». Una frase sencilla que probablemente no esconde nada más que una actitud profesional, pero que me ha afectado de un modo inesperado. Los nervios me recorren con su descarga eléctrica, que hace que me suba la temperatura mientras lo leo una vez más.

Aparto las dudas y me dirijo a toda prisa al dormitorio para cambiarme de ropa. Al mirarme en el espejo, me avergüenzo un poco al darme cuenta de que es la tercera vez que me cambio de ropa hoy, y que cada una de las veces lo he hecho con la idea de que él pudiera pasarse por aquí. Es ridículo, lo sé. No suelo meter ropa mona en la maleta cuando me encierro a escribir. Mi vestuario habitual consiste en pantalones de chándal, camisetas viejas y unas cuantas sudaderas que voy alternando según el tiempo que haga. Me llevo también un par de vaqueros y de blusas, que incluyo por si siento la urgente necesidad de ir de compras. Lo más favorecedor que tengo sin pasarme de la raya es un vestido de tirantes que podría pasar por algo que me pongo para estar por casa una tarde cualquiera.

Me lo pongo, lo aliso con los dedos y decido ir descalza para darle un toque más informal. Me recojo el pelo en un moño descuidado y me aplico un toque de maquillaje, lo justo para darle un poco de brillo a mi cara sin que parezca que me he maquillado. Es una imagen que requiere de un equilibrio delicado. Normalmente no me tomo tantas molestias, pero esta noche no me parece una noche cualquiera.

Mientras espero, me acerco a la mesa de la cocina y me siento, al mismo tiempo que trato de concentrarme en las preguntas que quiero hacerle. Anoto algunas de las que me interesan, pero añado también otras que me acabo de inventar para que parezca que estoy siendo productiva y que mi interés es solo documental. Aunque mis razones no puedan ser más egoístas.

Anoche, después de que se fuera y de escribir varios capítulos, me inundó una euforia que llevaba años sin sentir. Poder ponerle una cara auténtica a mi personaje de ficción hizo que la historia fluyera sin esfuerzo. Hasta entonces me había imaginado a Cam de manera vaga, abstracta, pero ahora que se basa en alguien que existe de verdad —alguien a quien conozco personalmente—, las palabras nacen con mucha más facilidad.

Saber que Cam se inspira en el detective Nathaniel Saint ha hecho maravillas con mi confianza en la historia. Me ha ayudado a minimizar ese miedo que no me abandona nunca, miedo a que los lectores me acusen de no ser realista. ¿Cómo va a ser poco realista la novela ahora que escribo las reacciones de Reya ante Cam basándome en mis propias reacciones ante el agente Saint? Nunca me había sentido tan en sintonía con mi protagonista, y se lo debo a él.

Cuando al fin llama a la puerta, el corazón me da un vuelco. En vez de correr hacia la puerta, me obligo a esperar. Me detengo junto a la puerta con la mano sobre el pomo y cuento hasta treinta. No quiero que piense que he estado aguardando ansiosa su llegada durante todo el día.

Inspiro hondo antes de abrir la puerta al fin, lista para ver adónde me llevará el próximo capítulo. Quiero dar una imagen serena, mantener una apariencia profesional, pero en cuanto lo veo, pierdo la compostura.

Me impacta verlo sin uniforme. En vez de la imagen impecable y autoritaria a la que lo asocio, se ha presentado vestido de calle, y eso me lleva a hacer justo lo que me había prohibido hacer: examinarlo de arriba abajo.

No puedo evitar fijarme en todos los detalles. Lleva unos vaqueros gastados, con aspecto suave por años de uso y con unas cuantas salpicaduras que le dan un aspecto rudo. La camiseta, lo bastante ceñida para mostrar las líneas bien definidas de su torso, va estampada con un puño alzado y la palabra GONZO. Es una referencia al escritor Hunter S. Thompson. Me pregunto si se la habrá puesto expresamente, como un guiño sutil e intelectual hacia mi carrera, o si será una coincidencia. En cualquier caso, ha captado mi atención y no puedo negar que, sin uniforme, está mucho más guapo de lo que me imaginaba.

—Bonita camiseta —comento mientras abro la puerta un poco más. Trato de no sonar alterada, a pesar de que mi corazón va a mil por hora.

Él me dirige una sonrisa lenta, casi burlona, pero no me

aclara si ha sido una elección intencionada o no. Su sonrisa es contagiosa y, por un momento, quedo presa de la seguridad que irradia.

Ahora que lo veo de cerca y a la luz del día, me es más fácil determinar su edad que ayer, con los rasgos distorsionados por las sombras. Está claro que es mayor que yo, pero no por mucho; tal vez cuatro o cinco años, es decir, que debe de tener treinta y muchos. Hay algo en él que transmite experiencia, sensatez, pero sin ese hastío vital que se ve a menudo en personas que han experimentado cosas muy duras.

—¿Pudo dormirse cuando me marché? —me pregunta mientras entra en la cabaña como si lo hubiera hecho un montón de veces y llena la habitación con su presencia.

—No mucho, pero estoy bien —respondo, y la voz me suena más aguda sin pretenderlo—. ¿Y usted?

—No, nada, pero estoy bien.

Vuelve a dirigirme la misma sonrisa lenta, que me resulta un poco demasiado cómplice, demasiado cargada de intención. No sé si pretende que sea seductora, pero hay algo en su forma de sostenerme la mirada que me resulta... diferente.

Y no sé cómo reaccionar. Normalmente sé desenvolverme bien en situaciones como esta, con flirteo de por medio, pero el hecho de que lleve anillo de casado me echa para atrás. No tonteo con los hombres de otras mujeres. Siempre me he mantenido firme en lo que a eso respecta.

Pero lo importante aquí es qué haría Reya, y estoy segura de que mi personaje tontearía con él. De hecho, así es como empieza su relación en el libro. Reya se aferra a cada sonrisa provocativa que él le dirige y se las devuelve, convirtiéndolas primero en un juego y luego en una aventura amorosa que acabará por consumirla.

Mientras observo al detective Saint moverse por mi cocina, me pregunto cuántos capítulos podré escribir esta noche si me meto en la piel de Reya durante un rato.

¿Y si me convierto en ella, aunque sea un momento?

¿Y si me permito librarme de las dudas, unirme al tonteo y ver hacia dónde me lleva? Tal vez me inspire y me ayude a romper de una vez este bloqueo creativo. No puedo olvidarme de que tengo una fecha de entrega que está cada día más cerca.

La idea de liberarme de mis ataduras y de convertirme en la protagonista para captar su esencia cada vez me resulta más excitante.

El detective gira lentamente sobre sí mismo mientras examina los techos altos y el estilo engañoso de la cabaña.

—Siempre me había preguntado cómo sería esta casa por dentro —comenta, y se nota que la admiración es genuina—. No se parece en nada a lo que me imaginaba. Debe de ser la cabaña más bonita de todo el lago.

—Yo suelo alojarme en el otro lado. —Señalo los ventanales con vistas al agua—. Las cabañas de esa zona tienen mejores vistas del atardecer, pero sí. Esta es bonita. Demasiado.

Él asiente mientras contempla el paisaje que ofrecen los ventanales. A la luz del crepúsculo, la habitación queda bañada en su cálido resplandor.

—¿No tiene dos plantas? Desde fuera parece que tenga más de una altura.

—No. —Niego con la cabeza—. Solo una. Los techos son igual de altos en todas las habitaciones.

Él asiente, impresionado, y sigue observando el espacio como si estuviera tomando notas mentales. Y mientras él examina la cabaña, yo lo examino a él. Pienso en Reya y en Cam y en lo fácil que sería que esta interacción diera paso a algo más si yo lo permitiera. Me obligo a mantenerme anclada en el momento, pero la línea que separa la ficción de la realidad empieza a desdibujarse.

Me busca los ojos y me atrapa en su mirada, tan intensa que se me acelera el pulso.

—Es preciosa —dice en voz baja y tono informal.

Yo asiento en silencio y trato de no alterarme, aunque no tengo nada claro que se refiera a la casa. La atmósfera de la habitación acaba de cambiar. Ninguno de los dos habla y el silencio se vuelve más denso, casi palpable. Lo noto en la piel y me hace ser consciente de cada inspiración, de cada uno de mis movimientos. Busco algo que decir, cualquier cosa que sirva para romper la tensión del momento.

—¿Cómo suele llamarlo la gente? ¿Nathaniel? ¿Nate?

Él ladea la cabeza mientras una sonrisilla juguetea en sus labios.

—De hecho, me llaman Saint.

«Oh, lo clavé».

—Saint —repito en voz baja, más para mí que para él.

El nombre permanece en el aire, entre los dos, y no puedo evitar pensar en lo perfecto que sería para un personaje.

«Saint» tiene fuerza, carácter, y cala mucho más en el lector que los nombres tan típicos que suelo usar. Sería un nombre de personaje mil veces mejor que «Cam», pero no puedo usarlo, sería demasiado. Cam es casi calcado a este tipo en mi mente; no puedo llamarlo igual, sería pasarse.

—¿Todo el mundo lo llama por el apellido? Es muy formal, ¿no?

Cuando me doy cuenta de lo que acabo de decir, me preocupa que él piense que me estoy tomando demasiadas confianzas, pero mi inquietud dura poco, porque me responde:

—Puede ser, pero ya he terminado de trabajar por hoy y no hace falta ser tan formales, así que tutéame, por favor.

«¿Por qué no?».

—Vale..., te tuteo, Saint, pero pensaba que habías venido a tomarme declaración.

Él tarda un poco en responder. Se me queda mirando un instante en silencio, como sopesando sus palabras antes de pronunciarlas.

—No, no es necesario. Quedó todo grabado en la cámara del salpicadero y en las corporales. No pueden cuestionarnos nada.

Sus palabras me estremecen porque me recuerdan que, con el avance de la tecnología, se quedarán grabadas para la eternidad cada vez más cosas que nadie querría recordar.

«Pobre hombre».

Aunque tampoco sé qué hizo para que la justicia lo buscara. Estoy a punto de abrir la boca para pedirle más detalles, pero a Saint se le ve tan cómodo en la cocina que me pone nerviosa.

Apoyado en la isla central, con las piernas cruzadas a la altura de los tobillos, me deja sin aliento. Exuda tanta seguridad en sí mismo que me siento fuera de mi elemento y no logro hilar una frase coherente. Pero entonces pienso:

«¿Reya se sentiría fuera de su elemento ahora mismo?».

No, sé que ella estaría serena, controlando la situación. Se apoderaría de la energía que vibra entre ellos y la usaría a su favor. No retrocedería.

—Y si no necesitas una declaración —me cruzo de brazos de manera informal—, ¿para qué has venido?

Él alza una ceja y me dirige una mirada traviesa.

—Dijiste que querías adentrarte en mi mente.

«Es verdad. Se lo he dicho, ¿no?».

Trago saliva para librarme del nudo que se me ha formado en la garganta mientras intento recordar las preguntas que quería hacerle. Lo malo es que, ahora que lo tengo delante, parece que he sufrido un cortocircuito. Las preguntas que me había preparado con tanto cuidado se desvanecen en el aire. No quiero tener que leer la lista como si fuera una aficionada, por lo que rebusco en la mente algo —lo que sea— para que la conversación no se desvíe hacia territorio peligroso.

—¿Por qué llevas uniforme si eres detective? —le suelto, aunque por dentro me reprendo por haberle hecho una pregunta tan boba.

—Es un pueblo pequeño —responde, imperturbable—. Solo investigo cuando es necesario. Casi todo el tiempo me dedico a patrullar, y para eso necesito el uniforme.

Asiento mientras sigo pensando, pero no se me ocurre ninguna pregunta más. El silencio vuelve a instalarse entre nosotros; lo siento crecer mientras me muerdo el labio, frustrada por mi incapacidad de pensar en nada. Por suerte, antes de que pueda plantear alguna pregunta tan absurda como la primera, él vuelve a hablar.

—Tengo que confesarte algo. —Esta vez su tono es más serio.

Parpadeo, sorprendida, y ladeo ligeramente la cabeza.

—Ah, ¿sí?

Cuando asiente con la cabeza, siento que el aire vuelve a cambiar, como anunciando que lo que está a punto de decir podría cambiar las cosas entre nosotros.

—Anoche no dormí cuando llegué a casa, pero no por culpa del trabajo.

Frunzo el ceño, sin acabar de comprender.

—¿Qué te quitó el sueño?

—Te busqué en Google —responde tan tranquilo, como si fuera lo más normal del mundo—. Vi un montón de vídeos tuyos en TikTok.

Al notar que me ruborizo, me cubro las mejillas con las manos.

—¡Ay, Dios! ¡Esos no!

Él se echa a reír. Su risa es natural, profunda, y parece llenar la cabaña.

—Tuyos y de tu amiga..., ¿cómo se llama?

—Nora —respondo, oculta tras mis manos.

—Sí. Muy entretenidos —insiste, burlón.

Se nota que está disfrutando con mi incomodidad. Hay algo juguetón en su tono de voz que me impulsa a esconderme, aunque al mismo tiempo me apetece echarme a reír.

—¿Por qué dejasteis de subirlos? No he encontrado ninguno reciente.

Bajo las manos, porque noto que el rubor se me extiende por el cuello.

—Yo..., es que... ha sido un año difícil. Hicimos un chat en directo en mi grupo privado el otro día, pero no me atrevo a volver a TikTok.

—Vaya, qué pena. —No aparta la mirada de mis ojos en ningún momento—. Y esas dudas que tenías, ¿a qué se deben? ¿Estás escribiendo sobre un policía? —pregunta en tono seductor.

—Pues la verdad es que sí. —Cada vez noto las mejillas más calientes.

A él se le escapa una sonrisilla.

—Menuda coincidencia.

Me gustaría que se me tragara la tierra. El calor me sube desde el pecho, por el cuello, y se extiende por toda la cara como un incendio descontrolado.

—Sí —murmuro—. Pero en mi defensa diré que mi personaje ya era policía desde hace tiempo. Llevo liada con esta novela más de año y medio, por desgracia.

A él se le escapa una risa discreta, pero su sonido es suficiente para hacerme estremecer. Nuestros ojos se encuentran y esta vez experimento algo distinto. La tensión que permanecía latente bajo la superficie se nota de pronto más real, más eléctrica. Por un instante, me doy permiso para preguntarme qué haría Reya en esta situación.

¿Se dejaría atraer hacia esa corriente? ¿Se permitiría borrar las líneas que separan lo que es ficticio y lo que es real? Siento la tentación de descubrirlo, pero me limito a sonreír, sofocada, nerviosa. Y también culpable. No somos dos adultos solteros a solas en una habitación. Esto no es una ficción inocente.

—¿Qué me querías preguntar?

—Varias cosas. Un montón de... cosas de polis. No sé ni por dónde empezar.

—¿Qué tipo de libro es? ¿Una novela romántica?

Asiento con la cabeza.

—Suspense romántico. Un triángulo amoroso. Y el poli casado forma parte del triángulo porque se enamora de una testigo. Las cosas... se complican. Y yo...

Él aguarda, paciente, a que termine de hablar.

—No sé nada de policías. Ni de triángulos amorosos, al parecer.

—No estoy seguro de poder responder preguntas sobre un triángulo amoroso, porque nunca he formado parte de uno, pero del resto me puedes preguntar lo que quieras.

Su tono de voz es sereno, pero cargado de curiosidad, como si estuviera realmente interesado en mis preguntas. Cuando sonríe, siento que su sonrisa me llega hasta el estómago y se instala allí, como una llamita. Tiene una de esas sonrisas que hacen que se te olvide hasta de respirar.

Me sigue inquietando que haya visto mis viejos vídeos de TikTok. No me puedo creer que no se me ocurriera ponerlos en modo privado tras todo el drama. Porque ahora Saint me ha visto borracha, soltando ideas ridículas sin filtro, riendo hasta que se me ha salido el vino por la nariz. Solo de pensarlo, me muero de vergüenza, pero, al mismo tiempo, me resulta intrigante que haya admitido que me ha buscado en Google, como si fuera lo más normal del mundo.

—Ya, yo tampoco. —Me esfuerzo en disimular mi apuro y en mantener viva la conversación—. Me lo he estado imaginando todo, pero a medida que escribo me van surgiendo dudas sobre el trabajo de policía, y me preguntaba si te importaría irlas respondiendo a medida que vayan apareciendo. Estoy segura de que, para ser un buen policía, no hay nada como la experiencia, ¿no? Tenéis que enfrentaros a cosas que no os enseñan en la academia, cosas que no encuentras en Google.

—Muy cierto. —Su sonrisa se suaviza un poco mientras asiente con la cabeza.

—Escribir es un poco así —sigo diciendo, aliviada al ver que las palabras brotan con más facilidad—. Sé que, si pudiera experimentar ciertas situaciones en persona, la narración sería mucho más realista. Puedes tirar de imaginación, pero llega un momento en que la falta de experiencia real se acaba notando. Y nunca he sido policía, por lo que...

—Ni has formado parte de un triángulo amoroso —puntualiza Saint, que rompe el contacto visual por primera vez desde que iniciamos esta conversación.

Baja la vista hacia los brazos, que tiene cruzados a la altura del pecho. Al seguir la dirección de su mirada, me doy cuenta de que se está mirando la mano izquierda, en concreto la alianza de boda. Cuando empieza a darle vueltas al anillo con el pulgar, distraído, no puedo evitar preguntarme qué le estará pasando por la mente.

El nudo que siento en el estómago no lo causa solamente la vergüenza, sino también el darme cuenta de que la conversación se está desviando hacia un territorio de moral dudosa.

«Y tal vez por eso mismo ha venido».

—Ese libro en el que estás trabajando —dice al cabo de un momento mientras vuelve a mirarme a los ojos—, ¿cómo se llaman los protagonistas?

—Cam es el policía. —Es curioso lo bien que me hace sentir que se muestre tan interesado—. Y Reya es la protagonista femenina.

—¿Y el tercero en discordia?

—La mujer de Cam. Es él quien tiene una aventura a espaldas de su mujer, pero Reya se siente culpable porque no quiere ser «la otra». Lo que pasa es que él... la intriga demasiado.

—¿Hay alguna cosa en concreto que le sucede a Reya en el libro que no hayas experimentado nunca? —Su tono de voz es sereno, pero la pregunta permanece colgando en el aire, pesada, intensa—. ¿O todavía estás escribiendo el borrador?

«Joder».

La conversación está tomando un cauce peligroso. El calor me asciende ahora por la nuca. No estoy segura de estar preparada para mantener esta conversación. Así, no. No estando tan cerca y con el aire tan cargado de algo a lo que no logro poner nombre.

«Necesito una copa».

Sin decir nada, paso por su lado y me dirijo al armarito para coger una copa.

—Si vamos a continuar esta conversación, necesito un poco de vino. —La voz me sale un poco ronca—. ¿Quieres un poco? —Me vuelvo hacia él y alzo una ceja.

Él se encoje de hombros con un gesto lento, cómodo, que lo hace parecer aún más relajado.

—Te acompañaré. —No me quita los ojos de encima en ningún momento.

Saco de la nevera la botella de vino que abrí para Mari y siento el frescor del vidrio contra mi piel mientras lo sirvo.

Cuando me vuelvo a ofrecerle el vino, nos quedamos todavía más cerca. Él está apoyado en la isleta y yo en el fregadero, pero nuestros pies casi se tocan y la cercanía me hace estremecer. Cuando coge la copa, me roza los dedos y, por un instante, me quedo paralizada.

Da un trago con la mirada clavada en mis ojos por encima del borde de la copa. Hay algo nuevo en su modo de observarme, más intenso, como si hubiéramos dejado de hablar del libro. Es como si estuviésemos usando el libro como sustituto de otra cosa, algo que no mencionamos, pero que está muy presente.

Yo no soy tan delicada a la hora de beber. Doy un trago enorme y siento cómo el vino me baja por la garganta a toda prisa en mi intento por tranquilizarme. Dejo la copa en la encimera, a mi lado, sin soltarla, y la contemplo mientras trato de poner en orden mis ideas.

—Reya no se parece en nada a mí —empiezo a decir, en tono más calmado—. No quiero que pienses que me he inspirado en mi vida real para escribir su personaje.

—Algo tuyo debe de tener. Sería imposible que no tuviera nada, ¿no crees?

—Supongo, pero siempre procuro marcar distancias con mis personajes. Me divierte experimentar a través de ellos cosas que yo no puedo vivir. Reya tiene veintiséis años y ha estado muy ocupada durante su juventud. Ha estudiado Derecho y trabaja como abogada, por lo que, cuando conoce a Cam, no tiene demasiada experiencia con los hombres. Se ha esforzado en convertirse en una abogada que impone respeto, pero con Cam no le pasa. Al contrario, él es el primer hombre que la descoloca. —Le busco la mirada con el corazón desbocado una vez más—. La atracción entre ellos es intensa, pero, como ya sabes, él está casado.

Sin querer, bajo la vista hacia su anillo antes de volver a mirarlo a los ojos.

Saint asiente lentamente antes de darle otro trago al vino, pero mantiene una expresión neutra, que no soy capaz de leer. Baja la copa a la altura del pecho y la sostiene allí, como si fuera un escudo.

—Y eso a Reya, ¿cómo la hace sentir? —me pregunta en voz más baja e incisiva, como si me estuviera preguntando algo más trascendente que un detalle de la trama.

—Celosa —respondo al instante, porque la palabra se me escapa antes de que pueda filtrarla—. Decepcionada.

Su mirada se oscurece y me pregunto si habré hablado de más, si habré dejado que una porción demasiado grande de mí se cuele en la historia. Pero, por su modo de mirarme, deduzco que no soy la única que tiene dudas sobre hacia dónde va a llevarnos esta conversación.

El ambiente entre nosotros se carga hasta resultar irrespirable. Su pregunta, densa y pesada, sigue colgada entre los dos. Ya no estamos hablando de Cam y Reya. Elementos personales se han trenzado en la conversación. Ninguno de los dos lo ha mencionado, pero ambos sabemos que están ahí.

—¿Se conocen bien? —me pregunta, y su voz suave me sumerge aún más en la atmósfera del momento.

—No, en absoluto. —Niego con la cabeza—. Al menos al principio.

—Entonces, esta atracción es... puramente física.

Sus ojos no pierden detalle de mi reacción a su pregunta, que de nuevo se queda en el aire entre los dos, volviendo el ambiente cada vez más denso.

—De momento —admito, y, a pesar de que mi voz es poco más que un murmullo, la tensión sigue aumentando.

No tengo ni idea de qué está pasando aquí.

¿Seguimos hablando del libro o hemos pasado a hablar sobre nosotros? Es como si la conversación se desarrollara a dos niveles y todas las frases tuvieran un doble sentido que ninguno de los dos está dispuesto a admitir.

Desde que me he imaginado a Cam con el aspecto físico de Saint, me es imposible separarlos. Para una escritora, es una sensación extraña estar cerca de una versión de carne y hueso de su personaje. Es como si algo creado por mí hubiera cobrado vida, y eso es algo que me llena de adrenalina.

Tomo otro sorbo de vino. El corazón me late con tanta fuerza que estoy segura de que Saint puede oírlo. Trato de calmarlo regulando la respiración, pero no es fácil.

—¿Cómo empieza lo suyo? —me pregunta, calmado pero con curiosidad, como si de verdad le interesara.

Trago saliva, porque sé que mi respuesta nos va a adentrar en esta ruta peligrosa.

—Con un beso —murmuro—. Cam ama a su mujer, pero nunca se ha sentido tan atraído físicamente por alguien, no con esa intensidad. Por eso una noche que ha ido a casa de Reya, por trabajo, se deja arrastrar por la debilidad y la besa. Pero en mitad del beso se siente culpable, por lo que se aparta de ella y se marcha a toda prisa.

—¿Sin disculparse? —Saint alza las cejas. Se nota que está intrigado por el conflicto emocional.

Asiento en silencio mientras el pulso se me sigue acelerando.

—Cam es un alma torturada —lo justifico.

Saint asiente con la cabeza, dándole vueltas al tema. Sin dejar de mirarme fijamente, me pregunta:

—¿Y eso no te ha pasado nunca? ¿Nunca te has besado con un hombre que estaba casado con otra mujer?

—No —respondo con un hilo de voz—. Y me he quedado atascada al tratar de describir la reacción de Reya. —Doy otro sorbo al vino antes de continuar—: ¿Cómo reaccionaría Reya tras algo así? ¿Se enfadaría con Cam por haberla besado a pesar de que lo deseaba? ¿Se echaría a llorar al ver que se marchaba sin despedirse? ¿O se sentiría triunfante, como si hubiera ganado?

Saint ladea ligeramente la cabeza y entorna los ojos como si se lo estuviera planteando.

—Creo que eso es algo que deberías experimentar antes de verter las emociones en el papel.

—Exacto. —Me siento validada, a pesar de que mi corazón no deja de galopar.

Permanecemos observándonos en silencio durante unos instantes que se me hacen eternos. Creo que mi corazón late más fuerte ahora que cuando me despertaron las luces del coche de policía en mitad de la noche.

Entonces Saint hace algo con lo que no contaba: se muerde el labio inferior y tira de él, un gesto clásico de los protagonistas de las novelas que escribo. Me entran ganas de reír, pero la tensión sigue siendo demasiado real y palpable. Me pregunto si se dará cuenta de que está encarnando el papel de mi personaje a la perfección.

¿Se estará mordiendo el labio a propósito? ¿Habrá leído alguna novela romántica?

De repente, un zumbido hace que Saint enderece la postura. Se saca el móvil del bolsillo y le echa un vistazo. Le cambia un poco la expresión cuando vuelve a mirarme, ahora más serio.

—Es mi mujer —dice.

Sus palabras me caen encima como un cubo de agua helada, pero trato de que no se me note la decepción. Dejo la copa sobre la encimera con los dedos temblorosos.

—Deberías responder. —Finjo una despreocupación que no siento.

Saint también deja la copa de vino en la encimera, a su lado, sin apartar la mirada de mis ojos.

—Tienes razón, debería.

Pero no lo hace.

En vez de eso, suelta el móvil sobre la encimera y, sin darme tiempo a procesar lo que está pasando, elimina la distancia que nos separa. En menos de un segundo, me sujeta la nuca con una mano y une su boca a la mía.

El beso es tan repentino e inesperado que contengo el aliento. Sus labios son cálidos y suaves, y cuando su lengua roza la mía, un escalofrío me recorre la espalda. Me pego a él sin pensar, por instinto, y le sujeto el cuello con las dos manos mientras se apodera de mi boca.

Sabe a menta y a *merlot*, una combinación que me embriaga los sentidos. Ya sé cómo voy a describir el beso de Cam en la novela. Será justo así: este sabor, este sentimiento, este momento.

Su móvil sigue sonando sobre la encimera, pero lo único que me importa es que ha preferido besarme a mí antes que coger la llamada. Tenía razón, al menos sobre esa sensación en concreto. Reya se sentiría triunfante, como si acabara de ganar una batalla que no sabía que estaba librando.

Pero el triunfo viene acompañado de una gran dosis de culpa, que repta y se desliza en mi interior sin poder detenerla. No puedo ignorar el hecho de que es una llamada de su mujer.

Su mujer real.

No puedo permitir que mi mente empiece a diseccionar todas las razones por las que debería sentirme culpable.

El teléfono deja al fin de vibrar y en el silencio que sigue solo distingo el temblor que me provocan sus labios al acariciar los míos y el gemido ahogado que se me escapa sin querer. Me recorre la espalda con la mano de arriba abajo y, cuando me atrae hacia él, yo hago lo mismo, perdida en el calor del momento.

Pero entonces, tan de repente como ha empezado, la realidad se impone cuando su móvil empieza a vibrar de nuevo.

Saint rompe el beso y respira trabajosamente con la frente pegada a la mía. Yo inhalo con fuerza para recuperar el aliento mientras el pecho me sube y baja.

Hasta hoy ningún beso me había dejado tan alterada, hasta el punto de robarme el aliento.

Cuando abro los ojos, veo que él aún los tiene cerrados, como si intentara aferrarse al momento un poco más.

¿En serio he permitido que pasara?

Soy un ser humano horrible.

El teléfono sigue vibrando, un recuerdo insistente de la realidad que tratamos de ignorar.

De pronto, Saint me suelta, coge el móvil con expresión inescrutable y, sin decir nada, se dirige a la puerta.

Cuando cierra de un portazo, me quedo quieta, sintiendo el peso del silencio que inunda la cabaña. Me ha llenado de tantas emociones en un momento que, ahora que me las ha arrancado de cuajo, el dolor y la sensación de vacío en el pecho me toman por sorpresa.

Quiero que me siga besando. Lo deseo tanto que me duele. Quiero más tonteo, más sensación de triunfo.

Oigo el crujido de la grava cuando el coche se aleja de la casa. Varios minutos más tarde sigo en el mismo sitio, acariciándome los labios con la punta de los dedos, tratando de procesar lo que acaba de suceder.

La reacción que más me sorprende es mi sonrisa. Si hubiera escrito la escena del primer beso entre Reya y Cam anoche, nunca me habría imaginado que Reya sonreiría después de que Cam se marchara como lo hizo.

Pero lo cierto es que estoy sonriendo. A pesar de la culpa que siento por la traición, sigo sonriendo porque quiero creer que no he hecho nada malo. Es documentación, ¿no?

Sin pensar, voy directa al ordenador y lo enciendo. Por segunda noche consecutiva, me siento y empiezo a escribir.

No pienso contarle a nadie lo del beso.

7

Acabo de contarle a Mari lo del beso.

No quería hacerlo, pero se ha presentado en casa sin avisar con un pantalón de peto floreado. Iba bebiendo una mimosa que traía en una taza termo de la marca Yeti y me ha parecido una mujer inofensiva, que se aburría en su casa.

Ha llegado justo cuando necesitaba tomarme un respiro de esta última noche que he pasado en blanco, así que nos hemos sentado en el porche y la conversación nos ha llevado hasta el momento en que he dicho: «Fue solo un beso», y ella se me ha quedado mirando con expresión divertida.

—¿Qué me dices?

—Lo que oyes.

Suspiro. No me puedo creer que haya caído con tanta facilidad. Ante ella, me refiero; no hablo del beso. Ha empezado a hacerme preguntas sobre un misterioso coche negro que estaba aparcado frente a mi casa hace dos noches. Le he explicado que era el detective, que se había pasado a tomarme declaración. Pero, mientras se lo contaba, no sé qué me ha pasado. He sido incapaz de ocultárselo. Me he ruborizado y no podía borrarme la sonrisa de la cara.

Me he convertido en una perfecta idiota. Y luego, de repente, me ha acusado de acostarme con él. «¡Te estás beneficiando al poli buenorro!», me ha dicho.

Entonces me he puesto a la defensiva, pero en vez de negarlo rotundamente, he dicho algo así como: «¡No, no! Lo juro. No llegamos tan lejos. Fue solo un beso».

Y ella ha respondido: «¿Qué me dices?».

A lo que he contestado: «Lo que oyes».

Y ahora estamos aquí, observándonos en silencio mientras ella va sorbiendo de la taza termo Yeti.

—Pues me parece muy bien. Todo eso que te llevas. Yo me casé con Louie a los diecisiete. A los cincuenta caí en que mis labios nunca habían tocado los de ningún otro hombre y que lo más probable era que ya no fuese a ocurrir, porque yo ya pasaba de los cincuenta y Louie estaba sano como un roble. No te voy a mentir; me dio pena. Porque ¿y si Louie es pésimo besando? ¿Y si llevamos todo este tiempo haciéndolo mal? ¿Cómo vamos a saberlo si ninguno de los dos ha tenido más experiencias? —Clava la vista en la distancia, sin mirar a nada en particular—. Y ahora la juventud se ha ido y la idea de que Louie me meta la lengua en la boca hace que me den ganas de ir hasta el lugar donde aquel joven se quitó la vida el otro día y hacer lo mismo.

—¡Por Dios, Mari!

—No te arrepientas de nada, Petra. Besa a todos los hombres que puedas. Y a las mujeres también, si se presenta la ocasión. Piensa en nosotras, las que nunca hemos podido hacer ninguna de esas cosas divertidas.

Se le ha acabado la bebida e intenta, desesperadamente, que la última gota le caiga en la lengua.

—Por lo menos, Louie y tú habéis tenido un matrimonio duradero. No hay mucha gente que lo logre.

Ella me hace un gesto frívolo con la mano.

—Ya, ya, lo sé. No cambiaría nada, bla, bla, bla...

Me echo a reír.

—¿Nunca has besado a un compañero de profesión en un rodaje? —le pregunto.

—Un par de veces, pero eso no cuenta. Esas escenas son un infierno. Tienes a un director sudoroso sentado a un par de metros de distancia que grita «acción»; el calor de los focos os hace sudar a los dos, y has de fingir que te apetece besar a un tipo que lleva dos semanas quejándose de todo y al que preferirías estrangular.

—Suena espantoso.

—Es que ser actriz es muy muy duro. Vale, me he quedado sin alcohol; me voy a casa. —Se levanta, pero yo permanezco sentada mientras baja los escalones del porche—. Y no te preocupes, no le contaré a nadie que te morreaste con el poli. Es la tercera mimosa que me meto en el cuerpo hoy; se me habrá olvidado para cuando llegue a casa.

—Gracias.

Mientras se aleja, Mari comenta:

—Y sí, probablemente soy alcohólica, pero soy demasiado mayor para sermones, así que ni lo intentes.

—No lo haré, lo prometo. Disfruta de la próxima mimosa.

—Lo haré. Disfruta de tu próximo morreo.

No puedo evitar echarme a reír. Y qué bien me sienta,

porque las últimas veinticuatro horas han sido bastante estresantes, la verdad.

Vuelvo a entrar en casa y me siento frente al portátil. La escritura fue bien durante un día entero tras el beso de Saint, pero luego llegó el día dos, y no he vuelto a saber nada de él. El silencio ha empezado a ponerme nerviosa, aunque sé que no me debe nada, ni siquiera un mensaje de texto.

Pero es como si necesitara otro chute de Saint para recuperar el ritmo. He estado exprimiendo el recuerdo del beso: sus labios deslizándose sobre los míos, sus manos en mi cuerpo, la emoción inesperada... Es un beso que se ha enraizado entre mis recuerdos y se niega a marcharse. Se hace notar sobre todo en los momentos de silencio, que básicamente han sido constantes desde que se marchó dando un portazo.

Al menos, durante unas horas fui productiva. Escribí varios capítulos y las palabras fluían como hacía tiempo que no me pasaba. Incluso reescribí parte del borrador para que Cam se pareciera más a Saint. Cada vez que me sentaba frente al ordenador, veía a Saint en mi mente —su cara, su voz, su presencia—. Cam ganó nuevas dimensiones y se convirtió en un personaje más real, más tangible, porque tenía a alguien concreto en quien inspirarme. Fue muy estimulante ver cómo las páginas se iban llenando con una historia que estaba más viva que nunca.

Pero, antes de que Mari llegara, he estado un buen rato observando el cursor, que se burlaba de mí otra vez mientras luchaba por encontrar las palabras.

Sé lo que tengo que escribir a continuación, pero la energía del beso se ha desvanecido y me ha vuelto a dejar a solas con mi viejo amigo: el bloqueo. Es como si el subidón que me proporcionó aquel momento se hubiera gastado, y ahora me pregunto si voy a ser capaz de recuperarlo sin su ayuda.

Anoche hablé con Nora, pero no le conté lo del beso. Aparte de Mari, que no sabe nada de mí ni de mi vida, no pienso compartirlo con nadie más. Tengo clarísimo que esto es algo que quiero mantener en secreto. Siempre he sido una persona muy discreta y reservada con mis cosas, y esto... me parece demasiado personal, demasiado complicado para contárselo a alguien, aunque sea mi mejor amiga.

Escribo con mi nombre, aunque no utilizo el apellido. Es Andrews, pero los lectores no lo saben. Uso mi segundo nombre —Rose— como apellido. Hasta ahora, el tema de la privacidad no me preocupaba especialmente porque nadie sabía nada de mi vida privada. Hay una versión de mi biografía, que es la que conocen los lectores, pero nadie sabe si estoy casada o soltera, si salgo con alguien, si tengo hijos o si vivo sola con mis gatos. No hago público nada aparte de mis libros, y así es como quiero que sigan siendo las cosas. Siempre he mantenido una especie de escudo a mi alrededor para separar mi vida real de la pública. Los lectores pueden comprar mis historias, pero no pueden comprarme a mí, y así es como me gusta que sean las cosas.

Y esa es la razón por la que —por mucho que confíe en Nora— no pienso hablarle de mi beso con Saint. Es una de las pocas amigas que tengo con las que puedo contar en todos los aspectos de mi vida, y odiaría manchar la imagen que tiene de mí, sea la que sea.

Me preocupa más lo que puedan sentir los demás que cómo me siento yo, pero ¿acaso lo que pasó con Saint no es como un beso entre dos actores delante de la cámara? Es arte.

Por supuesto, entiendo que a su mujer le daría igual que él le dijera que era para documentarme para un libro; besar a otra persona es una traición imperdonable, pero a mí me ayuda a perdonarme a mí misma. La culpa que sentí en el momento del beso ha perdido mucha fuerza gracias a las brillantes excusas que me invento. Lo que no sé es si eso significa que soy una persona fría y distante o, simplemente, que soy capaz de compartimentar las experiencias de mi vida y he catalogado ese beso como parte del proceso de creación, al margen de mi vida real.

El caso es que me siento tan poco culpable ahora mismo que he empezado a preguntarme hasta dónde sería capaz de llegar con Saint. He cogido ya varias veces el móvil con la intención de escribirle, pero al final no me he atrevido a hacerlo.

Cam y Reya ya se han besado en el libro, pero me está costando profundizar en su relación, porque nunca me he enamorado de un hombre casado. No sé lo que se siente al ser «la otra».

Hay un montón de detalles en los que una relación con un hombre casado se diferencia de una tradicional. No se trata solo de no poder dejarte ver con él en público, ni siquiera ante sus amigos más íntimos, sino también de las precauciones que debes tomar para que la relación no salga a la luz.

¿Qué debe de sentirse al amar a un hombre que solo puede quererte a media jornada, que siempre se marcha y te deja esperando momentos robados, sabiendo que otra persona se lleva siempre su mejor versión y a ti solo te quedan las sobras?

Aunque no logro hacerme una idea exacta, intuyo que es algo que a Reya le quitaría el sueño. Son emociones más complejas, con varias capas de profundidad. Sé que no he llegado a comprenderlas del todo, del mismo modo que sé que son cruciales para que la relación entre Cam y Reya sea realista.

En guerra conmigo misma, me debato entre si llamarlo o no. Me parece una irresponsabilidad que me podría conducir a un territorio muy peligroso, pero, por otro lado, es importante para mi trabajo.

Llego a un acuerdo conmigo misma.

«Le enviaré un mensaje».

Consciente de que su mujer podría leerlo, mantengo un tono profesional. No quiero activar ninguna alarma. Solo una petición sencilla, inocente.

Yo:

Soy Petra Rose. Tengo una duda
sobre la investigación que me gustaría
plantearle, si tiene un momento.

Me quedo observando el móvil tras enviar el mensaje, con la esperanza de que me responda tan deprisa como la última vez, pero los puntitos no aparecen. No me responde al cabo de un minuto ni de dos, y el silencio se me empieza a hacer eterno.

Sigo contemplando la pantalla, esperando, pero no pasa nada y la decepción empieza a apoderarse de mí.

Ha tenido tiempo de reflexionar sobre lo que sucedió y es posible que se haya arrepentido.

Me quedo un rato mirando el ordenador, pero sin trabajar. Tal vez no debería haberle enviado el mensaje. En realidad, lo tengo muy claro, pero lo extraño es que me siento más decepcionada por la falta de respuesta que culpable por haberlo hecho. Sé que estoy caminando sobre el filo de las malas decisiones, pero mi curiosidad es más fuerte que mi prudencia.

Necesito hacer algo para mantenerme ocupada, por lo que me dirijo a la cocina para prepararme la cena y dejo el móvil en la mesa. Me preparo una ensalada y una pechuga a la plancha y procuro concentrarme en la tarea para no pensar en los nervios que se me han instalado en el pecho.

Me paso la cena con la vista fija en el móvil. Patético, ya lo sé. A cada bocado, el tiempo parece ir más lento.

«Supongo que se ha arrepentido del beso».

Tal vez está tratando de distanciarse, de trazar una línea en la arena que yo ya he cruzado. La idea me duele más de lo que esperaba.

Llevo el plato al fregadero para pasarle un agua, pero casi se me cae cuando oigo que el móvil vibra. Cierro el grifo y corro hacia él con una mezcla de excitación y ansiedad. Una corriente de entusiasmo me recorre de arriba abajo al ver que Saint me ha respondido.

Saint:

¿Otra vez bloqueada? Me encantará ayudarte. 😉

¡Joder! ¡Me ha mandado un guiño!

Eso sí que no me lo esperaba. No tenía demasiadas esperanzas de que me respondiera, pero su mensaje me indica que seguimos en la misma página tras el beso que nos dimos hace dos días.

Yo:

Sí, podríamos llamarlo así. Después de que te fueras el otro día escribí varios capítulos, pero hoy me he quedado encallada.

Saint:

¿Qué te pone la zancadilla?

Yo:

No estoy segura de saber qué se siente al ser «la otra». No tengo ni idea de cómo describir las cosas entre Cam y Reya porque no sé si ella pensaría a menudo en su mujer o en el futuro de su relación cuando están juntos.

Saint:

¿Cam y Reya están enamorados?

Yo:

Sí, muy enamorados.

Saint:

Entonces, lo que quieres saber
es cómo sería para dos personas
enamoradas pasar la noche juntos
si uno de ellos estuviera casado.

Yo:

Sí, exacto.

Saint:

Parece que vas a tener que
experimentarlo. Documentarse
no sirve en estos casos.

Yo:

La experiencia directa me ha resultado
muy útil últimamente.

Saint:

En ese caso, sería de mala educación
por mi parte no echarte una mano.
Puedo estar ahí dentro de una hora.

Yo:

Te lo agradecería.

Dejo el móvil en la mesa con parsimonia, aunque mi estado emocional no tiene nada de calmado. El corazón me late a toda velocidad y las manos me tiemblan por los nervios. Quiero gritar. Esta situación es una locura. No me puedo creer que me haya liado con este hombre, pero, me repito una vez más, es para documentarme para el libro. Eso es todo; documentación.

Dispongo de una hora antes de que llegue. En una hora tengo que ducharme, secarme el pelo, cepillarme los dientes, hacer la cama y recoger la casa, que lleva dos días sumida en el caos. Empiezo a poner orden, pero estoy absorta en una nube de pensamientos que ha comenzado a dar vueltas en mi cabeza como un tornado que impide que me concentre.

Confieso que le dedico más atención a mi estado que al de la cabaña. El espejo se convierte en el campo de batalla de una guerra contra las dudas. ¿Me recojo el pelo o me lo dejo suelto? ¿Me maquillo un poco o voy a cara lavada? ¿Me arreglo o voy informal? Sé que es absurdo dedicarle tanto tiempo y neuronas, como si mi aspecto fuera a decidir lo que va a pasar esta noche. Pero no puedo evitarlo. Cada detalle adquiere una importancia nueva, como si mi apariencia pudiera modificar el curso de mi carrera profesional.

Con el corazón desbocado, me cambio de ropa por tercera vez. Me decanto por algo que está en la frontera entre lo informal y lo escogido con cuidado. Un jersey ajustado, que me marca las curvas sin exagerar, vaqueros de calidad, pero no de lujo, y un toque de máscara de pestañas que hace resaltar mis ojos. Todo calculado al milímetro para que parezca que no me he esforzado en absoluto. ¿Por qué somos tan patéticas a veces? Los hombres no tienen que hacer nada más que presentarse en la puerta.

Cuando termino de lavar y guardar los platos, oigo el familiar sonido de la grava crujiendo bajo las ruedas de un coche.

«Está aquí».

Soy un manojo de nervios, excitación y ansia viva. A toda prisa me acabo el vino que me he servido hace un rato. No me ha valido demasiado para calmarme, pero al menos me ha ayudado a entretenerme y a no pensar tanto en que él está a punto de llamar a la puerta.

Cuando al fin llama, inspiro hondo y trato de tranquilizarme. Me tomo un momento antes de dirigirme hacia la puerta, porque quiero que me vea lo más calmada y serena posible. Al abrir, me encuentro a Saint vestido de uniforme, pero algo en su modo de mirarme hace que el momento no me resulte profesional en absoluto. Lleva una muda en las manos y me quedo embobada mirando la ropa antes de levantar la vista hacia sus ojos.

—No me ha dado tiempo a cambiarme en la comisaría. ¿Puedo usar tu baño? —me pregunta con desenfado, como si fuera algo habitual.

Alzo las cejas y señalo con el pulgar hacia el pasillo, a mi espalda.

—Está por ahí.

No se hace de rogar. Entra con su característica sonrisa pícara, la que siempre logra encenderme. Con decisión da un paso hacia mí, me sujeta por la nuca y, sin darme tiempo a procesar lo que está pasando, se apodera de mi boca. El beso es repentino, ardiente, como si fuera lo más natural del mundo. Mi cuerpo reacciona por instinto y se pega a él. Nos encontramos a medio camino, como si este fuera nuestro modo de saludarnos todos los días.

Sentir su boca pegada a la mía me aturde y me sumerge en un mundo donde solo existe el calor del beso y el contacto de sus manos.

Sin dejar de besarme, me empuja hacia el interior y cierra la puerta de una patada, en un movimiento fluido.

—Solo puedo quedarme una hora —murmura, dejándome notar su aliento cálido sobre mi piel—. Ojalá pudiera quedarme toda la noche.

Me aparto un poco y pestañeo, mientras trato de asimilar lo que está pasando.

«¿Se ha metido ya en el personaje?».

Su modo de besarme, de hablar, es como si se hubiera metido en la piel de Cam, pero no sé si es cosa mía. La línea que separa a Cam de Saint cada vez se desdibuja más y empiezo a preguntarme si lo hará a propósito.

El beso con que me ha saludado es algo que Cam podría hacer en este punto de la historia, pero ¿Saint? En circunstancias normales, lo dudo, pero ya nada me resulta normal.

Tras dejar la muda sobre la encimera, va directo a la nevera, de donde saca una botella de vino con familiaridad, como si no fuera la primera vez que lo hace. Coge la copa que estaba usando yo, la llena y la desliza hacia mí. Luego saca otra del armarito y se sirve.

La escena es surrealista. Siento que acabo de entrar en una realidad paralela donde esto es nuestro día a día. Compartimos vino y besos, y representamos una historia que no tiene por qué ser la nuestra.

—¿Qué tal el día, Reya?

Pronuncia el nombre de mi personaje con facilidad, como si siempre me hubiera llamado así. El cambio de tono, de contexto, me confirma que ha llegado metido ya de lleno en el personaje.

Siento ganas de sonreír, pero las contengo.

—Bien. —Cojo la copa y doy un sorbo al vino—. ¿Y a ti? ¿Te ha ido bien, Cam?

Se dirige hacia mí, y el espacio parece encogerse con su presencia. Es tan alto que tengo que echar la cabeza hacia atrás cuando se detiene ante mí. Me apoya un dedo bajo la barbilla para alzarme la cara un poco más.

—No he dejado de pensar en ti —susurra en tono íntimo justo antes de volver a besarme.

«Ay, Dios».

Las rodillas se me aflojan, incapaces de soportar el peso de lo que está sucediendo. Sus labios presionan los míos con un anhelo que me roba el aliento y logra que me pierda en la intensidad de las sensaciones. Cuando se aparta, me mira fijamente y añade en voz baja:

—Ahora vuelvo.

Se dirige al baño para cambiarse de ropa y me deja aquí, aturdida por el beso. Me da vueltas la cabeza, lo que hace que me cueste procesar lo que ha pasado y lo que está a punto de pasar. ¿Espera que finja que estoy enamorada de él? ¿Acaba de invitarme sin palabras a participar en un juego de rol o se trata de algo más? La incerteza me resulta emocionante, pero también terrorífica. No sé qué va a suceder, pero hacía tiempo que no estaba tan nerviosa y expectante.

Cuando Saint sale del baño, lleva puestos unos vaqueros y una sencilla camiseta azul marino. Se acerca a la mesa, donde deja el uniforme y, sobre él, una pistola. La visión hace que un escalofrío me recorra la espalda. Es un recordatorio de la realidad que acaba de aparcar y del juego de rol que ha aceptado llevar a cabo.

Se acerca a mí con decisión, me sujeta por la cintura y

me sienta en la isleta como si no pesara nada. La agilidad con la que se mueve, el modo en que su cuerpo encaja con el mío..., todo parece salido de una novela. Cuando se inclina para besarme el cuello, cierro los ojos y me dejo embargar por las sensaciones que me provocan sus labios.

Me estoy mareando.

Ladeo la cabeza para facilitarle el acceso y me estremezco bajo el asalto lento pero deliberado de su lengua, que me recorre el cuello. Mientras tanto, desliza una mano por mi muslo, lo levanta y se rodea la cintura con mi pierna. Cuando se acerca un poco más, nuestros cuerpos quedan pegados de manera muy íntima. Es un despliegue de control mezclado con ternura que me hace preguntarme si se comportará así también con su mujer.

¿Es así como la besa, como la toca?

Aparto esa duda de mi mente antes de que se instale en mi cabeza. Lo que importa es el aquí y el ahora, y ahora mismo su boca está en mi cuello y es en eso en lo que debo centrarme.

—Dime una cosa —susurra con los labios pegados a mi piel.

—¿Mmmm? —murmuro incapaz de formar una frase coherente.

—¿Qué tipo de hombre es Cam?

Su pregunta muestra curiosidad, pero eso no hace que deje de deslizar los labios sobre mi piel.

Abro los ojos cuando me doy cuenta de lo que implica su pregunta. Si me está preguntando por Cam..., ¿significa eso que me está besando como Saint? Lo que estamos sintiendo es real o parte del juego al que estamos jugando. Dios, ojalá sea real.

—Él... —Me detengo porque me es imposible razonar mientras su lengua se acerca peligrosamente a mi oreja. Me cuesta horrores concentrarme en medio de las sensaciones que me provoca, pero, con esfuerzo, logro añadir—: Es bueno, pero brusco. Un tipo rudo, controlador y celoso, con un carácter fuerte.

Saint se aparta lo justo para mirarme a los ojos y me pregunta, intrigado:

—Pero no le haría daño a Reya, ¿no?

—No, nunca —respondo en voz baja, pero con certeza—. Está locamente enamorado de ella; siempre intenta protegerla.

—¿Lo intenta? —Saint frunce el ceño—. ¿Significa eso que no siempre lo consigue?

Niego con la cabeza y trago saliva antes de responder:

—No, no siempre.

Desliza el pulgar sobre mi labio inferior y sus ojos se oscurecen mientras me observa la boca. Me encanta cómo me está mirando en este momento, la intensidad de su mirada, que hace que me sienta vista como nunca antes. Quiero capturar esta sensación, plasmarla en el papel, describirla en detalle. Tengo miedo de que, si tardo mucho, no seré capaz de expresar el modo en que sus ojos me hacen sentir como si fuera lo único importante en el mundo.

—¿Le pasa algo malo a Reya en la novela? —pregunta en voz baja pero cargada de preocupación sincera.

—Sí —susurro.

Por norma general, no le desvelaría la trama a nadie, pero en este momento me parece secundario. Saint ya no es una persona cualquiera; es alguien importante en mi vida. Además, dudo mucho que llegue a leer el libro.

—¿Qué le pasa?

—Pues... un montón de cosas. Pierde a su mejor amiga, alguien trata de secuestrarla, hay una persecución de coches, alguien fuerza la puerta y entra en su casa...

Saint entorna los ojos, preocupado.

—¿Alguien le hace daño?

—Sí —admito—. Hacia el final del libro. La persona que allana su vivienda la encuentra dentro, y cuando la ata le rompe el brazo.

—¿Y ella sabe quién le hace esas cosas?

—No, no lo sabe.

—¿Y sabe al menos por qué le pasan?

—Reya es abogada y tiene unas pruebas que ese personaje trata de encontrar.

Saint me acaricia la mejilla mientras me escucha. Parece tan interesado que me pregunto si tendrá intención de reproducir alguna de las escenas. ¿Es esa la razón por la que ahora se lo estoy contando? ¿Será posible que, en el fondo, desee que lo haga? ¿Quiero de verdad saber lo que se siente cuando te secuestran? ¿O cuando te rompen un brazo?

No, me parece exagerado. Creo que no estoy dispuesta a llevar la investigación hasta ese punto.

—¿Qué pasa luego? ¿Cómo descubre Reya quién le está haciendo todas esas cosas?

Me aclaro la garganta.

—Aún no lo sé. Todavía no he llegado a ese punto de la historia.

Él se aparta un poco más y apoya el peso en la isleta, aunque sigo rodeándole la cintura con la pierna y permanecemos íntimamente unidos. Me acaricia la cadera con el pulgar de manera rítmica, en un gesto que me resulta reconfortante. Se le suaviza la mirada, que pierde un poco de esa intensidad que suele tener, al tiempo que gana en empatía.

—¿Sabes? Para ser una persona que escribe historias tan potentes, te cuesta mucho hablar de tus cosas. —Su tono es suave, amable—. Casi diría que te avergüenzas de ellas.

—¿Qué quieres decir? —Finjo que no lo he entendido, aunque la voz me sale un poco demasiado aguda.

Él parece estar examinándome por dentro con su mirada inquisitiva.

—No sé, es que cuando hablas de la historia, o de tu carrera, parece que te dé vergüenza.

Caramba, no me imaginaba que fuera tan perceptivo.

Se me escapa un suspiro.

—Avergonzada no me parece la palabra precisa, pero tienes razón, me cuesta hablar de mí misma.

—¿Siempre te ha pasado o empezó después de la controversia por la adaptación?

La mirada que le dirijo debe de estar cargada de sorpresa, porque él parece querer tranquilizarme con la suya.

—Mira, ya sé que soy casi un desconocido —me dice—, pero después de ver tus vídeos siento que te conozco un poco. Y la persona que vi en los vídeos no se parece a la que tengo aquí delante.

—Vaya, así que en persona soy decepcionante.

—Que me sienta decepcionado no significa que seas decepcionante. No lo eres, en absoluto.

Me bajo de la encimera y doy unos pasos por la cocina. No entiendo lo que quiere de mí.

—No me gusta esta conversación. Me gustaba más cuando fingías que no sabías quién era. Prefería pensar que no te habías enterado de la polémica de internet.

—No es fácil. Incluso aquí, en el culo del mundo, llega internet.

—La verdad es que no me gusta nada hablar del tema —murmuro.

Aparto la vista y me quedo observando la encimera, cualquier cosa antes que mirarlo a él. Pensar en revivir los comentarios venenosos hace que se forme un nudo en el pecho. No quiero hacerlo, y menos con él.

—Lo entiendo —me asegura en tono tranquilo, reconfortante—. No debería haber sacado el tema. Me imagino que no tiene que ser fácil ver como desconocidos desacreditan tu trabajo. Y encima, ver que se sienten con derecho a pedirte más que palabras sobre el papel. Se sienten autorizados a hacerte pedazos sin haber pasado ni un segundo contigo. —Guarda silencio y, cuando me vuelvo a mirarlo, veo que me contempla con genuina preocupación—. ¿Cómo lo llevas? ¿Estás bien?

Su pregunta es tan directa que me toma desprevenida, y su modo de hablarme, como si de verdad le importara, me desarma. Tanto que noto que se me llenan los ojos de lágrimas ante su inesperada muestra de empatía.

—Bueno, no ha sido divertido —admito, en un susurro, porque me cuesta hablar—. Siento que el año pasado se rompió algo dentro de mí. Desde entonces no he podido escribir nada que valiera la pena. —Le dirijo una mirada suplicante—. Hasta que me besaste.

Una sonrisa lenta se instala en su cara.

—¿Te ayudó?

Asiento con la cabeza.

—Mucho.

Me atrae hacia él y me da un beso, rápido y suave, antes de envolverme entre sus brazos. Luego me acaricia el hombro con el pulgar mientras me pregunta:

—¿Qué es lo que más te gustaba antes a la hora de escribir?

—Todo. Siempre me he divertido mucho al pasar mis pensamientos al papel.

—Podría decirse entonces que lo que te gusta es escribir, no necesariamente que te lean.

—Hombre, que te lean es muy agradable, pero no escribo por eso. Escribo porque me divierte. Para mí es como hacer terapia. Me hace feliz.

—Y, entonces, ¿qué te impide seguir escribiendo?

La pregunta es sencilla, pero la respuesta no.

Saint me sujeta por los hombros y me empuja lo suficiente para poder mirarme a los ojos.

—Lo digo en serio —insiste—. Si te hace feliz, ¿por qué no escribes?

—No sé. Nunca me imaginé que mi carrera despegaría de esta manera, ni que la gente opinaría sobre mi vida privada con tanta vehemencia. No me gustan las consecuencias de escribir, pero es imposible evitarlas. Temo que cualquier cosa que haga a partir de ahora se convierta en un titular. Supongo que por eso he estado bloqueada; porque en realidad tengo miedo de terminar el libro y entregárselo al mundo.

—Pues no se lo des a nadie. Escríbelo para ti y guárdatelo.

—Ya, pero las facturas no se pagan solas. —La dureza

de la vida real amenaza con colarse en este oasis que nos pertenece solo a los dos—. Estoy segura de que, cuando publique un nuevo libro, se venderá, por eso sigo intentándolo, pero todo ha cambiado: mis sueños, los lectores... Creo que eso es lo que más me entristece. Siento que he decepcionado a todos los que me admiraban. —Me separo de él y me apoyo las manos en las caderas—. Pero no suelo tratar de hacer cambiar a la gente de opinión. Si para defenderme tengo que atacar a otra persona, prefiero callar y aguantar.

Saint me mira con algo parecido a la admiración.

—Sí, señora —susurra, y me coloca el pelo detrás de las orejas, en un gesto cariñoso.

Sus palabras, tan simples, se posan en mí con un peso inesperado que aplasta años de inseguridades y pensamientos ponzoñosos.

—Quiero que escribas —me dice— y quiero que publiques. Sé que solo soy una persona, pero quiero leer todo lo que has escrito y todo lo que todavía no has escrito. Así que, aunque solo lo hagas por ti y por mí, espero que sea suficiente para que termines al menos un libro más.

Una sensación cálida se me extiende por el pecho, una que no tiene nada que ver con el contacto físico, sino que se debe a una conexión mucho más íntima. Incómoda, echo mano del humor.

—¿Me prometes que lo comprarás? Necesito la parte que me toca de derechos de autor. El dólar entero.

Él se echa a reír.

—Compraré diez —bromea.

—Guau, juegas fuerte.

Cuando él sonríe y me besa, me doy cuenta de que me ve. A mí. Esto no va de Cam y Reya, y tampoco de la atracción física del primer día. Ve a Petra, la autora bloqueada, y me está ofreciendo su atención en vez de preguntas inquisitoriales.

La llama de un tipo distinto de atracción prende en mí, una fascinación más profunda y personal. Le rodeo la cintura con los brazos.

—Gracias —susurro.

La conversación me está resultando mucho más liberadora de lo que podía esperar, en más de un sentido.

Él me dirige una sonrisa discreta pero sincera, que le llega a los ojos y los llena de arruguitas.

—¿Me dejarás leer un poco?

La pregunta me toma totalmente por sorpresa. Excepto Nora, nadie lee mis borradores. Son mis pensamientos más confusos y vulnerables.

—¿Quieres leer mi libro? —le pregunto incrédula.

—Bueno, te estoy ayudando con la documentación, ¿no? Y si saber que alguien más está involucrado en el proceso te ayuda a avanzar, para mí será un honor.

El corazón me da un doble salto con tirabuzón. Imaginarme a Saint leyendo mis palabras, siendo testigo de los cimientos sin pulir de la historia de Reya, me resulta aterrador. Hay partes de ella que son tan yo, y partes de Cam que son tan él, que me da miedo, pero también me resulta muy estimulante. Sería como cruzar un puente entre la fantasía que compartimos y mi realidad. Y también sería una prueba de mayor compromiso. Saint ya no estaría solo representando un personaje, se estaría involucrando en mi arte, en mí.

—Tal vez. —Se me escapa una sonrisa tímida—. Vale.

La idea de que él pose sus ojos en mis palabras, que su mente interactúe con el universo que estoy creando, me parece de pronto la mayor fuente de inspiración posible. Esto ya no es solo documentación, se ha convertido en una colaboración.

Saint sonríe y me besa. Y, tal como pasó durante nuestro primer beso, su móvil empieza a vibrar. Esta vez ni siquiera reacciona. Profundiza el beso, ignorando la llamada por completo.

Cada vez que el móvil vibra, me pega más a su cuerpo, como si tratara de ahogar el ruido con mi contacto.

—Deberías responder —susurro, separándome un poco.

Los dos sabemos que se trata de su mujer.

A regañadientes, se aparta de mí y se saca el teléfono del bolsillo. Se dirige a la puerta y responde fuera.

Lo observo por la ventana. Se aprieta la nuca mientras habla con quien sea que esté al otro lado de la línea.

Me pregunto cómo se llamará. Cuánto tiempo llevarán juntos. ¿Tendrán hijos?

La llamada no dura mucho.

Se encamina de nuevo hacia la casa, por lo que me aparto de la ventana. Una vez dentro, me dirige una mirada arrepentida. Pasa por mi lado y recoge el uniforme y la pistola de la mesa. Sin decir ni una palabra, me sujeta la cara con una mano y me da un beso duro, casi posesivo.

Y se marcha.

Me quedo sola en la cocina, sin habla.

No sé qué acaba de pasar, ha sido todo tan rápido...

¿Formaba parte de la actuación? Cada vez me cuesta más distinguir entre la ficción y la realidad. ¿Ha actuado como se ha imaginado que lo haría Cam en esta situación? ¿O en verdad Saint se ha sentido tan culpable después de la llamada que se ha ido sin decir ni una palabra?

No tengo ni idea de lo que pasa por su mente, por lo que solo puedo ocuparme de lo que pasa por la mía. Me llevo el portátil al dormitorio, llena de nuevas ideas, nuevos sentimientos y nuevas reflexiones.

Y escribo hasta que me quedo dormida.

8

He estado escribiendo desde que me he despertado.

Saint es francamente bueno para mi productividad, eso es así.

El móvil vibra en la mesa, a mi lado. Estoy tan inmersa en la historia que tengo miedo de parar a ver de qué se trata. A veces, cuando estoy tan metida en la vorágine de la escritura, el mundo real se desvanece y es demasiado arriesgado volver, por si pierdo la inspiración. Por eso ignoro el mensaje durante media hora, hasta que termino el capítulo.

Cuando al fin miro la pantalla, veo que Saint me ha escrito.

Saint:

¿Qué haces esta noche?

Permanezco inmóvil, parpadeando, mientras el pulso me da brincos. No es normal que un mensaje tan simple me provoque emociones tan intensas. ¿Se está ofreciendo a volver? ¿Me está invitando a salir? Aunque se tratara solo de una llamada telefónica, sé que mi aburrido corazón palpitaría de manera exagerada.

Es alarmante lo seductora que me resulta su atención. Sigo observando la pantalla y titubeo unos instantes, con los dedos sobre ella, antes de escribir la respuesta.

Yo:

Escribir. A menos que tengas alguna sugerencia para documentarme.

Es una respuesta juguetona y lo suficientemente ambigua, aunque la tensión que late bajo las palabras es inconfundible.

Le doy a enviar y aguardo, mordiéndome el labio inferior. En el silencio de la cabaña, la espera se me hace eterna, aunque solo dura unos segundos y su respuesta hace vibrar mi móvil casi de inmediato.

Saint:

¿Tus personajes se arriesgan alguna vez a que los vean juntos en público?

Parece una pregunta inocente, pero sé que no lo es. ¿Me está provocando o es una simple invitación? Cualquiera de las dos opciones me genera una descarga de adrenalina que me recorre el cuerpo, pero no viene sola, sino acompañada de la culpa que me asalta cada vez que pienso en él. Si Saint está dispuesto a hacer cualquier cosa que le proponga en mi próximo mensaje, más me vale sacar el máximo partido.

Pienso en una escena que ya está escrita en el libro y se la envío. Es una escena en la que Cam invita a Reya a salir, pero tiene miedo de que alguien lo reconozca y acaban cenando en el coche.

La adrenalina me corre por las venas. Sé que esto es potencialmente más peligroso que lo que hemos estado haciendo hasta ahora. Hemos tonteado y cruzado alguna línea, pero ¿una cita? Es distinto, más atrevido. Nos estamos adentrando en un territorio desconocido que ninguno de los dos debería explorar.

Pero ahí está la gracia, ¿no?

El pulso se me acelera mientras pienso en las implicaciones, pero antes de que pueda echarme atrás, otro mensaje de Saint me ilumina la pantalla.

Saint:

Hay un restaurante que me gustaría probar. Está en el pueblo de al lado. ¿Te apetece?

La idea de salir con él en público, aunque sea en otro pueblo, me parece demasiado arriesgada, pero sus palabras me demuestran que está dispuesto a seguirme el juego. Ir a un pueblo vecino tiene lógica. Es lo que propondría alguien como Cam o como el propio Saint, que tiene esposa y probablemente amigos y colegas que lo reconocerían aquí.

Está dispuesto a arriesgarse por mí y eso me gusta.

Yo:

¿Cuándo y dónde?

En cuanto le envío el mensaje, los nervios se me disparan. El estómago se me retuerce por esa mezcla embriagadora de excitación y culpa. Ya no estoy pensando en cruzar una línea, lo estoy planeando. Porque quiero. Esa es la razón principal, que quiero hacerlo.

La respuesta llega pronto, tan decidida como la mía.

Saint:

Reúnete conmigo en el Blue Lantern
a las siete. Estaré en la barra.

Conozco el sitio. He pasado por delante varias veces durante los viajes de ida o vuelta al lago. Es un sitio ideal para mantener un perfil bajo y pasar desapercibido.

Yo:

Te veo ahí.

Trato de volver a meterme en la historia tras el intercambio de mensajes, pero mi mente vuela una y otra vez a esta tarde. No va a ser un encuentro casual, es algo planeado, hemos tomado una decisión.

A las seis ya estoy vestida y el corazón me late tan fuerte como si tuviera un tambor en el pecho. He elegido algo sencillo —una blusa y vaqueros—, pero nunca me había sentido tan insegura. Es como si cada prenda de ropa que entra en contacto con mi piel me recordara lo que estoy a punto de hacer, los secretos que guardo.

Mientras me pongo en camino, un nuevo miedo se apodera de mí. No hay ni una sola persona en el mundo que sepa adónde me dirijo. No suelo ponerme en este tipo de situaciones, por lo que no sé qué debo hacer, ni con quién contactar. Mientras avanzo por el camino asfaltado que lleva a la carretera, tengo una idea.

«Mari».

Aparco frente a su casa, pero no me da tiempo a llamar a la puerta, porque, antes de bajar del coche, Louie sale a recibirme.

—¿Todo bien, Petra?

Asiento con la cabeza.

—Todo genial. Solo quería hablar un momentito con Mari.

Louie parece un poco decepcionado al ver que mi visita no tiene nada que ver con la casa. Asiente en silencio y luego grita:

—¡Mari! ¡La inquilina escritora quiere verte!

Bajo del coche y oigo a Mari haciendo ruido antes de que aparezca en el patio y camine hacia mí con sus ropajes revoloteando como un fantasma que flota en el aire.

—¡Petra! —exclama al verme.

Louie puede oírnos desde donde está, por lo que lo miro de forma ostensible para que Mari entienda que no quiero que nos escuche.

—¡Piérdete! —le grita ella por encima del hombro. Cuando Louie se mete en la casa, añade—: ¿Qué pasa?

Tiene las manos unidas bajo la barbilla y menea los dedos alegremente.

—Nada picante, tranquila. Es que tengo una reunión de trabajo y quería que alguien supiera dónde estoy.

—Una reunión de trabajo. Vale. ¿Dónde estarás? ¿Con quién? ¿A qué hora tienes previsto volver?

—Con él —susurro—. En el Blue Lantern. Empieza a preocuparte si no estoy de vuelta a las once.

—Oh, ese sitio está muy bien. Pide la hamburguesa. Ya sé que suena muy básico, pero hazme caso.

—Gracias.

—No hay de qué —canturrea, y, de una revolada, hace girar el vestido de seda para volver a su casa.

Mientras subo al coche, veo que me saluda por encima del hombro.

Me siento mejor, más segura.

Pero no del todo. Me paso el viaje haciéndome preguntas, inquieta: ¿Y si nos descubren? ¿Y si alguien nos ve? Pero cada pensamiento ansioso viene acompañado por una descarga de emoción. Me resulta excitante pensar que alguien nos pueda ver, pero no sepa qué tipo de relación tenemos.

Me detengo frente al Blue Lantern a las siete en punto. Es un local situado entre varios bares y restaurantes. Desde fuera no llama la atención, pero por dentro se ve confortable. Es perfecto para lo que venimos a hacer. Aparco en la parte de atrás y me aseguro de que no se vea mi coche desde la calle principal. Aunque es un coche de alquiler y sé que nadie se va a fijar en mí ni en él, trato de ponerme en la piel de Reya y de actuar como lo haría ella en esta situación.

Permanezco sujetando el volante unos instantes, con las palmas sudorosas y la respiración entrecortada, hasta que me armo de valor para bajar del automóvil.

Hasta hace poco, nunca había tenido que preocuparme por si alguien me reconocía. Tenía una cantidad respetable de seguidores, pero era raro que alguien me reconociera como autora y viniera a hablar conmigo. Aparte de la comunidad dedicada a la literatura, la gente no suele prestar atención al aspecto físico de los escritores.

Pero todo eso ha cambiado con la aparición de las redes sociales. Las pocas veces que me reconocieron al inicio de mi carrera, se trataba de personas que habían empezado a seguirme en internet porque se habían leído mis libros. Era más habitual que pasara si estaba en una librería o en algún lugar donde se celebraba una feria del libro. Hasta hace un par de años, me habría sorprendido mucho que alguien me reconociera en este pueblo.

Pero ahora es distinto. Ya no soy solo una autora. Ahora soy... lo que sea que llamen a la gente como yo. Personas que han alcanzado tal nivel de fama o de infamia que incluso la gente que no lee las identifica por la calle.

Me consuela pensar que, al menos, he logrado mantener mi vida privada alejada de internet. Podrían verme en público con cualquier hombre o mujer y a nadie le extrañaría, ya que nunca he publicado si estoy casada o no, o si tengo o dejo de tener hijos.

El que podría tener problemas sería Saint. Procuro tenerlo presente mientras me dirijo a la entrada y empujo la puerta.

El ambiente del restaurante es tranquilo. La iluminación es tenue, hay mesas separadas entre sí por bancos corridos y tiene una barra larga que recorre toda la pared del fondo.

El murmullo de las conversaciones me proporciona una agradable sensación de anonimato. La gente está centrada en sus vidas y sus acompañantes y no presta atención a quien entra y sale por la puerta.

Localizo a Saint en la barra. Está sentado de espaldas a la sala. Es una buena elección, muy estratégica. Ha pedido ya, y sostiene la copa entre las dos manos mientras me observa acercarme en el espejo de la pared.

Me tranquilizo un poco al ver que me sonríe a través

del espejo. Es una sonrisa discreta pero cómplice, del tipo que le diriges a alguien con quien compartes algo que nadie más sabe.

La idea es que nos integremos en este ambiente, que seamos dos desconocidos sentados uno junto al otro en la barra de un bar. El pulso se me acelera cuando me aproximo a él. Saint no se vuelve a mirarme, pero no se me escapa la sonrisa ladeada que refleja el espejo.

—Llegas tarde —comenta en tono de broma mientras me siento a su lado.

—Qué va. Debería haberme retrasado un poco más para hacerme la interesante.

Él me repasa de arriba abajo y la mirada se le ilumina.

—A mí me pareces muy interesante así.

El barman se acerca con un trapo blanco encima del hombro y nos mira a los dos mientras espera a que pidamos.

Saint se inclina hacia delante y apoya los brazos en la barra. En voz baja y con aplomo pide otro *old fashioned.* Pronuncia el nombre del combinado con una suavidad y elegancia que casan muy bien con la copa que acaba de pedir, una bebida simple, pero con una intensidad que encaja con él a la perfección.

El barman asiente y se vuelve hacia mí.

Tardo un poco en responder, porque necesito tragar saliva para librarme de los nervios que siguen instalados en mi garganta.

—Tomaré un *sauvignon blanc.*

Opto por algo ligero, fresco y discreto, como si esta fuera una tarde normal y corriente, a pesar de que los nervios me retuercen las entrañas con esa mezcla de excitación y ansiedad.

Mientras el barman se aleja para preparar las copas, siento que Saint clava la mirada en mí. Miro en su dirección y, cuando nuestros ojos se encuentran, veo que ha recuperado la sonrisilla juguetona. Es una expresión que no llama la atención de entrada —no despertaría las sospechas de alguien que nos estuviera observando—, pero el ambiente entre los dos ha empezado a caldearse con una tensión que no es fácil de ignorar.

—Estás... —vuelve a admirarme de arriba abajo— increíble.

Sus piropos me calientan por dentro, mucho más que el vino.

—Gracias.

Él cambia de postura hasta que su muslo entra en contacto con el mío.

—¿Cómo ha ido en el tribunal?

Ladeo la cabeza, confundida, pero enseguida me doy cuenta de lo que está haciendo. Reya es abogada. Está metido en el personaje.

Sonrío, entusiasmada.

—Ganamos. El jurado llegó a un veredicto unánime en menos de dos horas.

—No me esperaba otra cosa —me asegura.

Este juego me encanta. Me gusta demasiado.

—Y tú, ¿qué tal? ¿Cómo te ha ido el día?

—Acaba de mejorar mucho —responde seductor.

El barman regresa y deja un vaso bajo de whisky para Saint y una copa de vino alta delante de mí.

—Que disfruten —nos desea antes de alejarse y dejarnos de nuevo a solas en nuestra pequeña burbuja.

Saint coge el vaso y hace girar el líquido ambarino antes de dar un trago lento, sin apartar la mirada de mí en ningún momento. Yo lo imito. Levanto la copa y doy un trago mesurado, con la esperanza de que el corazón se me calme un poco. No puedo quitarme de encima la sensación de que todo el mundo está al tanto de lo que pasa entre nosotros, aunque mi mente sabe que no es así. Pero el carácter clandestino de la reunión, cuyo significado auténtico solo conocemos los dos, lo vuelve excitante. Me vienen ganas de ponerme a tomar notas.

Saint da otro trago al whisky sin dejar de mirarme por encima del vaso. Tras dejarlo sobre la barra, se inclina hacia mí y me pregunta en voz baja, pero en tono informal:

—¿Qué tal el trayecto hasta aquí?

Alzo una ceja y sonrío, sintiendo que me destenso un poco.

—¿Te refieres a los treinta minutos que he pasado ensayando lo que iba a decirte cuando te viera y al rato que he estado dando vueltas en el aparcamiento tratando de convencerme de que era mejor no entrar?

Frunce los labios en una sonrisa irónica.

—Es verdad que parecías un poco sofocada al entrar. Por un momento he pensado que ibas a darte media vuelta.

Se me escapa una risa discreta mientras niego con la cabeza.

—He estado a punto, la verdad. Deberías haberme visto en el coche, dándome una charla motivacional, como una conferenciante en un mal día. «Puedes hacerlo, Petra. Es solo una copa, sin más».

Imito los gestos exagerados de los conferenciantes motivacionales y luego hago una mueca exasperada ante lo ridículo de la situación.

Saint se echa a reír.

—Petra, ¿eh? —Los ojos le brillan, traviesos—. Pensaba que esta noche te llamabas Reya.

Con una sonrisa cada vez más amplia, se acerca más a mí, hasta que el aire vibra entre los dos.

Se me cae el alma a los pies al darme cuenta del lapsus. A veces se me olvida que estamos jugando, pero no debo. Es un juego, nada más. Esto no va de mí; no va de Petra y su culpa, sino de Reya, que se lanzaría de cabeza a algo tan imprudente.

Noto que me ruborizo mientras busco una respuesta.

—Es verdad, fallo mío. Reya.

Me obligo a reír, para que no parezca que estoy incómoda, pero es inútil, no puedo disimularlo.

Saint alza una ceja. Es evidente que está disfrutando de la situación.

—¿Se te ha olvidado quién se supone que eres? —me provoca en voz baja y juguetona—. Reya nunca se disculparía. Es una tía dura, ¿te acuerdas?

Bajo la vista hacia la copa, avergonzada. Se supone que la que tiene imaginación soy yo, pero es evidente que a él se le da mucho mejor.

—Tienes razón. Lo que pasa es que...

Él se ríe sin levantar la voz y el sonido le retumba en el pecho.

—Le estás dando demasiadas vueltas. —Me mira y, al ver que sigo dudosa, me dirige una sonrisa amable y se inclina un poco más hacia mí—. Y si es la culpa la que te hace sentir así, no se lo permitas. Tus acciones no influyen en mi matrimonio. La decisión de venir ha sido mía, solo mía.

Curiosamente, sus palabras logran calmarme.

—Tú no... —Busco la mejor manera de preguntárselo—. ¿No te sientes mal?

Saint entorna los ojos mientras reflexiona.

—Sí, pero mi matrimonio es... —da un trago y deja el vaso en la barra— complicado —concluye en tono seco—. Aunque eso es cosa mía. Cuando estoy contigo, me convenzo de que estoy haciendo una buena acción al ayudarte con la investigación. Todo buen escritor necesita documentarse, ¿no? —Al sonreír, se le borra cualquier rastro de culpa de la cara—. ¿Quién soy yo para arrebatarte a tu musa?

No tengo ni idea de si estoy hablando con Cam o con Saint ahora mismo. No sé cómo lo hace para fingir tan bien. Y si no está fingiendo... es muy convincente, porque estoy mucho más tranquila y cómoda que hace cinco minutos.

Cada vez que me roza la rodilla con la suya, siento como una descarga eléctrica que me recuerda de qué va todo esto. Tal vez estemos en un bar fingiendo que este encuentro no tiene nada de particular, pero no hay nada normal en lo nuestro. Creo que nunca había estado tan excitada en una cita.

El pulso se me acelera. Su cercanía me resulta embriagadora. Sé que estoy jugando con fuego, pero la sensación de peligro me enciende aún más. Soy muy consciente de lo fácil que sería que alguien lo reconociera. O a mí. Pero es muy estimulante saber que estamos al borde de algo prohibido.

No sería un mal título. *Al borde de lo prohibido*. Cojo el móvil y lo apunto en el bloc de notas para que no se me olvide.

Cuando levanto la vista de la pantalla, veo que Saint ha cambiado de postura. Está más rígido y la vista se le desvía hacia la entrada, por donde acaba de entrar una pareja. Los miro de reojo, pero no quiero girarme hacia ellos.

—¿Qué pasa? —pregunto en voz baja.

—Nada. —Saint se pasa una mano por la nuca—. Falsa alarma. —Se relaja, pero no demasiado—. Tengo un dilema.

—¿De qué se trata?

—Tengo hambre —recorre el restaurante con la vista—, pero el barman me ha dicho antes que solo sirven comida en las mesas. Sin embargo, no estoy muy seguro de que sentarme a cenar con una preciosa mujer que no es mi esposa sea muy prudente, por si me encuentro a algún conocido. —Deja de examinar el restaurante y se vuelve hacia mí—. Me preguntaba si te importaría que pidiéramos comida para llevar y nos la comiéramos en el coche. Sé que no es lo que uno espera de una cita ideal, pero...

Sonrío por dentro, porque está reproduciendo la escena del libro a la perfección. Asiento, comprensiva, porque Reya lo entiende. Lo entiende tanto que casi preferiría cancelar la cita, porque sabe que lo que están haciendo no está bien por más excusas que se pongan. Pero, en vez de negarse a continuar, dice:

—Me parece bien.

—Tal vez sería mejor que esperaras en el coche —sugiere mientras se levanta—. Yo me encargo de la comida y me reúno luego contigo, en tu coche.

Me levanto también y cojo el bolso.

—Quiero una hamburguesa con queso sin tomate. Con patatas fritas. —Me acabo el vino—. He aparcado detrás.

—Perfecto. Hasta ahora.

—¿Dónde estudiaste Derecho?

La pregunta me hace reír, porque soy escritora, no abogada, pero para eso estamos aquí. Para representar un papel y disfrutar con ello.

—En Harvard. Soy un cerebrito. Un auténtico genio, los científicos quieren estudiar mi cerebro.

Saint se echa a reír. Estamos sentados en mi coche y, a pesar de que me esfuerzo por comer de manera civilizada, los envases para llevar no me lo ponen fácil. Tampoco es sencillo mantener un ambiente seductor, pero lo intentamos.

Resulta que a los dos nos gusta el kétchup salado, por lo que Saint abre varios paquetes, echa la sal directamente en el kétchup y nos turnamos para mojar las patatas fritas en él mientras charlamos como si fuéramos Cam y Reya. Y la verdad es que está siendo divertido. Nunca lo había visto tan cómodo.

—¿Y tú? ¿A qué escuela de polis fuiste, Cam?

—Oh, ya sabes... Mmm, a... la academia. La academia de polis.

Río con ganas.

—¿Y Saint? ¿Dónde se formó Saint para ser poli?

—LAPD, nena.

—¿Dónde?

—El Departamento de Policía de Los Ángeles.

—Pues tal vez Cam debería estudiar allí también. Me falta añadir muchos detalles a la trama. —Estoy a punto de meterme otra patata frita en la boca, pero antes añado—: Cuéntame algo interesante.

—¿Interesante? ¿Te he estado aburriendo hasta ahora?

—Claro que no —respondo riendo—. Quería decir que me contaras algo... que fuera real. Y especial.

Saint bebe un poco de agua. Ha insistido en que los dos pidamos agua para estar serenos cuando volvamos a casa. Cada uno a la suya.

Se aclara la garganta y deja la bebida en el soporte del coche.

—Tengo un hermano —empieza diciendo, y su voz suena más ligera, casi juguetona—. Solo tiene un brazo.

Alzo una ceja, intrigada, pero no me atrevo a hacer comentarios.

—Oh.

—Sí, lo perdió en el ejército hace cinco años. Estaba montando guardia junto a un coche blindado y, bum..., se quedó sin brazo.

Pestañeo, sin saber si echarme a reír o soltar una exclamación. Él me observa con una sonrisa, como si supiera el efecto que me está causando la historia.

—Es verdad. Cuando sucedió fue horrible, pero ahora se lo toma con mucho humor. —Le brillan los ojos al hablar—. Le gusta decirle a la gente que el ejército lo dejó sin ejercicios.

No puedo aguantar más y me echo a reír porque es una historia absurda. De pronto, me asaltan las dudas. ¿Me está tomando el pelo? ¿Es algo que le pasó de verdad a su hermano o se lo está inventando? Entorno los ojos tratando de averiguarlo en su mirada.

—Espera, ¿es verdad o no?

Su expresión no se altera y permanece del todo neutral.

—Es cien por cien real.

—Entonces, ¿no puedo ponerlo en el libro?

—No, por favor. Sería demasiado revelador —responde sin dudar. Se limpia la boca y cierra la caja—. Ahora soy yo el que me he olvidado de mantener el personaje. Contarte historias de mi vida real no te va a ayudar en nada como escritora.

Me encanta que se olvide de mantener el personaje.

—Fingir ser alguien que no eres es más difícil de lo que parece.

Saint me observa con atención.

—Haces que me cueste no ser yo mismo.

Sus palabras me dejan con la boca seca. Bebo un poco de agua y lo ayudo a recoger los restos de la cena. Cuando está todo limpio, sale y tira la basura en una papelera. Pero, al volver al coche, se dirige a la puerta del conductor, que es donde estoy yo. Abre y me ofrece la mano, sin decir nada, pero con esa autoridad tan natural en él. Cuando me levanto, no me suelta la mano.

Despacio, pero con decisión, me lleva a la parte trasera del coche y me empuja hasta que mi espalda queda pegada a la puerta.

Y entonces une su boca a la mía. El beso es suave, casi reverencial, como si se lo estuviera tomando con calma para saborear cada segundo; como si cada caricia, cada aliento, tuvieran un significado más profundo. Esto no parece un juego. No hay nada apresurado ni furtivo. Siento como si estuviéramos solos en el mundo, sin nada que se interponga entre nosotros, ni roles ni barreras.

Es la clase de beso que hace que una persona sienta que la ven de verdad.

Pero entonces, como si hubieran apretado un interruptor, noto que se tensa. El beso pierde la suavidad, y su lugar lo ocupa otra sensación, mucho más contenida. Sus manos, que me sostenían con tanta dulzura, se contraen y parecen quedarse congeladas. Me aparto un poco y veo que está examinando la calle, como si acabara de acordarse de que no estamos solos, sino en un lugar público, a la vista de todos. Es como si se hubiera olvidado por unos instantes de la máscara que llevaba puesta, y se la hubiera vuelto a colocar a toda prisa.

Da un paso atrás, rígido, y me suelta la cintura. El calor que me transmitía se enfría y me deja a solas con la dura realidad. Cuando me mira a los ojos, leo en ellos una disculpa escondida entre la tensión.

—Tengo que irme —dice en voz baja y controlada. Da un paso atrás, dejándome espacio—. Te escribiré, Reya —añade, como si se sintiera obligado a decirlo antes de marcharse.

Quiero pedirle que se detenga, que me dé un poco más de su tiempo, que se quede conmigo un poco más, pero las palabras se me quedan atascadas en la garganta. Me quedo observando cómo se marcha, convertido ya en el Saint al que estoy acostumbrada, el hombre que siempre parece estar huyendo de algo, aunque esté parado.

Saco el móvil y anoto la última frase para el libro: «El hombre que siempre parece estar huyendo de algo, aunque esté parado».

9

—¿«El hombre que siempre parece estar huyendo de algo, aunque esté parado»? —exclama Nora con entusiasmo—. ¡Petra, es buenísimo! Estoy ya metida en la historia y solo he leído un capítulo. ¿Cuándo tendrás más?

—Ya tengo diez capítulos; cuarenta y seis mil palabras.

—¿En serio? ¿Has escrito cuarenta y seis mil palabras?

—Sip.

—¡Pero eso es casi medio libro!

—Lo sé. Estoy muy aliviada, pero tengo miedo de venirme demasiado arriba antes de tiempo. No quiero fastidiarlo.

—¿Estás contenta con lo que has escrito hasta ahora? ¿No irás a tirarlo y volver a empezar y hacerme un lío con la nueva trama?

Qué bien me conoce.

—De momento, se va a quedar tal como está. Si te apetece leer más, te paso los capítulos que tengo.

Siento curiosidad por conocer su opinión, aunque sé que va muy liada y tal vez no tenga tiempo. No sé si la razón por la que me gusta lo que he escrito hasta ahora es la fuente de mi inspiración, de quien todavía no le he contado nada a Nora. Tal vez estoy tan obnubilada con Saint que traslado la euforia que me provoca a mi novela, que probablemente sea una mierda. Me interesa mucho tener la opinión de alguien ajeno a lo que está pasando.

—Más te vale enviármelo todo ahora mismo, mientras hablamos.

Ay, no puedo quererla más. No sé si está tan entusiasmada como aparenta, pero ella sabe que su entusiasmo me da mucha confianza. Se lo agradezco mucho. Busco el documento y se lo envío adjunto en un correo electrónico mientras espera.

—Es un borrador —le advierto.

—Ya, ya. Es una mierda, no vale nada, tengo que pulirlo... Yo también me dedico a esto, te recuerdo.

Oigo que recibe el correo y espero a que se descargue el documento.

—¿Aún «Sin título»? —pregunta en cuanto lo abre.

Todavía no tengo claro cómo se va a llamar el libro, por lo que he escrito «Sin título» en el lugar donde debería haber uno.

—Aún no me he decidido, pero tengo varios candidatos.

—Vale, me pongo con él. Te quiero, adiós.

Nora me cuelga, pero no me importa. Sus ganas de seguir leyendo me han animado mucho. Cuando me ha llamado estaba a punto de irme a dormir, pero ahora creo que voy a llevarme el portátil a la cama.

No sé por qué, pero cada vez que sé que alguien se está leyendo uno de mis libros a medio terminar, siento la necesidad de releerlo a través de sus ojos, como si no supiera lo que va a pasar a continuación. Me encanta hacerlo cuando es Nora la que lee, porque tiene la costumbre de enviarme comentarios a medida que va leyendo.

Creo que esta es la parte del proceso de escritura que más me gusta: el apoyo de mis colegas.

La que menos me gusta es saber que es posible que me diga que la novela no funciona; que sigo sin saber cómo describir un triángulo amoroso, a pesar de que me he arriesgado a meterme en uno.

Me dejo caer en la cama y recoloco las almohadas mientras se pone en marcha el ordenador. He tenido el móvil en modo «No molestar» desde que he vuelto de la cita, por lo que me sorprende la cantidad de mensajes que empiezan a aparecer en la pantalla.

Soy Mari. No me has escrito
y son las 11.

Petra, son las 11.03.

Son las 11.06. ¿Estás muerta?

11.09. Me estoy preocupando.

Vale, voy a buscarte.

No pasa nada. Te he visto pasar.
Supongo que estás viva.

A menos que se haya puesto tu piel
y conduzca tu coche.

No me puedo creer que me haya olvidado de avisarla. Llamé a Nora en cuanto llegué a casa, pero me olvidé de avisar a Mari. Le respondo al momento, dejándole saber que estoy sana y salva, en la cama, antes de volver a poner el ordenador en modo «No molestar», con la idea de poder avanzar un poco más en el libro gracias al estímulo creativo que me ha proporcionado la charla con Nora.

Me he dormido en la cama con el portátil encendido. Me pasa a menudo. Me despierto en mitad de la noche y, al notar el peso familiar sobre el pecho, me siento satisfecha, porque sé que he trabajado hasta no poder más.

Cuando trato de darme la vuelta, noto que el borde frío se me clava en las costillas. Lo aparto y lo oigo deslizarse sobre la colcha hacia el otro lado de la cama. La luz de la pantalla parpadea durante un instante, pero, cuando alargo el brazo y lo cierro, la habitación queda sumida en la oscuridad.

Está demasiado oscuro.

Abro más los ojos, nerviosa de repente, aunque no sé por qué. No creo que me haya despertado nada en concreto y no oigo ningún ruido fuera de lo común.

Creo que ese es precisamente el problema, que todo parece estar demasiado en silencio, la ausencia de ruido es casi palpable. No oigo el ventilador del techo, ni el aire circulando ni el zumbido del aire acondicionado.

Cierro los ojos y trato de convencerme de que lo mejor que puedo hacer es seguir durmiendo.

«Déjate de bobadas y duérmete».

Pero hay algo que no va bien. De entrada, no sé identificarlo, pero hay una calma inquietante en el ambiente, como si el mundo se hubiera quedado mudo. «Demasiada oscuridad». El corazón se me acelera. «Demasiado silencio». El instinto me ha activado una alarma en el pecho. «Demasiado sola». Parpadeo varias veces, tratando de librarme de la somnolencia, pero la inquietud no hace más que aumentar.

Abro los ojos al máximo y fijo la mirada en la puerta del dormitorio. No sé por qué. Tal vez por esta sensación que tengo de que, en realidad, no estoy sola; que algo está esperando.

Y entonces lo veo.

«Una sombra».

Llena el hueco de la puerta, oscura e inmóvil. Y aunque se funde con la oscuridad de la habitación, distingo la silueta: es una persona. No distingo los detalles, pero está ahí y me observa.

Una ola de terror rompe sobre mí; me deja helada y me aplasta el pecho.

«Esto no puede estar pasando».

Me quedo paralizada, incapaz de moverme y casi de respirar. Mi cuerpo se ha quedado congelado por el miedo, con los músculos trabados mientras observo la figura de la puerta. Quiero gritar, pero estoy como en una de esas pesadillas en que tratas de pedir ayuda, pero no salen sonidos de tu boca.

La garganta se me ha cerrado y la voz ha quedado atrapada en mi interior.

Desesperada, busco el móvil a tientas sobre la colcha, tratando de localizarlo en la oscuridad. El corazón me late tan deprisa que parece que esté a punto de hacerme estallar el pecho. No puedo pensar, no puedo concentrarme en nada que no sea la sombra, que... ¡se mueve!

La figura se lanza hacia delante y, en esa fracción de segundo, mi cuerpo al fin reacciona. Un grito desgarrador se abre paso en mi garganta mientras trato de escapar por el otro lado de la cama, pero las piernas se me quedan enredadas entre las sábanas.

No soy lo bastante rápida.

Una mano —grande, fuerte— me rodea el tobillo, lo aprieta con brutalidad y tira de él con tanta fuerza que pierdo el equilibrio por completo. Me aferro a las sábanas buscando algo a lo que sujetarme, pero no sirve de nada. Me deslizo sobre la cama, cada vez más cerca de la figura. El móvil se me escapa de entre los dedos, rebota en la cama y golpea el suelo con un ruido sordo.

Lloro y mi pecho se agita mientras trato de respirar presa del pánico. La sombra me aprieta el tobillo con más fuerza y me atrae hacia él, de manera fría e implacable, acercándome al borde de la cama. Intento darle una patada con la otra pierna, pero no sirve de nada. Estoy atrapada, a su merced.

En lo más hondo del cerebro, una idea lucha por abrirse paso:

«¿Será Saint?».

Pero no me lo parece. Siento como si estuviera en medio de una pesadilla de la que no soy capaz de despertar.

La adrenalina me retuerce el cuerpo como nunca antes lo ha hecho.

—¡Basta! —le grito a quienquiera que sea.

¿Podría tratarse del dueño de la cabaña?

No, Louie no es tan fuerte. No puede ser él.

El terror me recorre el cuerpo, afilado y eléctrico. Tengo los nervios en estado de máxima alerta. El corazón me late con tanta violencia que estoy segura de que va a estallar. Respiro deprisa, de manera entrecortada, cada aliento más desesperado que el anterior.

—Saint, si eres tú, por favor, para. ¡Por favor!

Mis súplicas caen en oídos sordos. Trato de recordar todo lo que he aprendido en las clases de defensa personal: las técnicas, los movimientos, las estrategias de contraataque, pero no hay tiempo para pensar ni para reaccionar. Todo lo que aprendí parece muy lejano, como un recuerdo al que no puedo acceder, fuera de mi alcance.

«¡Muévete, Petra! ¡Haz algo!».

Pero no llego ni a intentarlo, porque me arrancan de la cama de un modo tan brusco que no logro procesar lo que está pasando. Sacudo los pies a lo loco, en busca de algo —lo que sea— donde anclarlos, pero no hay nada. El suelo resbala mientras me arrastran y la áspera superficie de la moqueta me quema la piel. Aterrorizada, suelto un grito desgarrador, que dura poco, porque una mano me cubre la boca y me lo impide.

«Por favor, que sea Saint. Por favor, que sea Saint».

La idea me ametralla la mente, pero me odio por pensarlo. ¿Por qué deseo que sea Saint? ¿Por qué? Incluso en el caso de que se haya tomado el juego demasiado en serio y haya allanado la casa en medio de la noche, sus actos siguen siendo horribles. No hay excusa para lo que está haciendo.

Y, con todo, deseo que sea él, porque al menos en ese caso sabría quién es y de qué va todo esto. Podría razonar con él, recordarle los límites de nuestro acuerdo, las reglas no escritas que hemos creado en esta especie de relación retorcida.

Si no es él, la alternativa es peor, mucho peor.

Doy patadas al suelo, luchando por conseguir un punto de apoyo. Me retuerzo y me resisto; trato de escapar, pero él se mueve demasiado rápido y tiene mucha más fuerza que yo. Cada vez que logro soltarme un poco, él me agarra más fuerte y me aleja más y más de mi habitación. Impotente frente a la fuerza que me arrastra, intento clavar las uñas en la moqueta, resistirme como sea, pero no sirve de nada. No puedo detenerlo.

—Por favor —sollozo, pero las palabras no surten efecto.

Saint no sería tan rudo conmigo. Si esto fuera uno de nuestros juegos de rol como Cam y Reya, se preocuparía al verme tan asustada. Y me sujetaría con más delicadeza.

A la persona que me está haciendo esto le importa un bledo mi miedo y mi incomodidad.

«Qué oscuro está todo».

La casa está más oscura de lo normal. Es una oscuridad absoluta, de la que se cierne sobre ti, te envuelve y te asfixia. Apenas veo nada, pero mientras me arrastran por el vestíbulo en dirección a la cocina, noto un detalle que me hiela la sangre. Las luces piloto de los electrodomésticos están apagadas. No hay ningún destello que venga del microondas, la cocina, la nevera... Nada, oscuridad absoluta.

«Han cortado la luz».

Una nueva oleada de pánico me recorre de arriba abajo y siento como si me hubieran dado un puñetazo en el estómago al darme cuenta de que esto no es algo improvisado. Los que están detrás de esto lo han planeado. Se han asegurado de que la casa esté totalmente a oscuras, de que nadie pueda ver ni oír lo que está pasando. Han cubierto sus huellas.

«Estoy sola».

Empiezo a gritar otra vez, pero la mano vuelve a amordazarme. Una mano dura, que me ahoga.

Las persianas están bajadas; no entra luz desde el exterior. Tampoco nadie va a poder ver el interior, nadie me va a ayudar. Se me retuerce el estómago mientras lucho contra el brazo que me sujeta con fuerza. Me está inmovilizando los dos brazos con uno de los suyos. No puedo moverme, estoy atrapada y a su merced.

De repente, aparta la mano que me cubría la boca y me tomo un instante para inspirar hondo, aunque el miedo hace que esté a punto de atragantarme. No puedo perder esta oportunidad. Tengo que averiguar qué está pasando, quién es el intruso.

«Necesito saberlo».

—¿Saint? —Mi voz no es más que un susurro tembloroso, que apenas se oye entre los sollozos que amenazan con escapar de mi boca. La desesperación que enturbia mis palabras me hace sentir muy humillada, pero, a pesar de ello, insisto—: Saint, por favor.

No me puedo creer que siga llamándolo y suplicándole, pero necesito saber si es él.

«¿Lo es?».

Intento girar la cabeza hacia la figura que hay a mi espalda para hacerme una idea de su cara, pero, en cuanto pruebo a moverme, me obliga a mirar hacia delante con un fuerte empujón.

«Qué bruto. Qué bestia».

Me sujeta por la mandíbula y me mantiene inmóvil

mientras mi cuerpo tiembla de manera descontrolada. Estamos tan cerca que noto el calor de su aliento en mi piel. Su peso me oprime al inclinarse sobre mí. Cuando me acerca la boca a la oreja, por un instante dejo de respirar. Inmóvil, espero a lo que vendrá a continuación y rezo por reconocer algo familiar en su voz. Este silencio es peor que cualquier cosa que pueda decir.

Pero entonces una voz profunda, heladora, lo rompe:

—No te muevas, joder.

Cuando me sienta en una silla de un empujón, noto el impacto en todo el cuerpo.

«Esa voz no parecía la de Saint».

Contengo el aliento y, cuando al fin lo suelto en un grito ahogado, el momento se vuelve aún más surrealista. Si no es Saint, ¿quién es? ¿Mi vida corre auténtico peligro?

Me empiezan a caer lágrimas por las mejillas y noto el sabor a sal mientras sollozo.

La incerteza se me agarra al cuello y me dificulta todavía más respirar.

«¿Era Saint o no?».

Al no haberle reconocido la voz, el miedo que hierve en mi interior no hace más que crecer y me roba espacio en los pulmones para respirar. El corazón sigue latiendo a un ritmo tan desbocado que temo que vaya a detenerse en cualquier momento.

Trato de huir de la silla —mi voluntad de escapar se impone al miedo—, pero no soy lo bastante rápida. Antes de que pueda ponerme de pie, tira de mí hacia atrás con brutalidad. El tirón en las muñecas es tan brusco que siento como si se me estuviera a punto de romper algún hueso. Hago una mueca de dolor, pero no llego a gritar porque me tapa la boca con cinta de embalar. El adhesivo se pega al instante a mis labios, que quedan sellados. Ya no voy a poder pedir ayuda. La cinta está tan tirante que resulta dolorosa. Estoy atrapada en este silencio.

«Por favor, que sea Saint».

No entiendo por qué sigo pidiendo que sea él, porque a estas alturas ya no importa. Aunque se trate de Saint, estoy asustada, dolorida y llorando. Pero la idea de que sea otra persona —alguien con peores intenciones— me hiela la sangre.

Cuando el intruso me tira bruscamente de los brazos hacia atrás y hacia arriba, siento un dolor que me recorre el brazo, el hombro y la columna vertebral. Chillo, pero el sonido queda ahogado por la cinta adhesiva. Ese sonido apagado es lo único que se oye mientras me ata las muñecas juntas detrás de la silla. El nudo que hace es tan fuerte que la basta textura de la cuerda se me clava en la piel y me duele cada vez que trato de moverme.

Hago una mueca de dolor y aprieto los dientes, tratando de no pensar en el dolor abrasador que nace en las muñecas y se me extiende por el cuerpo. La cuerda se clava con tanta fuerza que siento que me corta la piel, que estoy a punto de empezar a sangrar.

«¿Cómo ha podido pasar esto? ¿Cómo he llegado hasta aquí?».

La sensación de pánico es abrumadora, pero trato de concentrarme, de pensar en algo, lo que sea, que me ayude a salir de esta.

Doy unas cuantas patadas, sacudiendo las piernas a la desesperada, en un último intento por liberarme. Mis pies chocan con algo sólido —un cuerpo, o tal vez sus piernas—, pero no logro que se detenga. Cuando suelta un gruñido, me invade una sensación de triunfo, pero no dura mucho. Me agarra los tobillos con una fuerza brutal y los mantiene sujetos hasta que los inmoviliza con más cuerda. Yo me resisto, me revuelvo, pero no sirve de nada. Me ha atado los pies a las patas de la silla con tanta fuerza que ni siquiera puedo mover los dedos sin que me duela.

No puedo seguir conteniendo las lágrimas, que caen abundantes, sin control. Cuanto más tiempo pasa, menos dominio tengo sobre cualquier parte de mi cuerpo o mi mente. La visión se me vuelve borrosa cuando las lágrimas se combinan con el pánico, haciendo que todo parezca distorsionado, todavía más caótico.

Pero es real. Esto está pasando de verdad.

«Es imposible que Saint permitiera que las cosas llegaran tan lejos», me digo, aferrándome a un hilo de esperanza. No dejaría que pasara; no me infligiría tanto dolor.

Por primera vez desde que me he despertado hace un rato, asumo la situación:

«Es posible que no salga de esta».

Por primera vez, admito que mi vida está en peligro.

Pierdo las energías. La adrenalina que me ha ayudado a resistirme hasta ahora empieza a retirarse y me deja atontada y paralizada por el miedo. Me esfuerzo por dejar de llorar, porque sé que no va a ayudarme en nada.

Necesito calmarme para poder pensar.

Suelto el aliento por la nariz de manera entrecortada mientras me obligo a centrarme.

«Piensa, Petra. Piensa».

No puedo mover las manos. Ni siquiera puedo flexionar los dedos sin que la cuerda se me clave en las muñecas. Las piernas también están atrapadas, y cualquier movimiento, por pequeño que sea, me provoca un dolor agudo en las pantorrillas. No puedo separarme de la silla; estoy inmovilizada.

«¿Y ahora qué hago?».

Oigo ruidos a mi espalda de cosas que caen al suelo. Son ruidos repentinos, violentos. Con cada nuevo impacto, me sobresalto y los músculos se me tensan de manera involuntaria.

Aguzo el oído tratando de identificar cada sonido para averiguar qué está haciendo él. Oigo que abre cajones y los vuelve a cerrar con violencia, uno tras otro. El pánico vuelve a apoderarse de mí, una sensación helada que me cala hasta los huesos.

«¿Está buscando algo? ¿Un cuchillo?».

El frío me sigue calando, hasta el tuétano, mientras mi mente me ofrece un catálogo de posibilidades, todas espantosas. Los minutos se arrastran, llenos de los ruidos caóticos de su búsqueda. Respirar se vuelve cada vez más difícil.

«¿Qué está planeando?».

Cuanto más duran los golpes y los ruidos, más me desanimo. Estoy atrapada, impotente; no puedo defenderme y ni siquiera puedo ver lo que pasa a mi espalda. Cada estrépito parece formar parte de una cuenta atrás, como si marcaran los segundos que faltan para lo que vaya a venir a continuación. Espero que no encuentre lo que busca. Espero que no se esté preparando para algo peor.

Y justo cuando pienso que no puedo soportar más la tensión, un ruido distinto llega hasta mí: la puerta principal acaba de abrirse.

Y no se cierra.

Oigo pasos que se alejan, pero la puerta sigue abierta. Siento el frío y la brisa que entran silenciosamente en la casa. No sé si va a volver. Escucho en silencio. La brisa fresca me roza la nuca y me provoca un escalofrío. Cada soplo es como una nueva intrusión, que me recuerda que sigo vulnerable, a merced de lo que venga a continuación.

El silencio dentro de la cabaña es sofocante. No oigo nada aparte del leve silbido del viento que se filtra por la puerta y del ruido apagado de mi respiración mezclado con sollozos. Tengo el pecho tan tenso que cada inspiración es una lucha por no dejarme vencer por la histeria. Atada a esta silla, con el corazón latiéndome como un bombo en los oídos, parece que el tiempo se hubiera detenido.

Cierro los ojos con todas mis fuerzas, tratando de aislarme del mundo exterior.

«Por favor, que se haya ido».

Las palabras resuenan en mi cabeza como un cántico, una súplica desesperada. Llevo años sin pisar una iglesia, pero en este momento rezo con más fe que nunca.

«Dios, por favor. Volveré. Te compensaré por todas las misas que me he perdido. Pero haz que se vaya, por favor. No dejes que vuelva».

Pronuncio las oraciones para mis adentros con tanta urgencia que se entremezclan unas con otras. Le pido a Dios que, por favor, se haga realidad el milagro de que se haya marchado. Que el intruso haya desaparecido para no volver más. Rezo por encontrar la manera de liberarme de las cuerdas y escapar.

«Necesito sobrevivir».

No sé cuánto tiempo llevo rezando. Los minutos parecen horas y el terror hace que cada segundo se alargue una eternidad. Mi mente va a la carrera, pero mi cuerpo sigue paralizado por el miedo.

Al fin, empiezo a moverme. El primer movimiento es pequeño, de prueba; solo una ligera sacudida de muñecas para ver si la cuerda cede un poco. Aunque el dolor es intenso e inmediato, sigo tirando con la esperanza de encontrar el modo de liberarme.

Me duelen las manos y debo de tener las muñecas en carne viva de lo mucho que me aprietan las cuerdas, pero no me rindo.

«¡Sigue intentándolo!».

Paso lo que me parece una hora frotando las muñecas una contra otra. Muy despacio, la cuerda se va aflojando. Cuando al fin logro liberar la mano derecha, siento el dolor de todos los arañazos. Me echo a llorar de alivio mientras libero la otra mano, y luego, cuando me arranco la cinta adhesiva, inspiro hondo, ruidosamente.

Enseguida me dedico a liberar las piernas. Ahora que tengo las manos libres, ya no tardo tanto. Cuando me libro de las ataduras, trato de ponerme en pie, pero me caigo de bruces. El miedo y el shock siguen paralizándome hasta el punto de que ni siquiera puedo llegar andando al dormitorio. Voy a rastras, sin dejar de llorar, hasta que alcanzo el móvil.

Justo cuando me doy permiso para albergar un resquicio de esperanza —en el preciso momento en que empiezo a marcar el 9 para llamar a emergencias— lo oigo.

Pisadas.

«Dios mío».

El corazón, que me había empezado a latir más despacio, se me sube a la garganta de un brinco y el pánico regresa con más fuerza que nunca. Se me tensan todos los músculos y me quedo paralizada, con el móvil apoyado en el pecho mientras los pasos se oyen cada vez más cerca.

Ha vuelto.

Siento que el cuerpo entero me vibra de miedo.

«No puedo hacerlo; no puedo enfrentarme a él».

Me arrastro hacia el armario, conteniendo la respiración para que no se dé cuenta de que estoy en el dormitorio. Pero entonces, a través del martilleo de mi corazón, oigo una voz familiar que llega de fuera.

—¿Petra?

Inmóvil, aguzo el oído, porque no estoy segura de haber oído bien, pero entonces lo oigo otra vez, esta vez con más claridad.

—¡Petra!

«Es Saint».

El sonido de su voz atraviesa el miedo y siento que el corazón me cae a plomo hasta los pies. Pronuncia mi nombre con preocupación y una urgencia que encaja con la situación, pero que no le hace justicia al terror que me embarga. La puerta principal se abre del todo, con tanta fuerza que la oigo chocar contra la pared. Sin tiempo a procesar lo que está pasando, Saint está aquí, cruza la habitación y se arrodilla a mi lado.

Su presencia me abruma. No sé si sentirme aliviada o todavía más asustada.

Me mira y veo que abre mucho los ojos al ver el estado en que me encuentro. Estoy temblando, con la mirada perdida y el rostro bañado en lágrimas. Sigo absolutamente aterrorizada. Su expresión se endurece, pero detecto una nueva emoción en sus rasgos.

¿Rabia? No.

«Preocupación».

Sin decir nada, se dirige a la cocina, donde lo oigo abrir y cerrar cajones de manera frenética, mientras mi mente trata de entender qué está pasando. Vuelve a entrar en la habitación, pero está demasiado oscuro para distinguir los detalles. Veo el destello de un cuchillo antes de que se plante de nuevo ante mí y se arrodille a mi lado. Un instante después, se pone a cortar la cuerda que aún llevo atada al tobillo.

Cuando la cuerda cae al suelo, ahogo una exclamación. Siento el pulso con fuerza en brazos y piernas, por la sangre que me va volviendo a los miembros. Pero no siento alivio, todavía no.

Ver a Saint hace que me recorra una nueva oleada de emociones. Las lágrimas que tanto me he esforzado por contener caen ahora sin control. Pero ya no son lágrimas solo de miedo, son lágrimas de todo un poco.

De confusión, de frustración, de alivio y de espanto al mismo tiempo.

Saint me aparta el pelo de la cara con delicadeza, pero en vez de sentirme libre me siento más atrapada que nunca. No puedo hablar. No encuentro palabras para expresar el torbellino de emociones de mi interior. Solo soy capaz de llorar, con sollozos más desgarrados que los que se me escapaban cuando me arrastraban por el suelo.

Saint deja el cuchillo en el suelo, a su lado, y levanta las manos como si quisiera consolarme, pero no estuviera seguro de cómo hacerlo.

—Petra —dice en tono delicado, tranquilizador, aunque da igual.

No puedo responderle y no estoy muy segura de querer hacerlo.

Mi mente da vueltas. Quiero plantearle muchas preguntas, pero ahora mismo nada tiene sentido. Solo sé que está aquí, que ha vuelto y que sigo sin estar a salvo.

No hay nada que justifique su presencia aquí a estas horas de la noche.

«Nada en absoluto».

—Por favor, cuéntame qué ha pasado —me pide.

«Ha sido él, sé que ha sido él; no hay otra explicación».

Nadie más sabe dónde estoy. Y alguien que pasara por aquí de casualidad no sabría abrir la puerta sin romperla o desconectar la luz. Solo alguien como un policía sabe hacer esas cosas.

Tiemblo como una hoja mientras trato de librarme de esos pensamientos, pero no puedo. Estoy segura de que ha sido él, y esa certeza me sofoca.

Saint me ayuda a levantarme, pero no me sostengo por mi propio pie y me caigo sobre él, demasiado débil para cualquier cosa que no sea temblar. Lo que me apetecería hacer sería darle puñetazos en el pecho, pero estoy demasiado disgustada y las rozaduras que me ha causado la cuerda en las muñecas me duelen muchísimo. Trato de frotármelas, por instinto, pero todavía es peor.

Saint me envuelve en un abrazo y pronuncia mi nombre con extrema preocupación.

—Petra, todo va bien, estoy aquí.

Aún no me entra en la cabeza que haya sido él el causante de esto, quien me ha hecho pasar por esta pesadilla.

—¡Deja de fingir! —grito.

Le doy un empujón con las dos manos. El dolor físico que me causa es considerable, pero no es nada comparado con el dolor emocional que me inunda. Trata de agarrarme las muñecas para que deje de golpearlo, por lo que doy un paso atrás y me cubro la boca con las manos para contener los sollozos que brotan sin que pueda controlarlos. Siento una tenaza en el pecho que no me deja respirar hondo. Las lágrimas caen con tanta fuerza que es imposible detenerlas, por lo que ni siquiera lo intento.

—Petra, soy yo. Saint —insiste, en voz baja y tono calmado, como si pudiera arreglarlo todo con esas palabras—: Estoy aquí. Estás segura.

«Segura».

La palabra me resulta hueca. Vacía.

No hay nada seguro en esto. Ni en él.

La cuerda todavía me está rozando el tobillo, por lo que empiezo a darle patadas para alejarla de mí, para librarme de cualquier recuerdo de lo sucedido. Mientras pateo, el pie me tiembla, igual que el resto del cuerpo. La sensación de libertad debería aliviarme, pero no es el caso. Me siento presa en mi propia piel, prisionera de este momento del que no logro escapar.

Saint alarga los brazos hacia mí tratando de abrazarme de nuevo, pero algo se me rompe dentro.

«No quiero que me toque».

Sin pensar, le doy otro empujón con todas mis fuerzas. Y luego, otro. Y otro. Cuando empieza a retroceder, me desplazo con él y lo voy empujando una y otra vez hacia la puerta. Es una reacción instintiva, alimentada por la rabia, la confusión y el terror. Lo empujo con todas mis fuerzas;

quiero que se vaya, que se aleje de mí. Me tiemblan las manos y todavía no he recuperado el aliento, pero me da igual. No me puedo creer que haya pensado que iba a estar de acuerdo con nada de esto.

«¿Cómo ha podido pensar que era esto lo que quería?».

No le doy tiempo a reaccionar. Cuando logro echarlo del dormitorio, ni siquiera le dirijo la mirada. Cierro de un portazo y corro hacia el baño. Mis pies van más deprisa que mi cerebro. Doy otro portazo para encerrarme en el cuarto de baño y busco a tientas el interruptor en la pared. Lo presiono, desesperada por obtener el consuelo de la luz, pero no sucede nada. La oscuridad es absoluta.

Al recordar que ha desconectado la corriente de toda la casa, siento una nueva oleada de pánico. Con los dedos temblorosos, busco el grifo de la ducha y abro el agua caliente al máximo. Me concentro en el sonido del agua que salpica contra las baldosas para no dejarme arrastrar por la desesperación. Me quito la ropa con manos temblorosas y entro en la ducha. Respiro de manera entrecortada, sin librarme de la sensación de pánico mientras el agua caliente me martillea la piel.

El agua casi me escalda, pero me da igual. Dejo que caiga sobre mí con la esperanza —por favor, por favor— de que se lleve con ella el miedo, la confusión y la abrumadora sensación de haber sido traicionada que me consume por dentro. Me apoyo en la pared con los ojos cerrados y me esfuerzo en normalizar la respiración, pero nada funciona. Cada vez me cuesta más respirar, cada inspiración es más frenética que la anterior.

«Esto no está pasando. No puede estar pasando».

«Está demasiado oscuro».

10

«Hay demasiada luz».

Cierro los ojos con fuerza, pero la potente luz blanca que inunda el baño de repente es demasiado intensa.

En vez de calmarme, todavía empeora las cosas, porque el hecho de que la luz haya vuelto así porque sí me demuestra que ha sido Saint quien la ha desconectado hace un rato. Ha estado controlándolo todo en todo momento. Él es el responsable de haberme aterrorizado en la oscuridad.

Y entonces lo oigo: alguien llama suavemente a la puerta.

—¿Petra?

La voz de Saint que llega amortiguada desde el otro lado de la puerta está bañada en amabilidad y preocupación. Es la voz que siempre ha usado conmigo; la que en otro momento me hizo sentir segura, pero ahora me hace sentir atrapada.

—Largo..., vete —logro decirle entre sollozos.

Trato de sonar furiosa, pero el cuerpo me traiciona al emitir un hilo de voz, débil y asustada.

«Debería estar furiosa».

Y lo estoy, estoy muy enfadada, pero ahora mismo el miedo se impone a las demás emociones.

Cuando oigo el chirrido de la puerta al abrirse, siento un vacío en el estómago. Las piernas me tiemblan tanto que casi no me sostienen y el corazón me late con tanta fuerza que estoy convencida de que puede oírlo.

—Petra —repite con cautela mientras entra en el baño. Pero por mucho que me hable en tono sereno, no logra calmar la tormenta que ruge desatada dentro de mí—. Petra, lo siento. Pensé que...

—¡Pensaste que me apetecería que me atacaras! —grito, y la voz se me rompe por la emoción. Echo a un lado la cortina de la ducha y la uso para taparme, porque necesito verle los ojos. Sigo llorando con desconsuelo mientras lo fulmino con la mirada a través del vapor de agua—. ¿Estás mal de la puta cabeza?

Él suspira hondo y los hombros se le hunden como si mis palabras lo hubieran golpeado físicamente. Me importa una mierda. Me da igual si lo siente, si se arrepiente de lo que ha hecho. Ha cruzado una línea roja, una línea que nunca me imaginé que fuera a saltar, y eso no tiene vuelta atrás.

Corro la cortina de la ducha con brusquedad y cierro los ojos para huir de la confusión, de este torbellino de emociones contradictorias. ¿De verdad pensé que no sería capaz de llegar a esos extremos?

¿O en realidad le pedí que lo hiciera?

Las ideas se me desperdigan en todas direcciones mientras busco una explicación lógica, una razón por la cual a Saint se le haya ocurrido llevar las cosas tan lejos. Reproduzco mentalmente las conversaciones que hemos mantenido, las miradas, las palabras que hemos intercambiado, en un intento desesperado de justificar la situación. Pero da igual; por mucho que me esfuerce no encuentro nada que disculpe su comportamiento.

«No, no lo hice».

No le pedí que lo hiciera. No le pedí que asaltara la cabaña en mitad de la noche ni que me aterrorizara ni que me atara a una silla. Lo único que hice fue hablarle del libro y compartir con él los entresijos del proceso de escritura. No era una invitación a pegarme un susto de muerte. Mi intención no era abrirle las puertas de mi vida para que se colara por ellas y me aturdiera hasta el punto de hacerme pensar que estaba a punto de morir, joder.

Pero aquí estamos y no puedo evitar preguntarme...

«¿Creerá él que yo quería que lo hiciera?».

¿Pensó que se lo estaba pidiendo? ¿Creyó que me parecería bien que invadiera mi vida, mi espacio, mis pensamientos?

«¿Lo habré confundido sin querer?».

Ya no sé ni qué pensar. Estoy tan enredada en tantas emociones desde que entró en mi vida, y todo lo que ha pasado ha sido tan intenso, que no me fío de mi raciocinio para darle sentido.

«¿Tengo derecho a estar tan enfadada con él por haber hecho esto?».

Esta nueva idea es como una puñalada en el corazón, afilada y cruel. Odio estar cuestionándome a mí misma, odio dudar de mis sentimientos, pero lo cierto es que no sé si tengo derecho a estar furiosa.

Algo en mi interior, una parte pequeña y desvergonzada, se pregunta si esto era lo que deseaba en realidad; si de forma subconsciente deseaba estas emociones caóticas y oscuras.

«¿Es posible que mi subconsciente lo deseara?».

La pregunta me quema por dentro y deja a su paso un reguero de confusión y culpa. No quiero creerlo. No quiero pensar que, de algún modo, soy responsable de permitir entrar esta locura en mi vida. Pero la duda sigue ahí, aferrada a las esquinas de mi mente, y me susurra que tal vez, solo tal vez, soy responsable de lo que ha pasado.

Me apoyo en la pared de la ducha y dejo que el agua caiga a chorro sobre mí y se mezcle con las lágrimas que no han parado de caer en ningún momento. Me siento tan pequeña, tan perdida en este instante, atrapada a medio camino entre las ganas de gritarle y las de hacerme un ovillo y desaparecer.

Los sollozos pierden intensidad y se vuelven más resignados.

«¿Llegué a cerrar la puerta con llave anoche?».

La idea me golpea en el estómago, como si me acabaran de dar un puñetazo.

No, no lo hice.

Sé que no cerré.

Tras despedirme de Saint, me embargó una inspiración tan intensa y estaba tan ansiosa por volcarlo todo en la novela que, en cuanto llegué a casa, cogí el portátil, me lo llevé al dormitorio y escribí hasta que no pude seguir manteniendo los ojos abiertos.

Llevo años haciendo este tipo de retiros para escribir y, en todas las noches que he pasado en cabañas como esta, nunca me había olvidado de cerrar con llave o con pestillo. Pero anoche..., anoche me olvidé. Me quedé expuesta, vulnerable, y ahora, en esta ducha, estoy pagando el precio de mi error.

Me cubro la cara con las manos y noto que los dedos me siguen temblando mientras trato de calmarme. Pero entonces lo oigo: alguien está descorriendo la cortina de la ducha. El corazón vuelve a darme un brinco y me quedo paralizada de terror una vez más. Ni siquiera puedo alzar la mirada. No quiero verlo; no quiero enfrentarme a él, y menos en este estado, pero noto que sigue ahí. Estoy furiosa.

«Dios, qué rabia. No puedo con la rabia».

Me siento avergonzada, humillada por cómo las cosas se han salido de madre. Pero, en lo más profundo, sigo asustada; no exagero si digo que estoy aterrorizada. Me siento tan impotente que lo último que quiero es enfrentarme al hombre responsable de que me encuentre en este estado.

—Por Dios, Petra. —La voz de Saint me llega rompiendo el sonido del agua, suave, llena de remordimientos—. Lo siento muchísimo.

Sus palabras se quedan colgando en el aire, pero no me ofrecen el consuelo que necesito. No quiero que se disculpe, no después de lo que ha hecho, de haber cruzado todas las barreras de lo tolerable. Pero, aunque mi mente sigue queriendo echarlo a gritos de aquí y me dice que debería odiarlo, mi cuerpo me traiciona.

No puedo parar de llorar ni de temblar.

Me tapo la cara con las manos porque no quiero que me vea en este estado, pero noto que se acerca. Me sorprendo cuando el agua empieza a caer de otra manera un instante antes de notar que me envuelve entre sus brazos y me atrae hacia él con delicadeza. Siento su ropa mojada pegarse a mi piel desnuda y, por un instante, no reacciono; estoy demasiado aturdida. Se ha metido en la ducha conmigo, totalmente vestido, y se está empapando, pero no me suelta. Me abraza con todas sus fuerzas, como si tuviera miedo de dejarme escapar.

No entiendo por qué se lo permito. Ya no entiendo nada de nada.

Sé que debería apartarlo de mí a empujones. Debería gritar, chillar, hacer algo que le hiciera entender lo retorcido que ha sido esto, pero, en vez de eso, permanezco quieta, apoyada en su pecho, temblorosa y sollozando con la cara hundida en su camisa. Y, por mucho que me odie, por mucho que quiera darle puñetazos y hacerle sentir una fracción del miedo y la confusión que él me ha provocado, no puedo negar que, en este momento, lo necesito.

Necesito que me abrace, necesito sentir que hay alguien conmigo, alguien que se preocupa por mí.

«Creo que esto puede haber sido un terrible malentendido».

La idea me proporciona un ligero consuelo, algo a lo que agarrarme en medio de esta tormenta emocional.

—Cuando me hablaste de la novela... —Saint empieza a hablar en un tono suave; nunca lo había oído hablar así—. Pensé que me estabas pidiendo que...

Niego con la cabeza y no lo dejo terminar.

—Lo sé —susurro con la voz ronca de tanto llorar. Estoy exhausta emocionalmente y no me veo capaz de seguir discutiendo lo que ha sucedido—. Lo sé —repito porque, de algún modo, lo sé.

Sé que le pedí algo, pero nunca me imaginé que las cosas se fueran a desarrollar de esta manera.

Me aparto las manos de la cara y las dejo caer. Lo abrazo por la cintura y lo acerco más a mí para apoyar la mejilla en la tela empapada de su camisa. Noto cómo va calando en mí el calor de su cuerpo y, por unos instantes, me permito el consuelo de su presencia. No sé si eso me convierte en una persona débil o en una que solo se rinde a sus necesidades, pero esto es justo lo que me hacía falta ahora mismo, así que no lo suelto; al contrario, lo abrazo con más fuerza.

—No sé si esto fue lo que te pedí —admito en un hilo de voz—. Este rollito que nos traemos... me confunde. Apenas te conozco y esto...

Dejo la frase a medias cuando el peso de lo sucedido vuelve a asentarse sobre mis hombros. El torbellino de emociones, la pasión, el miedo... es demasiado. Ahora mismo me cuesta reconocer mis sentimientos, como para entender qué es lo que esperaba de él.

Saint me besa en la coronilla con delicadeza y se limita a abrazarme en silencio. Su presencia transmite calma, estabilidad, silencio. El calor de su abrazo, el ritmo regular de su respiración contra mi pelo, la sensación de estar anclada de nuevo tras haber ido a la deriva demasiado tiempo... es justo lo que necesitaba.

Permanecemos así varios minutos. El agua cae formando una cascada a nuestro alrededor y se lleva con ella la tensión en olas pequeñas y reconfortantes. Poco a poco, dejo de llorar. Inspiro hondo y me aparto un poco de su pecho para mirarlo a la cara. Veo tantos remordimientos en sus ojos que es imposible no darse cuenta de lo mucho que siente lo sucedido; que daría cualquier cosa por poder dar marcha atrás en el tiempo. Veo también una ternura que me llega hasta lo más hondo.

Me apoya una mano en la cara y me la acaricia con el

pulgar para limpiar los restos de rímel que me han dejado las mejillas hechas un mapa de tanto llorar. Sus caricias son tan delicadas que en ese momento me doy cuenta de que no pretendía hacerme daño ni asustarme. Simplemente... lo entendió mal. Igual que yo.

Solo quería ayudarme, darme un empujoncito para que sintiera cosas que nunca había experimentado antes.

—Lo siento —se disculpa en un tono que no puede ser más honesto—. De verdad. Aquella noche..., cuando me contaste en detalle lo que le pasaba a Reya, pensé que era tu forma de... No sé, de darme instrucciones.

Es la primera vez desde que lo conozco que lo veo avergonzado.

Asiento despacio y parte de la tensión entre los dos parece relajarse. El miedo empieza a convertirse en algo más llevadero.

—Vale. —Mi voz suena frágil pero firme—. Pero, de ahora en adelante, asegúrate de que realmente te estoy pidiendo que hagas algo antes de hacerlo. No des nada por sentado. —Mi voz sigue temblando un poco, consecuencia del pánico de hace un rato, pero lo digo con convicción.

Su expresión se suaviza aún más.

—Te lo prometo. —Sigue con la mano apoyada en mi mejilla, que acaricia con el pulgar, como si quisiera tranquilizarme, anclarme en el presente. Parece tratar de leer en mi mirada cuando me pregunta—: ¿Quieres que me marche?

La pregunta permanece en el aire y, por un brevísimo instante, me lo planteo. Por un lado quiero decirle que se vaya, que necesito espacio para procesar lo que acaba de suceder, para recobrar el control sobre mis emociones, pero no me salen las palabras. Por mucho que me aterrorizara su presencia hace unos minutos, en realidad no era él quien me asustaba, sino el personaje que estaba interpretando.

La situación que hemos creado entre los dos, aunque haya sido de manera involuntaria.

No puedo culparlo de lo sucedido, al menos no del todo.

Niego con la cabeza, con urgencia, de manera instintiva.

—No —respondo con suavidad, pero con firmeza—. Pero... ¿podríamos ser...? Esta noche no quiero fingir.

Estoy demasiado cansada para andarme con actuaciones. No tengo fuerzas para meterme en la piel de un personaje. Esta noche necesito que las cosas sean simples, reales.

Saint asiente y sus ojos brillan como si hubiera entendido lo que necesito y estuviera de acuerdo. Me atrae de nuevo hacia su pecho y me abraza mientras susurra:

—De acuerdo. Seamos nosotros, solo tú y yo.

«Solo tú y yo».

Sus palabras no deberían hacerme sentir tan bien. Después de todo lo que ha pasado, tras el miedo, la confusión y todas las líneas que hemos cruzado, no debería encontrar consuelo en sus palabras. Pero el caso es que lo hago. Una sensación cálida se extiende por mi cuerpo, inesperada pero muy bienvenida. Sus palabras calan en mí, me calman la ansiedad y, por primera vez desde que se ha metido en la ducha, siento un poco de paz.

—Lo siento —repite con los labios pegados a mi frente—. No sabes cuánto.

—Lo sé —replico, porque es verdad.

Siento su remordimiento en cada palabra, cada caricia y, aunque sé que no es suficiente para borrar lo sucedido, de momento me basta; me permite volver a respirar con tranquilidad.

Empiezo a ser más consciente de mi entorno. Me doy cuenta de que la luz es muy intensa y de que estoy aquí, bajo el chorro de la ducha, sin nada que se interponga entre mi piel y su mirada. Aparte de unos cuantos besos compartidos en el ardor del momento, no tengo tanta confianza con este hombre como para sentirme cómoda estando así con él, completamente desnuda, y menos bajo la potente luz del baño. De nuevo, me asalta la sensación de vulnerabilidad que había empezado a calmarse.

«¿Cómo se supone que voy a salir de la ducha sin que me vea de arriba abajo?».

Como si notara el cambio en mi estado de ánimo, Saint aparta la mirada con delicadeza, casi como si pudiera leerme la mente. Sin decir nada, alarga el brazo y coge la toalla que cuelga de la pared. Sus movimientos son hábiles, fluidos, como si fuera algo que hubiera hecho cientos de veces en cientos de situaciones similares, sabiendo siempre qué hacer para tranquilizar a la persona con la que se encuentra. Cierra el agua y, con suavidad, me envuelve en la toalla. Siento como si me hubiera cubierto con una barrera protectora, pero no es solo por la toalla en sí, sino también por cómo me trata, de manera delicada, respetuosa, con cuidado de no invadir mi espacio.

Menudo contraste con hace unos minutos.

Se inclina hacia mí y me planta un beso en la frente con mucha ternura. Es un beso breve, para darme confianza, pero sin abrumar. Y luego, con la misma discreción con que me ha envuelto en la toalla, sale de la ducha y me da la privacidad que necesito.

En cuanto sale, se quita la camisa empapada y se la queda mirando, como si no supiera qué hacer con ella. Es solo un instante, pero uno que lo humaniza y que me hace darme cuenta de que no es tan infalible como a veces me lo imagino. Ni siquiera Saint, con todo su autocontrol y confianza, sabe qué hacer con una camisa mojada.

Salgo de la ducha con cuidado, me sujeto la toalla con más fuerza y abro el armario para darle una seca.

—Te secaré la ropa —le digo—. Entretanto, una toalla es la única prenda de tu talla que puedo darte.

Él asiente mientras me dirige una sonrisa de compromiso, que no le ilumina los ojos. Salgo del baño con la sensación de haber recuperado parte del control y espero a que él se quite la ropa mojada y me la pase por el hueco de la puerta. Siento una curiosa satisfacción al saber que ahora es él quien depende de mí, que no puede marcharse hasta que se le seque la ropa. De un modo un poco absurdo, me otorga cierta posición de poder.

Cuando me entrega al fin el montón de ropa mojada, la llevo al lavadero y la meto en la secadora. El zumbido mecánico me resulta relajante, comparado con el martilleo errante de mi corazón de hace un rato.

«Todavía no puede marcharse», pienso, y esa idea me provoca cierto alivio. Tendrá que quedarse más que las otras veces que ha venido. Por alguna razón que no acabo de explicarme, quiero que se quede. Incluso después de todo lo que acaba de pasar.

Vuelvo a la cocina y me encuentro a Saint frente a los fogones. Lleva la toalla atada a la altura de las caderas y me recibe la visión de su amplia espalda mientras pone la tetera al fuego. Ver esa imagen tan informal, casi doméstica, me provoca una oleada de calor y me ayuda a librarme del enfado un poco más.

—¿Quieres un té caliente? —me pregunta mientras me dirige una mirada amable por encima del hombro.

—Me encantaría.

Mi voz suena más suave de lo que esperaba. Sigo vestida solo con la toalla húmeda, que se me pega a la piel y me deja más expuesta de lo que querría, pero hay algo en la imagen de Saint —esta versión vulnerable, cubierta solo por una toalla, en mitad de mi cocina— que me hace sentir extrañamente cómoda. No es como antes, cuando sentía la necesidad de esconderme. Tengo la sensación de que volvemos a jugar en la misma liga.

Mientras él se concentra en preparar el té, me pongo la bata, la misma que llevaba la noche en que se presentó en casa por primera vez. Es una prenda que tengo desde hace tiempo y que me hace sentir mejor. Es una capa más de confort que me viene muy bien ahora mismo. Los recuerdos de aquella noche me cruzan la mente: lo expuesta que me sentí, lo nerviosa que me puse. Lo que siento ahora es muy distinto. La dinámica de poder ha cambiado. Ahora que es él quien está medio desnudo en mi cocina, sin nada más que una toalla con la que cubrirse, me siento más... cómoda. A pesar del horrible malentendido de antes, me siento más segura, con el control de la situación. Su vulnerabilidad actual me ayuda a librarme del miedo que me consumía hace un rato.

Es curioso, pero creo que ponerme algo más que la bata me haría sentir «demasiado arreglada». Es un momento que invita a la sencillez. Me ato el cinturón y dejo que el tejido caiga, vaporoso, sobre mi piel.

Al volver a la cocina, el aroma del té empieza a llenar la estancia, cálido, apetecible. Me apoyo en la encimera y dejo que Saint termine de prepararlo.

Nuestras miradas se cruzan y, por primera vez desde el momento terrorífico de la ducha, siento que se instaura una especie de calma entre los dos. Tal vez se deba a la intimidad de la cocina, el murmullo de la tetera o el hecho de que, para variar, no hay juegos ni falsedades entre nosotros.

Somos solo él y yo.

Saint y Petra.

Utilizo el rato que tarda en preparar el té para comprobar los daños. Al mirarme en el espejo del lavabo, me asusto al ver el nido de pájaros que llevo en la cabeza. Lo seco un poco con el secador y me lo recojo en un moño alto. Al ir a guardar el secador en el cajón, veo el frasco de Xanax. Con un suspiro de alivio, abro el frasco y me tomo un ansiolítico.

Cuando salgo del dormitorio para reunirme con Saint en la cocina, veo que está sirviendo dos tazas de té.

Saint descamisado es tal como describí a Cam en la novela: cordilleras de músculos que le cruzan la espalda, cintura estrecha, piel suave y bronceada.

Me temo que voy a tener que retroceder en la novela para describir mejor sus brazos. Ahora que soy consciente de la asombrosa fuerza que poseen, me doy cuenta de que lo que escribí sobre ellos no les hace justicia. Antes me he defendido con todas mis energías y él ha reaccionado como si yo no me estuviera esforzando en absoluto. Saber que está dispuesto a usar esa fuerza para protegerme hace que me sienta mejor.

Saint desliza la taza por la encimera y luego me la ofrece.

—Aquí tienes.

Al aceptarla, nuestros dedos se rozan y vuelvo a sentir esa chispa que prende siempre que estamos juntos.

—Gracias.

Me llevo la taza con asa a los labios y doy un sorbo. El té está muy caliente, tal vez demasiado, pero su calor se extiende por mi interior y me ayuda a aliviar la tensión y a calmar los nervios.

Permanecemos en la cocina, bebiendo el té a sorbitos, medio desnudos, y lo curioso es que me siento como si fuera lo más normal del mundo.

El Xanax me está haciendo efecto. Es justo lo que necesitaba después de lo que ha pasado.

Saint me está observando mientras bebe el té lentamente. Quiero hacerle mil preguntas, pero, al mismo tiempo, me gusta el misterio que lo envuelve. No sé casi nada de él aparte de su nombre y su ocupación, pero si le hago demasiadas preguntas, tal vez se desmonten algunas características que me he inventado para el personaje.

Saint deja el té en la encimera, me quita la taza de las manos y la deja junto a la suya. Me acaricia la espalda de arriba abajo y termina agarrándome el culo con las dos manos. Me levanta a peso y me sienta en la encimera, junto a la cocina.

Me toma la mano con delicadeza para examinarme la muñeca. Con un dedo recorre las marcas rojas que me ha dejado la cuerda. El contraste entre su caricia cálida y delicada y el recuerdo de las ataduras me provoca un estremecimiento.

Levanta la otra mano y repite el gesto, acariciándome

con el pulgar las áreas sensibles donde la cuerda se me ha clavado en la piel.

Mientras me observa las muñecas, su mirada es tierna, vulnerable, no puede esconder su preocupación.

—¿Te he hecho daño? —pregunta en voz baja, con cautela, como si le diera miedo mi respuesta.

Yo niego con la cabeza y respondo en tono firme:

—Estoy bien.

No parece muy convencido. Ladea la cabeza, frunce el ceño y entorna los ojos.

—Sé sincera. —Me observa con atención, buscando la verdad en mis ojos.

—Estoy bien —repito, todavía con más firmeza. Al ver que sigue sin convencerse, suavizo el tono para tranquilizarlo—. Estaré bien.

Sonrío, aunque todavía no he acabado de asimilar lo que ha pasado. Tampoco entiendo por qué lo estoy perdonando tan deprisa.

Creo que es porque acabo de darme cuenta de lo que me ha regalado. Como lectora y como autora, me decanto por las historias que tienen un toque oscuro, tanto en las de suspense como en las románticas. A veces nos ponen unas cosas que me ruborizan incluso a mí.

Hasta las novelas más oscuras tienen su público. Y aunque no querríamos experimentar en la vida real las cosas que leemos, eso no quita que disfrutemos al leerlas.

No he disfrutado de lo que me ha hecho Saint esta noche, pero agradezco que haya querido proporcionarme la experiencia que pensaba que yo deseaba en un entorno seguro. Aparte de maniatarme, no ha hecho nada que me pusiera en peligro real. Él creía que yo quería saber qué se sentía cuando considerabas que corrías un auténtico peligro.

Lo más raro de todo es que tengo la sensación de que todo lo que ha hecho forma parte de una novela, y no de la vida real. Y me temo que les perdonamos a los personajes cosas que no perdonaríamos a nuestros amigos o amantes. Siento que le estoy otorgando el perdón que le daría a un personaje más que a una persona de mi entorno personal.

La noche ha sido surrealista de principio a fin, pero sus remordimientos me parecen muy reales. Puedo aceptarlos, igual que puedo tomar lo que ha pasado y usarlo. Vamos, está clarísimo que voy a usarlo.

Saber de primera mano lo que Reya está sintiendo me ha proporcionado un respeto mucho mayor por su miedo y por el dolor que sufre.

Las marcas de las muñecas son muy recientes y aún me molestan cuando flexiono las manos, pero es muy soportable. En un par de días habrán desaparecido, no me van a quedar marcas permanentes. Me han dejado marcas peores en momentos de pasión, momentos en los que los límites entre el placer y el dolor se desdibujan. Saint no pretendía hacerme daño; estaba siguiendo un guion, representando el papel que le había tocado en este juego en el que hemos caído.

El juego que inicié yo.

O, al menos, creo que lo hice.

A pesar de las dudas, sigo teniendo algo claro: no quiero que se vaya. Y tampoco quiero que deje de actuar como lo hace. Tengo ganas de lanzarme hacia el portátil y empezar a describir las emociones que acabo de experimentar. Quiero narrar el miedo de Reya, la fuerza de las manos del intruso, el modo en que la voz de Reya la traiciona justo cuando más la necesita.

Casi tengo ganas de darle las gracias a Saint por proporcionarme todo eso.

«Casi».

—Creo que estás un poco loco —susurro.

Él se ríe entre dientes.

—Ya, bueno. No me has echado, así que no sé quién de los dos está más loco. —Me retira un mechón de pelo húmedo de la mejilla—. Petra, ¿estás segura de que no prefieres quedarte a solas? Lo entendería.

—No, no te vayas.

Quiero más de él, más de esto que hay entre nosotros. Más tiempo con él, más atención; más dulzura, para ser precisa.

Pero, por encima de todo, quiero compartir con él más experiencias que consigan que vuelva a disfrutar escribiendo. No quiero repetir nunca más lo que ha pasado antes; ha sido demasiado intenso y brutal, pero la experiencia me ha despertado la curiosidad. No puedo evitar pensar en otras maneras mediante las que podría acercarme a emociones nuevas y tan vívidas que logre creer que las he experimentado en la vida real.

Su modo de mirarme ha cambiado; sus ojos me transmiten calor y algo más, algo que no se nombra pero que, aun así, noto. Se está conteniendo, como si esperara a que yo diera el primer paso, como si dejara la decisión en mis manos. Es un giro radical. Antes él ha asumido el control, ha dirigido la escena, pero ahora..., ahora me ha dado la batuta. Percibo sus dudas, es consciente de lo delicado de este momento.

Alzo la mano despacio y le acaricio los labios con deleite. Contiene el aliento al notar el contacto de mi pulgar. Sentir su boca bajo mi piel enciende una hoguera que se extiende desde mi pecho y me desciende hasta el vientre. Le recorro el labio inferior por completo, paladeando su suavidad y la sutileza con que separa los labios al notar mi contacto. La mirada se le oscurece de deseo, pero se sigue conteniendo. Sigue esperando.

Me inclino hacia él, eliminando el espacio que queda entre los dos, y fundo mis labios con los suyos. Su beso es lento, delicado, cauteloso, como si no supiera hasta dónde quiero llegar. Noto la tensión que vibra bajo su esfuerzo por reprimirse, el modo en que se inclina sobre mí muy levemente, como si me pidiera permiso para continuar.

Decido concedérselo.

Deslizo la lengua entre sus labios, profundizando el beso, y él reacciona al instante. Me envuelve entre sus brazos y me atrae hacia él, pero sigue actuando con delicadeza, con cuidado, como si quisiera convencerme de que conservo el control de la situación. El beso se vuelve más intenso, más ardiente, y noto que el fuego que arde entre los dos crece a cada segundo.

No hay lugar para dudas.

Cuando me acaricia la espalda y hunde los dedos en mi piel, mi cuerpo se arquea hacia él porque quiere más. Las emociones contenidas de hace un momento han desaparecido y su lugar lo han ocupado otras más reales y puras. Esto ya no es un juego: somos nosotros, Saint y Petra, dos personas presas de un ardor del que ninguno de los dos quiere escapar.

Está de pie, entre mis piernas, y la toalla es lo único que

nos separa, por lo que noto como se endurece casi al instante.

Le rodeo la cintura con las piernas y es entonces cuando me arrebata el control del beso. Me sujeta la cabeza con una mano para profundizar el beso, mientras me atrae hacia el borde de la encimera con la otra mano. Estoy prácticamente en el aire, entre sus manos.

Dejo caer la cabeza hacia atrás cuando él me besa el cuello, recorriéndolo de arriba abajo. Cierro los ojos, aturdida por las sensaciones que me provoca, y noto sus dedos en el nudo con que me he atado la bata.

—¿Puedo? —susurra.

Levanto la cabeza y lo miro a los ojos mientras asiento en silencio.

Él baja la vista hacia mi pecho y me desata la bata. Me muevo un poco para ayudarlo a retirarla. Él la lanza por encima del hombro y contiene el aliento mientras me observa antes de trazar una línea con los dedos entre mis pechos.

Sin querer, la vista se me va al anillo de boda mientras toma uno de mis pechos en la mano.

¿Son mis pechos más bonitos que los de su mujer?

¿Soy yo más bonita que su mujer?

Cuando se mete el pezón en la boca, lo agarro del pelo para pegarlo aún más a mí. Él succiona y muerde, y no hay rastro de la delicadeza que me ha demostrado hasta hace un momento.

Su naturaleza hambrienta se ha apoderado de él y, de pronto, parece que no puede parar. Alterna entre ambos pechos, regresa al cuello y luego vuelve a besarme. No me da tiempo a asimilar dónde se encuentra antes de que se haya desplazado ya a otra parte de mí.

Me levanta de la encimera y me sostiene en el aire, con una mano en la parte baja de la espalda y la otra en las nalgas mientras me mete la lengua en la boca hasta el fondo.

Me alegro de que me sostenga, porque no creo que pueda caminar ahora mismo.

Me suelta sobre el sofá, se quita la toalla y se tumba sobre mí.

—¿Hace falta que me ponga condón? —me pregunta.

Tomo la píldora y, por mi parte, no haría falta, pero ¿cómo estar segura de que no va a pegarme nada? Apenas lo conozco y no me fío de mi criterio esta noche. Al fin y al cabo estoy desnuda debajo de un hombre que me ha hecho llorar de miedo hace un rato.

Al ver que dudo, toma la decisión por mí.

—Lo tengo en la cartera. Ahora vuelvo.

Cruza la habitación a oscuras y lo oigo rebuscar en la cartera. Incluso lo oigo rasgar el envoltorio mientras regresa a mi lado.

Y vuelve a estar sobre mí, ya protegido, y su boca vuelve a encontrarse con la mía. Todo ha sido tan rápido que no me ha dado tiempo ni a echar un vistazo para determinar si esto va a dolerme o no.

Es la primera vez que experimento una vivencia como esta, el tipo de sexo que practican las mujeres que protagonizan los libros que escribo. Siempre he estado con hombres de talla mediana, por lo que siempre me he tenido que imaginar cómo sería que te follara un hombre tan grande que llegue a hacerte daño.

En cuanto lo rodeo con las piernas, me queda claro que no voy a tener que seguir imaginándomelo. La parte de él que se frota contra mi muslo resulta intimidante.

Cuando apunta hacia mi interior para deslizarse en mí, hago una mueca de aprensión.

Él roza mis labios con los suyos una y otra vez.

—Si quieres que pare, dímelo, ¿vale?

Su voz y sus ojos me transmiten tanta seguridad y dulzura que me derrito entre sus brazos.

Empuja lentamente hasta que somos uno y cierro los ojos para disfrutar de cada segundo. Presto atención al dolor, al placer, a los sonidos que hacemos, y me imagino cómo los describiré cuando pasen a formar parte de la novela.

«Me duele a la vez que me sacia».

«Sensual pero brutal al mismo tiempo».

Encontramos el ritmo casi al instante y me olvido de las descripciones, porque solo puedo pensar en lo mucho que me gusta lo que estamos haciendo. De vez en cuando se cuela alguna idea para reprocharme mi falta de moralidad, pero todas enmudecen cuando Saint me besa.

Podría acostumbrarme a esto.

No me costaría nada.

Y esa idea me aterra mientras mis gemidos resuenan por toda la casa.

11

El clic de la puerta principal todavía resuena en la casa cuando me despierto. Miro a mi alrededor antes de incorporarme en el sofá del salón.

Saint se ha ido.

Me dirijo a la ventana del salón y observo, escondida tras las cortinas, cómo arranca su coche oscuro y desaparece carretera abajo. Siento una extraña mezcla de alivio y vacío, que se instala en mi pecho. Siempre se marcha.

Aguardo. Un minuto, dos. La necesidad de saber más, de entender quién es y de dónde viene, me corroe por dentro. Es una curiosidad malsana, y sé que no debería escucharla, pero no puedo contenerme. Y si me quedo aquí esperando a recuperar el sentido común, será demasiado tarde.

Corro hacia el dormitorio para ponerme el único vestido que he traído y unas sandalias. Luego voy a por las llaves con el corazón desbocado una vez más.

El sol empieza a salir por el este, bañando el paisaje en sombras doradas.

«Es una idea pésima», me grita la parte de mi cerebro que aún carbura. «Te va a ver». Pero la otra parte, la que perdió el juicio la primera vez que vio a Saint, es más insistente y me empuja a salir de la cabaña.

Mientras me pongo en marcha, tengo la sensación de ir montada en un faro encendido que atrae todas las miradas en vez de en un coche. Recorro el camino asfaltado y, una vez en la carretera, giro a la izquierda, en dirección al pueblo. Sigo conduciendo a toda velocidad hasta que distingo un coche que podría ser el suyo. Me mantengo a una distancia prudencial y trato de camuflarme entre el escaso tráfico que hay a estas horas. Agarro el volante con tanta fuerza que tengo los nudillos blancos. Cada vez que me cruzo con un coche siento un asomo de ataque de pánico. Tras cada curva podría haber alguien que me reconociera. Solo quiero saber adónde va, dónde vive. Y tal vez poder echarle un vistazo a ella, su esposa. La mujer con la que comparte la otra parte de su vida: la parte real.

Han pasado quince minutos. Está siguiendo una ruta que no reconozco y que me aleja cada vez más de mi lugar seguro, mi cabaña. Cuando se desvía hacia una carretera secundaria, se me forma un nudo en el estómago. ¿Qué voy a ver? ¿Qué descubriré?

«¿Me arrepentiré?».

En cuanto me meto en el desvío, veo las luces de freno de su coche. El rojo intenso contrasta con el verde de los árboles. Acaba de frenar.

Sale del coche.

Me está esperando.

Contengo el aliento.

«¿Cómo me ha descubierto?».

Busco alguna excusa creíble por la que puedo estar aquí, en esta calle, en este barrio.

Él se ha quedado apoyado en la puerta del conductor, y me observa con los brazos cruzados sobre el pecho. La mandíbula apretada, los ojos entornados... Se me cae el alma a los pies, porque no hay duda.

«Sabe que soy yo».

Me hace un gesto para que me detenga. No es más que un movimiento de cabeza, pero me hace sentir como a una niña pequeña a la que acaban de sorprender con la mano dentro del bote de las galletas.

Me echo a un lado y pongo el punto muerto mientras él se aparta de su coche y se dirige hacia mí. Cuando aprieto el botón para bajar la ventanilla, el chirrido que hace el cristal al descender suena con una intensidad exagerada en el silencio que se ha creado de repente.

—Baja, Petra —me ordena en voz baja y tono autoritario.

No parece enfadado, al menos de momento, pero tampoco está para bromas.

Titubeo, sumida en un potente cóctel de vergüenza y miedo. Me arden las mejillas. Al darse cuenta de mis dudas, suspira. Abre la portezuela y se inclina hacia mí.

Sin darme tiempo a protestar, me rodea la espalda con un brazo y me sujeta por debajo de las rodillas con el otro. Me levanta sin esfuerzo, como si no pesara nada. Esta demostración de intimidad es tan inesperada que me deja sin aliento. Por instinto, me agarro de sus hombros. Mientras me lleva hacia la parte delantera de mi coche, me siento sorprendentemente ligera, casi como si flotara.

Con una facilidad que solo da la práctica, me deja sobre el capó. El estómago me revolotea al notar el calor del metal en la parte trasera de mis muslos.

Él apoya las manos a lado y lado de mis piernas, que cuelgan porque no llego al suelo, y me atrapa entre sus brazos. Se inclina hacia mí. A esta distancia, veo que sus ojos se oscurecen, cargados de una emoción que no logro descifrar. Su aroma me inunda los sentidos.

—Más te vale dejar de husmear —me advierte con la voz ronca.

El calor que irradia y la solidez de su pecho tan cercano al mío hacen que se me acelere el pulso.

—Yo... Yo solo... —balbuceo con un patético hilo de voz.

—Ya sabes que estoy casado.

No es una pregunta. Es una afirmación, un recordatorio cargado de implicaciones que no se mencionan.

Bajo la cara, incapaz de sostenerle la mirada. La vergüenza me invade como una marea caliente.

—Sentía curiosidad —susurro, y mis palabras me suenan huecas incluso a mí. No es más que una excusa barata para algo mucho más complicado.

Cuando vuelve a suspirar, su aliento lento, pausado, me levanta el pelo de las sienes.

—Pensaba que habíamos llegado a un acuerdo —pronuncia con solemnidad, como trazando una barrera en el aire con sus palabras.

Alzo la vista hacia él.

—No iba a hacer nada. Solo quería ver adónde ibas cuando te marchabas. Quería saber dónde vives.

—No es asunto tuyo.

—Lo sé, pero...

No soy capaz de expresarme, y eso no es algo habitual en mí. Pocos hombres me dejan sin habla como lo hace Saint.

Mirándolo a los ojos, me dispongo a hacerle la pregunta que me genera más curiosidad.

—Solo quiero saber cosas; cosas que me ayudarán a escribir el libro.

—¿Qué cosas? —replica sin expresión.

—¿Eres feliz? —La pregunta se me escapa sin que pueda evitarlo.

Es como si tratara de encontrar una grieta en su fachada tan bien armada.

Si no estuviéramos tan cerca, no me habría dado cuenta de que apretaba levemente la mandíbula.

—Sí. —Su tono de voz es cortante y no invita a continuar la conversación.

Siento un regusto amargo en la boca.

—Y, entonces, ¿por qué engañas a tu mujer conmigo?

La acusación queda colgando en el aire.

Él entorna los ojos.

—Porque me lo pediste.

La brusquedad de su respuesta me escuece. Es una fría dosis de realidad. Porque es cierto. Tal vez no se lo pidiera con todas las letras, pero es innegable que inicié este juego que nos traemos, movida por el deseo irresponsable de algo que no debería haber deseado.

—Pero ¿te sientes culpable? —insisto alzando un poco el tono de voz, desesperada por encontrar una brecha en su armadura; un hilo de culpa, lo que sea.

—¿En serio me preguntas todo esto por el libro? Porque me temo que estás a punto de cruzar una línea.

Su tono, cercano a la condescendencia, me hace sentir pequeña, insignificante, un secretillo más de los muchos que guarda.

—No es justo para ella —protesto al sentir un súbito instinto protector hacia esta mujer a la que no conozco de nada—. Hasta yo me siento culpable y ni siquiera la conozco.

No sé por qué estoy haciendo y diciendo estas cosas. Supongo que necesito saber cómo se siente.

Él se aparta un poco del coche, lo justo para romper el intenso contacto físico, pero no lo suficiente para dejar de mirarme a los ojos.

—Pues, en ese caso, no te visitaré más.

Aunque ha pronunciado la frase sin inflexión, como una simple aseveración, la recibo como una bofetada. Pensar que no va a volver a la cabaña para llenar ese hueco de mi vida con su presencia hace que me recorra una sensación de terror helado.

Contengo el aliento y él lee la reacción en mis ojos. Su expresión se suaviza y veo algo en su mirada, algo parecido a la comprensión o, tal vez, a la lástima. Vuelve a inclinarse hacia mí, esta vez más cerca, y baja la voz hasta que no es más que un susurro.

—Si dejamos de lado las cosas que ella desconoce, soy un buen marido. Pero si empiezas a plantearte las cosas que ella no sabe que hacemos, tal vez deberíamos dejar de hacerlas.

Hasta ahora no ha usado las manos porque se estaba apoyando en ellas, pero ahora empieza a moverlas de manera lenta y deliberada. Se deslizan sobre la superficie del coche, sobre la fina tela del vestido y se detienen sobre mis muslos. Siento una potente descarga que me electrifica la piel. La respiración se me acelera y se vuelve superficial. Mueve los dedos en una caricia ligera, provocadora, hacia el interior de los muslos. Mi cuerpo responde antes de que pueda hacerlo mi mente y un calor muy familiar se extiende por mi interior, acompañado de un dolor primitivo.

—¿Quieres que dejemos de hacer estas cosas que mi mujer no sabe que hacemos?

Me busca la mirada con esos ojos suyos, oscuros, entreabiertos, y yo niego con la cabeza.

—No, aún no.

Veo el deseo en sus ojos, reflejo del mío. El aire se vuelve más denso mientras se carga de una tensión imposible de ignorar. Ambos empezamos a respirar de manera entrecortada, casi como si estuviéramos sincronizados.

—Si quieres saber la verdad, me siento como un auténtico capullo —murmura con la voz ronca por la emoción contenida mientras me acaricia el muslo, cada vez más arriba.

—Tal vez lo seas —susurro, y me cuesta reconocer mi voz, alterada por el deseo.

La vergüenza sigue presente, pero en segundo plano porque otra sensación más urgente le ha robado el protagonismo.

—Mi mujer se merece algo mejor —añade.

Su voz es como un canturreo ronco que me hace vibrar la piel mientras sus manos prosiguen su danza lenta y embriagadora sobre mis muslos, cada vez más arriba.

—Petra se merece algo mejor —replico, y me sorprendo a mí misma al hacerlo.

No esperaba esta pequeña muestra de rebeldía, esta manera serena pero convencida de establecer mi propia valía incluso en medio de esta situación tan caótica.

Veo en su rostro una sonrisa casi imperceptible. No es una sonrisa de felicidad, sino un reconocimiento.

—Petra, te mereces algo mucho mejor.

Cuela los dedos bajo mi ropa interior y luego dentro de mí.

Contengo el aliento.

Con la otra mano, fuerte y segura, me separa más las piernas sobre el capó del coche. El vestido se me levanta y me deja la piel expuesta al aire fresco de la mañana, pero ni lo noto, porque mis sentidos están copados por él y por el efecto que ejerce sobre mí su presencia.

Ahogo una exclamación mientras arqueo la espalda y busco su mano.

Él se agacha y me busca la boca para acallar cualquier protesta y gemido con un beso profundo, arrebatador.

Es un acto brutal, urgente. Es todo lo que no debería desear, pero que ansío con desesperación.

Y aunque estamos en medio de la calle y cualquiera podría vernos, se me olvida la vergüenza, porque todo desaparece a mi alrededor y solo quedan los sonidos que salen de mi boca.

Saint me observa mientras, expuesta sobre el capó de su coche, tengo un orgasmo devastador ante sus ojos. Sus pupilas se han oscurecido, pero mientras tiemblo contra su mano, veo en ellas algo nuevo, algo que dudo mucho que sea fingido.

Cuando se me calma la respiración, Saint aparta la mano sin romper el contacto visual en ningún momento.

Me duelen las piernas, y el cosquilleo que me recorre el cuerpo por lo que acaba de pasar todavía no me ha abandonado del todo. Mi mente es un remolino de emociones:

vergüenza, deseo, confusión y un inesperado arrebato de rebeldía.

—¿Dónde le dirás que has pasado la noche?

Las palabras salen de mi boca sin que pueda controlarlas, en un intento desesperado por asomarme a la otra parte de su vida, de entender a la mujer con la que lo comparto.

A él se le escapa un suspiro hondo. Se aparta del coche para poner distancia entre los dos.

—Deja de hacerme preguntas sobre ella. No me gusta pensar en ella cuando estoy contigo.

—¿Te gusta pensar en mí cuando estás con ella? —le pregunto en tono inseguro, vulnerable.

Él aparta la mirada y aprieta la mandíbula antes de responder:

—No, pero lo hago igualmente. No me gusta que me haga sentir bien una persona que no es mi mujer. —Su tono es casi inexpresivo, pero sus palabras están cargadas de intención. Cuando se vuelve hacia mí, su mirada es dura, inflexible—. Vuelve a la cabaña, Petra. No me sigas. Si lo haces, no te gustará lo que encuentres.

Se da la vuelta y se aleja sin mirar atrás. Se sienta en su coche, lo pone en marcha y me deja sola, expuesta, sobre el capó de mi coche, mientras el sol dibuja sombras alargadas y solitarias a mi alrededor.

Y le hago caso. Regreso a la cabaña y escribo.

12

Me he pasado dos días escribiendo sin parar.

Durante ese tiempo, no he tenido noticias de Saint. Ni una sola llamada desde que me dejó en mi coche hace un par de días. Ni un solo mensaje y tampoco visitas ni sorpresas. No me ha importado, porque he podido adelantar un montón con la escritura. Me ha costado recuperarme después del miedo que pasé cuando estuve atada y de la sensación de vacío que me quedó cuando me dejó sola en el coche.

He escrito tanto que apenas he comido. Seguía encendida por su modo de agarrarme por las caderas en el coche y por las respuestas que me dio, propias de un auténtico capullo. Me puso como una moto y me encantó sentirme vulnerable.

Todo esto es nuevo para mí y me sorprende lo mucho que me excita.

Vuelco mi energía en el manuscrito, tecleando a una velocidad a la que no estoy acostumbrada.

Rememoré todos los detalles de nuestro encuentro en el sofá, que permanecían vívidos y muy reales en mi mente. Antes de irse, Cam volvió a follarme en la cama. Esta vez no fue un polvo apresurado y frenético como el del sofá, sino lento, pausado, como si él supiera que no íbamos a volver a vernos en una temporada. Sus manos recorrieron mi piel como si quisiera memorizar su tacto para conservarlo en la memoria. La habitación estaba sumida en la oscuridad y lo único que oía eran nuestras respiraciones entrelazadas, el crujido de la cama y el murmullo ocasional de su voz junto a mi oreja.

Sigo notando la marca de sus dedos en mi cintura incluso ahora, igual que siento la diferencia de temperatura entre su cuerpo y el mío.

No sé dónde le diría a su mujer que ha pasado la noche —supongo que usaría una guardia como excusa—, pero me dijo que volvería esta tarde. Supongo que así es cómo funcionan estas cosas, a base de momentos robados, de mentir a personas con las que intercambiamos votos matrimoniales en nombre de algo que aseguramos que nos resulta irresistible. Debería sentir que la culpa me destroza por dentro, pero lo que siento en realidad es una extraña mezcla de excitación y miedo que me retuerce el estómago. Una parte de mí cuenta las horas que faltan hasta que lo vuelva a ver, mientras que otra está aterrorizada por lo que pueda pasar si esta situación se alarga...

Alguien llama a la puerta de la cabaña, lo que me arranca de la escritura y me devuelve a la realidad. Miro el reloj y veo que ni siquiera es la hora de comer; al menos para mí, que suelo comer más tarde. Es una hora rara para que Saint se deje caer por aquí.

Tal vez se trate de Mari.

Cierro el portátil y rezo para que al abrir la puerta me

encuentre con Saint y no con alguno de los Longsetter. Sería agradable tomarme un descanso del trabajo, teniendo en cuenta que hace más de cuarenta y ocho horas que no nos vemos. Estoy empezando a tener síndrome de abstinencia.

«Tal vez a él le pase lo mismo».

Me planteo vestirme, teniendo en cuenta que sigo en camisón, pero me parece demasiado esfuerzo y estoy demasiado cansada tras la maratón de escritura. Me la pela mi aspecto.

Mientras me dirijo a la puerta, miro por la ventana con la esperanza de ver el coche de Saint, pero lo que veo hace que me detenga en seco.

Se me cae el alma a los pies al ver el coche que hay aparcado frente al porche. No es el vehículo de Saint.

Es el coche de Shephard.

«Mierda».

«¡Mierda, mierda, joder!».

¿Qué está haciendo aquí? Se supone que este es mi tiempo de retiro, mi espacio de escritura, el lugar donde puedo desconectar de todo, incluso de mi familia. ¡Sobre todo de mi familia!

¡Ay, Dios! ¿Habrá traído a las niñas también?

El pánico se apodera de mí como una gran ola que asciende por mi pecho y amenaza con devorarme por completo. Es que no doy crédito. Shephard nunca se presenta sin avisar cuando estoy en medio de un retiro literario. Es un acuerdo al que llegamos. La cabaña es mi refugio, mi santuario, un lugar donde se supone que puedo huir del mundo real, donde puedo concentrarme en la escritura y nada más.

Pero acaba de hacer estallar la burbuja que había construido con tanto cuidado y no sé cómo voy a lograr recomponerla.

Me doy la vuelta para echarle un rápido vistazo al dormitorio y asegurarme de que Saint no se ha dejado nada, mientras Chloe hace visera con las manos alrededor de los ojos y pega la cara al cristal.

—¡Mami! —exclama, con la voz amortiguada por el cristal, pero con un entusiasmo inconfundible. Se aparta de la ventana y señala hacia el interior de la casa con una sonrisa de oreja a oreja—. ¡Papi! ¡Veo a Mami!

Ahora Shephard también está mirando por la ventana. Su expresión denota una felicidad absoluta, como si pensara que me está dando la mejor sorpresa del mundo. Me saluda con la mano, pero, cuando me sonríe, me gustaría borrarle esa expresión de la cara.

—¡Sorpresa! —grita, como si estuviera haciendo realidad mi mayor deseo.

Mientras me acerco a la puerta, siento como si anduviera sobre arenas movedizas. Camino tan despacio como puedo para darme tiempo de asimilar lo que está sucediendo. El corazón me late a toda velocidad en el pecho y lo noto también en el pulso que me ensordece los oídos. Echo un vistazo a mi alrededor por si, también aquí, hubiera quedado algún rastro del paso de Saint por la cabaña. Cualquier cosa que pudiera delatar a qué me he estado dedicando desde que me fui de casa.

No hay nada obvio, nada que grite «infidelidad», pero su recuerdo está por todas partes. Su aroma permanece en el aire, en las sábanas de mi cama, sigue pegado a mi piel.

«¿Qué he hecho?».

«¿Cómo coño se me ocurre?».

Es posible que Saint vuelva hoy. Es muy probable que vuelva hoy. Hasta ahora esta ha sido nuestra rutina: un día intenso seguido de uno de descanso; otro día intenso, otro de descanso. Hoy tocaría otro día intenso junto a Saint, pero no puede ser de ninguna manera. Sobresaltada, me doy cuenta de que tengo que avisarlo cuanto antes para que no se deje caer por aquí.

Empiezo a descorrer el cerrojo de la puerta con manos temblorosas. Tras unos instantes de duda, lo descorro del todo y abro la puerta.

Chloe y Andi empujan a su padre para entrar antes que él y me abrazan antes de que haya podido saludarlas como Dios manda. Con las manitas aferradas a los bajos del camisón y las caras pegadas a mis piernas, me hacen sentir una tremenda culpa por todo lo que he hecho.

Las semanas que paso en el lago me resultan muy duras, y ellas son la razón. Quiero a mis hijas más que a nada en el mundo y, a pesar de ello, aquí estoy, con la resaca que me han dejado los días y las noches que he pasado fingiendo que no soy la madre de mis hijas ni la mujer de Shephard.

Estas escapadas me permiten escribir libros mucho más deprisa que si me quedara en casa. Así, al volver, puedo dedicarme más a ellas, pero, hasta ahora, nunca había vivido nada parecido. Simplemente me encerraba en una cabaña y trabajaba. Sin más. Es la primera vez que hago algo tan horrible que podría destrozar mi familia, sobre todo a mis hijas.

Me arrodillo para abrazarlas mejor y las aprieto con fuerza como si, al hacerlo, pudiera borrar la culpa que me devora por dentro.

—¡Queríamos darte una sorpresa! —exclama Andi,

que no puede ocultar su emoción mientras salta entre mis brazos.

Levanto la cara hacia Shephard y le dirijo una sonrisa forzada, que ya es mucho dadas las circunstancias.

—Ya veo.

Shephard nos rodea para entrar y su presencia parece crecer ahora que está dentro de la casa. Cuando me levanto, se inclina hacia mí y me da un pico en los labios. Su modo de besarme me choca, me resulta raro, después de todo lo que he hecho.

—Perdona —se disculpa, y parece sincero—. Insistieron en que no te avisara.

—No pasa nada. —Logro mantener la voz firme a pesar del torbellino de emociones que me sacude. Espero que mi reacción sea convincente, que no se dé cuenta de que lo que muestro no es más que una máscara—. Me vendrá bien un descanso.

Shephard lleva dos bolsas de provisiones. Las deja sobre la encimera con decisión y regresa a la puerta, casi sin darme tiempo a procesar lo que está pasando.

—Hemos venido a prepararte una buena cena —me anuncia por encima del hombro, con una sonrisa amplia y genuina—. Voy a buscar lo que falta.

Cuando sale por la puerta, me voy liberando del abrazo de mis hijas con toda la paciencia que soy capaz de reunir.

—Mami tiene que vestirse, aún voy en camisón. —Trato de sonar animada mientras las llevo hacia la cocina—. Podéis guardar las provisiones en su sitio.

Son demasiado pequeñas para saber dónde guardar las cosas, y menos en una casa que no es la suya, por supuesto, pero así se entretendrán un rato. Andi tiene cuatro años y

Chloe, cinco. Shephard y yo decidimos tenerlas seguidas, pensando que así nos quitaríamos los años más duros de crianza de una vez. Ahora, mientras las observo subirse a las sillas para llegar a la encimera y sacar los artículos de las bolsas, concentradas, siento una punzada de culpa tan intensa que me causa un dolor casi físico. Debería ser mejor persona: mejor madre, mejor esposa. No debería estar llevando esta doble vida, robando instantes furtivos junto a un hombre que no es mi marido.

Echo un vistazo por la ventana y veo a Shephard sacando el resto de las provisiones del maletero. Con una mezcla de terror y urgencia, corro al dormitorio y cojo el móvil con las manos temblorosas. Abro el chat con Saint y, a toda prisa, le escribo un mensaje. Con cada nueva palabra, siento que estoy sellando el destino de algo inevitable.

Yo:

Hoy no vengas bajo ningún concepto, por favor.

Lanzo el móvil sobre la cama y me quito el camisón. El corazón aún me late acelerado por miedo a lo que podría pasar si Saint se presentara de improviso. Solo de pensarlo, me pica todo. Oigo el zumbido que me señala que me ha respondido mientras me pongo una camiseta. Las manos no dejan de temblarme cuando cojo el móvil para leer su mensaje.

Saint:

¿Va todo bien?

Titubeo un instante, con el pulgar sobre la pantalla. No quiero mentirle, pero me siento mal, como si lo estuviera traicionando, lo que es raro porque él nunca me ha preguntado si estoy casada. Supongo que no debería preocuparme tanto. Además, él también está casado; lo entenderá. Probablemente incluso se sienta aliviado.

Yo:

Mi marido y las niñas acaban de llegar.

Borro todos los mensajes de Saint antes de terminar de vestirme y me meto el móvil en el bolsillo de atrás para que Shephard no vea que estoy pendiente del teléfono. Cuando salgo del dormitorio, ya ha entrado con el resto de las provisiones.

Chloe corre hacia mí con un juego que acaba de encontrar en un estante.

—Mami, ¿podemos hacer el puzle?

—¿Por favor? —suplica Andi.

Les digo que sí con la cabeza y me vuelvo hacia Shephard.

—¿Te apuntas?

Ahora mismo diría cualquier cosa por aparentar que soy una buena esposa y una buena madre y no el terrible ser humano en que me he convertido.

—Empezad sin mí. Voy a preparar la cena.

Shephard parece estar en su salsa mientras saca cosas de las bolsas. Sigue adelante con su día como si nada hubiera roto la rutina, sin ser consciente del caos que he dejado entrar en nuestras vidas.

13

La casa se ha llenado con el rítmico estrépito de las ollas y el leve y reconfortante aroma del ajo, que me aporta una sensación de rutina y normalidad que poco tienen que ver con la tormenta que se sigue fraguando en mi interior. Shephard está de espaldas a mí, canturreando mientras remueve algo en una sartén de hierro. Es una tonada sin palabras, un sonido feliz, propio de alguien que se siente cómodo y a gusto en su papel de padre y marido entregado. Yo ni siquiera he comido, pero mi marido ya está preparando la cena mientras ayudo a mis hijas a resolver un colorido puzle en la isleta de la cocina. Andi, la pequeña, se ríe a mi lado mientras coloca una pieza con sus deditos pringosos.

—No, Andi. —Chloe le murmura instrucciones—. ¡Eso es un ala, no una cola!

Shephard está tan concentrado en lo suyo —cortar hierbas aromáticas, cuidar de que el aceite esté al punto— que no se da cuenta de lo alterada que estoy, pero mis ojos no paran quietos. Van de las vibrantes piezas del puzle al reloj, a la ventana y de vuelta a los anchos hombros de mi marido.

Aunque, bien mirado, ¿por qué iba a darse cuenta? Llevo años representando varios papeles; intercambiándolos como quien se cambia de disfraz. A ratos soy la madre serena y entregada; otras, la esposa amante y servicial; o la empresaria que da discursos en público. Trato de ser lo que debo ser en cada momento mientras me esfuerzo para no refugiarme solo en mi cabeza. Estoy acostumbrada, siempre he vivido así. Actúo y me amoldo a todas las facetas de mi vida, pero solo me siento yo misma cuando me quedo a solas en el silencio de mi mente. Hoy, sin embargo, soy muy consciente de que el vestido que llevo es un disfraz, aunque, para ser más exacta, me siento como si me hubiera puesto una camisa de fuerza que no me deja respirar.

El canturreo pierde intensidad. Es casi imperceptible, casi como si contuviese el aliento, rompiendo así el ritmo con que remueve la salsa. Tengo la vista fija en una pieza azul, pero miro de reojo a Shephard. Remueve más despacio, con menos decisión. Ladea la cabeza ligeramente mientras entorna los ojos para ver algo al otro lado de la ventana. Se hace una pausa, un leve titubeo, que se alarga en el silencio de la cocina antes de que se vuelva hacia la ventana y le dedique toda su atención a lo que sucede fuera.

Al ver que su postura se tensa, aunque sea poco, se me dispara una alarma en la cabeza, como si alguien hiciera sonar unas campanillas junto a mi oreja. Me pica la piel y siento como si un puño frío me presionara el estómago, pero no levanto la vista al momento. No puedo. Me obligo a mantener la mirada fija en el puzle, tratando de formar una figura coherente con las piezas desordenadas, a pesar de que mi mente es un remolino que gira de manera frenética.

—¡Mami, la encontré! —grita Chloe mientras me coloca una pieza en mi campo de visión y Andi asiente con aprobación.

A mi lado, las niñas se ríen y siguen ayudándome a ensamblar las piezas que forman una bulliciosa granja. Su alegría y su inocencia, que suelo recibir como un bálsamo, me parecen ahora un eco lejano que no alcanza a atravesar el zumbido que me ensordece.

Deberíamos estar viviendo un momento de calma, un buen rato en familia, de los que normalmente disfruto..., o eso me digo. Pero ahora mismo no siento nada parecido a la calma, consciente de que un coche acaba de aparcar frente a la puerta, una presencia ominosa, que se ha presentado sin invitación.

Coloco una pieza verde con las manos temblorosas. Me cuesta un poco hacerla encajar porque, a medida que mis pensamientos giran más y más deprisa, empiezo a ver borroso.

Trato de convencerme de que todo va bien, de que serán los vecinos, o un repartidor, o... cualquiera menos él.

Pero en el fondo siento un desasosiego, una inquietud de la que no puedo librarme, una certeza heladora que me ha estado incordiando desde que le he enviado el último mensaje a Saint y he visto que no me respondía. Y ese silencio me ha parecido más estruendoso que cualquier rugido.

He estado en ascuas desde que le he enviado el mensaje. Cualquier sombra o crujido me sobresalta. Temo que en cualquier momento salte la liebre y se desmonte la frágil paz que he logrado construir.

«¿Ha llegado el momento? ¿Es este el fin de mi cómoda vida familiar? ¿Es ahora cuando todo se resquebraja?».

El olor del ajo de la salsa, que antes me ha parecido reconfortante, me resulta ahora asfixiante, no me deja respirar.

Al fin me armo de valor para seguir la dirección de la mirada fija de Shephard, que parece haberse olvidado de parpadear. No me resulta fácil porque el cuello se me ha tensado y se resiste a girar. Cuando al fin lo consigo, me agarroto aún más. Siento como si los músculos se me hubieran quedado trabados. Se trata de un coche negro, sin marcas, con los cristales tintados en los que se refleja la luz de la tarde como si fueran espejos negros. Es un automóvil como los que salen en las películas; de esos que anuncian problemas, de los que conducen hombres que actúan en las sombras.

Es el coche que seguí hace dos días. El que se paró en el arcén y me esperó.

El tipo de vehículo que no deseas ver llegar a la puerta de tu casa sin previo aviso, nunca. Me esfuerzo en encontrar una explicación racional a lo que está pasando, pero, en el fondo, ya lo sé. Lo sé incluso antes de verlo bajar del coche. Mi intuición, tan acertada como inoportuna, grita su nombre.

Shephard apaga el fuego y se aleja de los fogones.

—Acaba de llegar alguien —comenta en voz baja, tensa, cargada de connotaciones, que contiene entre otras cosas una pregunta y una advertencia.

Él también se ha dado cuenta; es consciente de que algo no va bien.

La puerta del coche se cierra con un aleteo mudo, casi

grácil. Siento que se me retira la sangre del cuerpo y se me acumula toda en la cabeza. Me mareo y empiezo a ver las cosas desenfocadas. El mundo parece inclinarse sobre su eje. Noto una sacudida vertiginosa, como si el suelo se hubiera movido bajo mis pies. El aire parece demasiado pesado, demasiado denso para entrarme en los pulmones. El corazón me da un vuelco en el pecho y empieza a latir de manera violenta, casi dolorosa, mientras siento que el estómago se me cae a los pies, como si toda yo estuviera en caída libre. Parpadeo con fuerza una, dos veces, con la esperanza de que me lo esté imaginando, de que mi mente me esté jugando una mala pasada, que todo sea una pesadilla residual de anoche.

Pero todo es real. Él es real.

«Hijo de puta».

La luz del sol hace resaltar la afilada línea de la mandíbula de Saint, y el brillo oscuro de su pelo. Está aquí y se dirige hacia mi casa. Hacia Shephard. Hacia mis hijas.

He perdido el aliento, que se me ha quedado alojado en alguna parte de la garganta.

—¿Qué está haciendo aquí? —murmuro.

Mis palabras, apenas audibles, son un susurro desesperado dirigido a nadie en particular; es un ruego contra lo imposible.

—¿Quién es?

La pregunta de Shephard me arrolla como un tren a punto de descarrilar y desperdiga mis pensamientos en un torbellino gigante de pánico. Ha hablado en voz baja, pero la pregunta se ha quedado resonando en el súbito silencio de la cocina como un eco en una caverna, aunque en realidad no es más que un grito que se repite en mi interior.

Cualquier intento de pensamiento racional se evapora y se disuelve como si fuera humo, por mucho que trate de encontrar una razón que explique su imposible presencia; algo que no delate la verdad innegable y arrasadora de lo que he hecho.

No se me ocurre nada. Solo oigo el torrente que ruge en mis oídos como el rugido del océano, el rítmico martilleo de la sangre en mis venas, tan ensordecedor que ni siquiera me deja oír las risas de mis hijas, que siguen jugando con el puzle.

Siento el corazón dentro de la caja torácica como si fuera un pájaro que batiera las alas a un ritmo frenético tratando de huir.

—¿Sabes quién es? —me pregunta Shephard.

De pronto, me cuesta respirar. Cada intento se queda atascado en la garganta. Es como si las paredes de la cocina, de decoración estéril pero confortable, se hubieran empezado a estrechar. El instinto me grita que ponga fin a esto; necesito encontrar una manera de detener a Saint antes de que lo destroce todo, antes de que la frágil fachada de mi vida estalle en mil pedazos y sea imposible de reparar.

—Ni idea.

Logro que la voz no me tiemble, a pesar de la vergüenza que se esconde tras ella.

Shephard echa a andar hacia la puerta con decisión. Quiero impedirlo, gritarle que se detenga, sujetarlo y apartarlo de la puerta, bloquearle el paso, pero no puedo moverme ni decir nada, porque la voz se me ha quedado encallada en la garganta reseca.

—¿Qué hará aquí un poli? —se pregunta Shephard.

Hago deslizar a Andi —que estaba en mi regazo— hasta el suelo en un movimiento algo brusco, a pesar de que la voz de Shephard no suena tan tensa como antes. Parece más confuso, como si no entendiera el porqué de esta visita inesperada, pero no suena alarmado. No tiene ni idea de lo que está pasando en realidad. No sabe que el agente que está en la puerta no ha venido por una inspección normal, que no se trata de un amable funcionario. Pero yo sí lo sé. Yo sé exactamente a qué ha venido, y la certeza se me acumula en el estómago como si fuera un líquido frío y viscoso con sabor a cenizas. Es insoportable.

Siento como si las piernas se me hubieran vuelto de gelatina y estuvieran a punto de fallarme, pero me obligo a seguir a Shephard, a pesar de que cada paso me supone un esfuerzo monumental. Tengo la sensación de dirigirme al cadalso, donde me esperan para ejecutarme. Al mirar por la ventana veo a Saint, que camina alrededor del coche de Shephard, rodeándolo como un depredador. Sus movimientos son deliberados, mesurados, como una coreografía aterradora. Parece como si se lo estuviera tomando con calma, como si supiera el poder absoluto y devastador que posee en este momento, como si fuera un titiritero que mueve los hilos invisibles de sus marionetas.

Me mantengo a cierta distancia de Shephard y trato de guardar cierta compostura, de proyectar una imagen de calma.

Shephard ha apoyado la mano en el pomo. Su expresión sigue siendo de leve confusión mientras abre la puerta. En ese segundo, mi mente me muestra la imagen de mi familia desintegrándose como un castillo de arena golpeado por una ola inesperada. Los cimientos que sentamos juntos, la vida que hemos compartido, todo me resulta tremendamente frágil, como si pudiera desmenuzarse con una palabra mal dicha, una mirada inadecuada o una mentira disparada con precisión militar.

Quiero gritar, ordenarle a Saint que se marche, que se vaya por donde ha venido, pero no puedo. Estoy congelada, paralizada.

¿Para qué si no iba a venir Saint hasta aquí? No hay ningún motivo benigno que lo justifique. Por mucho que lo intente, todos los caminos me llevan a la verdad, que está a punto de abrir una vía de la manera más catastrófica y dolorosa posible. Si está aquí es por una razón, calculada y devastadora. La exponga como la exponga, sé que me va a destrozar.

Shephard sale al porche, la viva imagen de la hospitalidad, pero yo me quedo paralizada en el umbral, aferrada al quicio, con los nudillos blancos de tanto apretar. Aunque siento las piernas tan débiles que temo que no me sostengan demasiado rato, me obligo a permanecer de pie, a mostrarme firme. No puedo permitir que ninguno de estos dos hombres vea lo asustada que estoy. No puedo dejar que Shephard sepa que tengo algo de lo que sentirme culpable ni puedo permitir que Saint se entere del poder que tiene sobre mí en estos momentos.

Saint le echa un vistazo a Shephard, rápido y desdeñoso. Luego su mirada, fría y cortante, se centra en mí. La expresión de sus ojos es dura, impenetrable, como obsidiana pulida, pero hay algo en el modo en que aprieta los dientes que hace que el corazón me caiga a los pies.

Va vestido con un uniforme bien planchado, impecable, la viva imagen de la profesionalidad. Lleva la placa reluciente; la tela oscura de la camisa acentúa la anchura de sus hombros y la pistola enfundada le da un aspecto formal, ominoso.

Pero su modo de mirarme no tiene nada de formal. Me perfora con los ojos como si fueran rayos láser que me atravesaran el alma. Sabe bien lo que está haciendo; es muy consciente del caos que está a punto de desatar, de la debacle emocional que ha planeado a la perfección. La línea de la mandíbula es tan severa y su expresión tan amenazadora que me cuesta respirar. Ni siquiera soy capaz de moverme; el pánico me ha convertido en una estatua.

—Siento molestaros, chicos —empieza diciendo Saint, con la voz perfectamente modulada.

Su conducta podría parecer pura cortesía, pero a mí no me pasa por alto el matiz irritado de sus palabras. Mantiene los ojos fijos en mí un instante más de lo necesario en una promesa muda, pero decidida, de destrucción. Se detiene ante el primer escalón del porche. A pesar de la ventaja que me da la escalera, su presencia sigue siendo imponente y amenazadora, cargada de un poder que me altera.

—Estaba haciendo una ronda rutinaria por la zona y he visto que no teníais la etiqueta de visitantes.

Pronuncia las palabras en tono informal y con una naturalidad que me deja helada.

—¿Etiqueta de visitantes? —Shephard ladea la cabeza y frunce el ceño, más confundido que antes. Noto que está tratando de hacer encajar la nueva información en su cotidianidad cómoda y predecible. Se encoge de hombros y añade—: Hace años que venimos aquí.

Saint asiente. Su expresión se mantiene imperturbable, como si fuera una máscara.

—Nueva ordenanza del condado. Todos los vehículos que entren y salgan de la zona deberán llevar la etiqueta de visitantes. Es reciente, la norma se ha empezado a aplicar este mes.

A Shephard se le escapa una risotada corta y sorprendida ante lo absurdo de tener que llevar una etiqueta en un lago que ni siquiera es parque natural. Es una risa burlona, como si quisiera quitarle importancia al momento con un poco de humor.

Pero yo no soy capaz ni de sonreír. Tengo la boca seca, como si estuviera rellena de algodón, y he unido las manos ante mí para que no se note que me tiemblan, mientras trato de calmarme y de anclarme a alguna parte en esta realidad que se desestabiliza a toda prisa.

Sé que Saint está mintiendo, no tengo ninguna duda. Los visitantes no necesitan identificarse de ninguna manera especial en esta zona, nunca ha hecho falta. Llevamos años viniendo a este lago y nunca nos han pedido nada por el estilo. Está jugando a un juego peligroso.

Es una mentira arriesgada, muy audaz, que me provoca una mezcla tremenda de preguntas y miedo. ¿Cómo se le ocurre? ¿En serio piensa que Shephard se va a creer una mentira tan descarada? Y, lo que es más importante, ¿qué pretende? ¿Cuál será el siguiente paso en este terrorífico juego de ajedrez?

Saint no tiene ni idea de si Shephard conoce o no las ordenanzas locales. Se ha tirado un farol con la esperanza de que mi marido se lo crea sin planteárselo; que esté demasiado distraído o que sea demasiado educado para recriminarle nada. Durante un instante, uno en que se juntan la esperanza y el pánico, me permito creer que le va a salir bien. Shephard no parece sospechar nada. Se le ve un poco confuso y algo molesto, pero nada más.

—No estaba enterado —dice en tono informal, pero frunce un poco el ceño cuando se vuelve hacia mí buscando confirmación. Su expresión sigue mostrando cierta confusión, pero no hay rastro de alarma, sospecha ni acusación—. ¿Lo sabías, bichito?

Siento los ojos de Saint fijos en mí. Me perforan con una intensidad que me dificulta respirar. Es como si Shephard me hubiera clavado en la puerta al pronunciar delante de Saint el apodo con que suele llamarme.

«Bichito».

Trago saliva con esfuerzo. Tengo miedo de hablar, temo que cualquier palabra que pronuncie vaya a traicionarme, a dejar al descubierto la precaria mentira. Saint no aparta de mí su mirada férrea, inquebrantable, y sé que me está poniendo a prueba. Quiere averiguar cómo voy a gestionar esto, si soy de las que no pueden soportar la presión o si voy a seguirle el juego; si soy tan buena actriz como él.

Tengo la certeza de estar viviendo un momento trascendental, de caminar sobre el filo de un cuchillo. Una palabra en falso, un rastro de duda en la mirada, y todo lo que quiero en la vida podría desmoronarse.

Asiento con un movimiento corto, tenso, apenas perceptible, mientras me obligo a adoptar una expresión despreocupada, de indiferencia, aunque por dentro me estoy rompiendo en pedazos. Me aclaro la garganta para librarme del nudo caliente y doloroso que se me ha formado y me esfuerzo para que no se me rompa la voz.

—Sí —logro decir con un hilo de voz—. Es una nueva ordenanza. Yo... me olvidé de decírtelo.

La mentira se me queda pegada en la lengua, gruesa y repugnante, pero la escupo.

«Ojalá haya sonado convincente; ojalá me crea, ojalá no esté todo perdido».

Shephard parece aceptar mi explicación sin dudar y deja escapar una sonrisa de disculpa. Me señala mientras sonríe, relajado, como si esto no fuera más que un malentendido sin importancia, una anécdota graciosa.

—Se olvidó de decírmelo.

Shephard se echa a reír al volverse hacia Saint, como tratando de romper la incomodidad del momento, de convertir este encuentro extraño e inquietante en una conversación normal, relajada. Espera que Saint le devuelva la sonrisa para compartir con él un momento de camaradería masculina.

Pero no lo consigue.

La expresión de Saint permanece imperturbable, como una máscara estoica. Mantiene los ojos clavados en mí, firmes, oscuros, penetrantes. No ha venido a echarse unas risas ni a mantener una charla educada; ha venido a dejar las cosas claras. El ambiente sigue siendo sofocante, cargado de una amenaza tácita. Lo que no sé es si está actuando o si se trata de algo más oscuro. Si se trata de una actuación, es un auténtico maestro.

Saint sigue observándome con los ojos algo entornados, como si esperara a que me viniera abajo. Cada segundo que pasa parece una eternidad. La tensión se alarga y se alarga hasta que siento que podría quebrarme si dura un poco más.

—Solo pasaré aquí una noche —comenta Shephard, ajeno a las corrientes y los remolinos que se mueven bajo la conversación aparentemente cordial, a este juego mortal que jugamos delante de sus narices. Habla despacio, procurando todavía mostrarse amable, sin darse cuenta de la tormenta que se está gestando—. Me iré mañana temprano. ¿Podemos dejarlo pasar por esta vez?

Sé que intenta ser educado, resolver una cuestión molesta pero insignificante, dar carpetazo a esta conversación tan rara y regresar a la vida cómoda y fácil que hemos construido juntos. Lo que no sabe él es que todo pende de un hilo, uno que ha empezado a deshilacharse.

Al fin Saint dirige la mirada hacia Shephard. Su expresión sigue siendo inflexible, una máscara de autoridad de rasgos cincelados, pero algo en su postura ha cambiado, como si ya no tuviera los hombros tan tensos. Saluda a Shephard con la cabeza, en un gesto breve y profesional, aunque sigue teniendo los dientes apretados.

—Volveré mañana por la mañana para asegurarme de que el coche ya no está.

Aunque lo ha dicho en tono neutro, algo en su elección de las palabras me hace pensar que se trata de algo más que una promesa. Es una advertencia, una amenaza sutil disfrazada de formalidad profesional. Su modo de pronunciarlas me provoca un escalofrío que me recorre la espalda y me cala hasta los huesos, porque estoy convencida de que lo dice muy en serio.

Esto no tiene nada que ver con el coche de Shephard, esto va de control. Va de hacerme saber que esto no ha acabado. Que no ha terminado conmigo, que sigue teniéndome bien agarrada. O tal vez solo pretende decirme que está enfadado conmigo por no haberle comentado que estaba casada. Esa última idea me deja un regusto amargo en la boca.

Shephard se vuelve hacia mí y alza una ceja. Su expresión es una mezcla curiosa de diversión e incredulidad, como si le costara creer lo que ha oído. Aunque no lo dice en voz alta, sé lo que está pensando: «Este tío está loco. Esto no tiene sentido». Y lo peor es que, por un instante fugaz pero aterrador, estoy de acuerdo con él.

«Si es que tiene razón. Esto es una auténtica locura».

Pero enseguida recojo el cable y me reprendo mentalmente:

«No, no es un loco. Es Saint».

«No, es Cam».

La verdad es que ya no lo sé.

El personaje y quien lo inspira se funden como acuarelas bajo la lluvia. No sé si Saint está interpretando el papel de Cam, celoso, posesivo, o si acaba de cruzar una barrera invisible y peligrosa, y ha alcanzado el punto en que el personaje se ha comido al hombre. En cualquier caso, la sensación de frío pegajoso que me burbujea en el pecho se resiste a marcharse y se me aferra a las costillas.

Y cuando estoy pensando que las cosas no podrían complicarse más, veo aparecer una mata de rizos anaranjados coronando un vestido de seda que se acerca por el camino.

—No me jodas —susurro, pero parece que Shephard me oye porque se vuelve hacia mí.

—¿Quién es?

—¡Hola! —canturrea Mari, y saluda con la mano, con un entusiasmo que me resulta exagerado—. Iba a dar un paseo, ¡pero me ha parecido oír niños!

—La vecina, la dueña de la casa —respondo.

Saint se vuelve hacia mí cuando Mari llega a su lado.

—Hola, agente. Encantada de volver a verlo. —Mari dirige la mirada a Shephard—. ¿Y a quién tenemos aquí? —Le ofrece la mano mientras sube los escalones del porche—. Yo soy Mari.

—Shephard. Soy el marido de Petra.

Mari se detiene en seco. Me mira a mí, luego a Saint. Vuelve a mirar a Shephard y una vez más a mí.

—Oh, qué divertido.

«Que alguien me mate».

—Yo ya me iba —dice Saint.

Sus palabras me proporcionan el primer instante de alivio desde la aparición de Shephard. Se toca la gorra e inclina la cabeza en un gesto lento, implacable, sin apartar los ojos de los míos en ningún momento, manteniéndome cautiva de su mirada.

—Que paséis una buena noche —nos desea, con una sonrisilla irónica, como si le resultara gracioso verme tan aterrada y saber que Shephard no se entera de nada.

Al volverse, saluda también a Mari inclinando la gorra y se marcha despacio, con pasos fluidos pero mesurados, como si fuera consciente del efecto que ejerce sobre mí, de hasta qué punto se me ha colado bajo la piel. Sube al vehículo negro con un gesto felino, propio de un depredador.

Siento que el aire es demasiado fino y no realiza bien su función, pero me desprendo de todo el que puedo soltar.

—Y este par... ¿quiénes son? —Mari señala hacia la puerta desde donde las niñas nos observan.

—Son Andi y Chloe —respondo, sin poder disimular lo tensa que estoy—. Mari, ¿te importaría volver en otro momento? Estábamos a punto de cenar.

Ella pestañea varias veces. Demasiadas.

—Por supuesto. Solo quería presentarme a las visitas. —Mirando a Shephard, añade—: Si necesitáis algo, no tenéis más que decirlo. Vivimos a la entrada de la carretera.

—Claro, así lo haremos —responde Shephard.

En cuanto Mari se vuelve por donde ha venido, entro en la cabaña. Me tiemblan tanto las manos que tengo que mantenerlas pegadas a mis costados para que no se note. Cuando cierro la puerta, me parece que el pestillo se corre con una rotundidad exagerada. Sigo sintiendo las piernas temblorosas, por lo que me dirijo directa al botellero y me hago con una botella que sujeto con las manos trémulas, como si fuera un salvavidas.

Me sirvo una copa con tanta urgencia que salpico un poco y el líquido rojo va a parar a la encimera. Mi cabeza es un torbellino donde se mezclan el pánico y un tremendo arrepentimiento. Empiezo a ser consciente de que esta situación se me está escapando de las manos a una velocidad vertiginosa; tanto que mi mente no es capaz de seguirle el ritmo.

Shephard regresa a la cocina. Mientras camina, niega con la cabeza y sonríe. Es la viva imagen de la ignorancia.

—Qué cosa más rara —comenta en tono divertido, como si diera el episodio por zanjado y lo hubiera archivado ya en el apartado mental de «cosas raras». Vuelve a encender el fuego y, cuando remueve el contenido de la cazuela, el aroma a ajo me molesta. Sigue hablando de espaldas a mí, con los hombros relajados—: Me pregunto por qué se estarán poniendo tan estrictos por aquí de repente.

—No lo sé —murmuro.

Tengo la garganta cerrada, seca, rasposa, pero trato de que la voz me salga lo más natural posible.

Shephard se acerca a mí y me da un abrazo cálido, familiar. Me aproxima a él y me da un beso en la coronilla. Su aroma limpio, reconfortante y seguro me calma un poco, aunque dentro de mí la tormenta emocional sigue rugiendo.

—Supongo que está bien que controlen esas cosas teniendo en cuenta que estás aquí sola.

Su voz, suave y cargada de preocupación y amor, retumba en su pecho. Sé que trata de calmarme, de hacerme sentir segura y de ser el ancla que necesito en mi vida, pero sus palabras solo logran que el pánico me arañe el pecho con más fuerza y, una vez en mi interior, me retuerza un cuchillo afilado en las entrañas. La ironía es tan grande que me echaría a reír, pero la risa se me queda encallada en la garganta.

«Sola».

No he estado sola, precisamente.

Me obligo a sonreír, pero estoy tan tensa que me duele la cara por el esfuerzo. Asiento con la cabeza, con la cara pegada a su pecho.

—Sí, es... reconfortante.

Las palabras me suenan huecas, vacías, sin ninguna emoción genuina. Aunque trato de usar mi voz más convincente, la que uso en las firmas de libros o en las entrevistas, siento como si cada sílaba fuera una mentira flagrante y dolorosa. No hay nada reconfortante en lo sucedido. No me tranquiliza en absoluto que Saint se haya presentado sin avisar, ni en la frialdad con que me ha mirado, ni en sus mentiras ni en la amenaza que se cierne sobre mí, enorme y escalofriante, de que todo lo que me importa se derrumbe como un castillo de cartas en medio de un huracán.

Es inquietante. Muy inquietante. Muchísimo.

14

El resto del día ha sido mucho más tranquilo y ha transcurrido sin novedad. He sido capaz de mantener el pánico a raya y he cenado con mi familia como si todo fuera normal. Mari no ha vuelto a dejarse caer por aquí, y Saint, tampoco. De momento.

Cada bocado del pollo que ha preparado Shephard me sabía a ceniza, a pesar del cariño con que él lo ha sazonado y cocinado. He sonreído, he asentido, les he preguntado a las niñas qué tal les iba en el cole, mientras por dentro sentía que acababa de ganar el trofeo a Peor Esposa y Madre del Siglo. Aunque es invisible, siento el peso del metal deslucido alrededor del cuello.

La tensión aguda y estridente de hace un rato se ha transformado en algo más profundo y pesado que no sé cómo quitarme de encima. Y, aunque visto desde fuera parecería un día normal —el ruido de los platos que está lavando Shephard, los gritos de las niñas en la habitación de invitados—, para mí todo es distinto. Siento que estoy actuando sobre un escenario endeble y que mi actuación es pésima. Me entrego a la rutina de antes de acostar a las niñas. Las ayudo a cepillarse los dientes y el aroma a menta del dentífrico me reconforta, aunque el consuelo no dure mucho. Las arropo con los edredones de vivos colores y las beso en la frente mientras se quedan dormidas. Esos momentos tan dulces que proporciona la maternidad deberían aportarme calma y ayudarme a centrarme, pero no lo hacen. Solo sirven para amplificar la culpa que me perfora.

A las nueve, las niñas ya duermen a pierna suelta en la habitación de invitados. Permanezco un instante junto a la puerta, observando sus caritas tranquilas e inocentes con el corazón cargado de una culpa tan densa que amenaza con tragarme entera. ¿Cómo voy a compatibilizar la vida que construí con Shephard y que disfruto junto a mis hijas con este secreto oscuro que me late bajo la piel? Los he traicionado, y los remordimientos me devoran por dentro y me retuercen el estómago para que no lo olvide ni por un segundo, pero me obligo a enterrarlo todo en lo más hondo de mi alma y lo cubro con capas y capas de negación y autoengaño antes de volver al salón.

De camino, le envío un mensaje a Nora:

Yo:

Shephard y las niñas se han presentado sin avisar.

Le doy a enviar y ella responde casi de inmediato:

Nora:

Nooooo. ¡Será capullo!

Me siento junto a Shephard en el sofá mientras me río por la respuesta de Nora. Ella sabe lo que se siente cuando estás en racha y no deja de interrumpirte gente que no lo entiende. Por eso, de vez en cuando, tengo que irme de casa, porque aquello es un no parar de interrupciones. Si no es una niña es la otra, o Shephard o mi hermana o mi madre o un repartidor de UPS. Aunque lo del repartidor suele ser culpa mía. Suelo comprar más de la cuenta por internet cuando me altero por temas de trabajo.

Y me llegan muchos paquetes.

Shephard no levanta la vista de lo que está haciendo cuando el sofá se hunde bajo mi peso. Mientras estamos con las niñas no se nota, pero cuando nos quedamos a solas se abre una grieta entre los dos que antes no estaba ahí. O tal vez sí lo estaba, pero ha ido aumentando hasta convertirse en una ancha sima. Desde que empezó el bloqueo y no pude volver a escribir, los problemas económicos fueron ganando peso y, con ellos, llegaron las discusiones.

Shephard se había acostumbrado a llevar una vida muy cómoda, pero ahora siempre está estresado. Todo el tiempo. Cuando empecé a ganar más dinero con los libros, cambió el trabajo que tenía por otro donde pagaban menos para vivir más tranquilo, con menos estrés, pero ahora se arrepiente. No me lo ha dicho de manera directa, pero me lo deja caer en forma de pullas de vez en cuando. Yo me limito a ignorarlo. Me encantaría tener un marido que comprendiera el trauma emocional al que he estado sometida, por supuesto, pero supongo que los efectos colaterales de las cargas financieras nos han afectado a los dos; entiendo que él también esté estresado.

Aunque está a mi lado y siento el calor familiar de su pierna a través de la tela de los vaqueros, en el aspecto emocional nos encontramos en mundos distintos, orbitando distintas estrellas. La luz de la pantalla del portátil que tiene sobre las rodillas le ilumina la cara con su brillo pálido mientras teclea sin cesar y se pone al día en temas de trabajo, facturas..., cosas mundanas y responsables.

Está concentrado, absorto en el informe o el correo electrónico que está redactando, con el ceño fruncido por la atención. Me pregunto si él también notará el abismo que se ensancha entre nosotros, el silencio que cada vez se espesa más por las quejas que no expresamos. ¿Será posible que no se dé cuenta de nada?

No tiene ni idea de que él no es el último hombre al que he besado, ni el último que me ha visto desnuda, ni el último que ha estado dentro de mí. Esas ideas se me asientan como rocas en el vientre.

La tele está encendida y en la pantalla danzan escenas caóticas de un programa del que no recuerdo ni el nombre. Unos disparos por aquí, música dramática por allá. Da igual, porque no le presto ninguna atención. Los personajes van de un lado a otro de la pantalla pronunciando palabras que no escucho, porque mi mente está en otra parte.

Hasta ahora, nunca había engañado a Shephard; nunca había sentido la necesidad. Durante años nuestro matrimonio fue sólido, construido sobre los cimientos de una historia compartida, compañía discreta y un amor que tal vez no fuera apasionado, pero que me parecía estable y auténtico. Hemos tenido nuestros altibajos, por supuesto, lo normal en una relación larga: problemas de dinero, discusiones sobre la educación de las niñas, cosas habituales en el día a día de una pareja, pero nunca me habría creído capaz de tener una aventura, de cruzar esa línea. Siempre pensé que esas cosas solo les sucedían a las demás parejas, no a la nuestra. Consideraba que yo estaba por encima de esas cosas; que era más fuerte, más sensata, y, sin embargo, aquí estoy, hundiéndome en las turbulentas consecuencias de unos actos que nunca me habían pasado por la cabeza.

A la hora de la verdad me ha resultado fácil, demasiado fácil. Durante el tiempo que he compartido con Saint, apenas he pensado en Shephard. Ha sido como si, cuando Saint entraba por la puerta y llenaba la casa con su intensidad, no dejara espacio para nada más y Shephard desapareciera de mi mente. ¿Por qué? ¿Por qué me ha resultado tan fácil traicionar al hombre al que juré amar y respetar? El hombre que está sentado a mi lado, ajeno a todo.

—¿Has oído algo de lo que te he dicho?

La voz de Shephard, más brusca de lo que esperaba, se abre paso entre mis pensamientos. Ha entrecerrado la tapa del portátil y me está mirando con expresión de fastidio.

—¿Qué? —Me obligo a sostenerle la mirada—. Perdona. Estoy cansada. —La mentira me nace de manera automática.

A él se le escapa un suspiro, que también parece provocado por el agotamiento.

—Te decía que por fin he acabado de preparar el informe de gastos, pero me gustaría asegurarme de que no falta añadir ninguna factura antes de reunirme con el gestor. Si te ves con fuerzas, ¿podrías echarle un vistazo antes de que nos vayamos por la mañana?

Aunque se ha esforzado por usar un tono neutro, he notado el resquemor en su voz al pronunciar ese «si te ves con fuerzas», una pulla en toda regla, por mucho que la haya disfrazado de preocupación.

El viejo resentimiento empieza a asomar la cabeza. Su humor parece cambiar al ritmo de las fluctuaciones de mi carrera. Cuando los libros volaban de los estantes de las librerías y los adelantos eran generosos, él era mi mayor animador, solo le faltaban los pompones. De un modo sutil, se fue convirtiendo en mi mánager y mi asesor financiero, y no dejaba pasar la ocasión para demostrar lo orgulloso que estaba de «nuestro» éxito. Pero cuando las cosas se torcieron, la cultura de la cancelación me clavó las garras y el pozo de mi inspiración se secó, todo cambió. El orgullo se agrió y se transformó en otra cosa. Y ahora, en vez de animarme, se comporta como si fuera un mártir que lucha para salvarnos de mis malas decisiones.

Es como si quisiera ponerse todas mis medallas cuando triunfo, pero estuviera más que dispuesto a dejarme en la estacada si fracaso.

—Lo último que necesito ahora mismo es pensar en problemas de dinero, Shephard. —Mi voz suena más tensa de lo que pretendía—. Justo por eso he venido hasta aquí, para tratar de solucionar esos problemas escribiendo. Si me pongo a revisar facturas, el bloqueo no va a mejorar.

Él alza una ceja y me dirige una sonrisa sardónica.

—Ya, bueno. El caso es que el pozo está un poco seco, Petra, y no puedo esperar eternamente a que te regrese la inspiración. Las buenas intenciones no pagan las facturas. Hace falta producir algo.

—Pues que sepas que he escrito más de medio libro desde que estoy aquí, gracias por preguntar. He estado en racha hasta que...

Shephard deja el móvil a su lado.

—¿Hasta que hemos aparecido?

Suspiro hondo.

—Quedamos en que volvería a casa el fin de semana, para el cumpleaños de Chloe. Serán dos días sin escribir. No sé qué te ha hecho pensar que sería buena idea interrumpirme dos días más. No es suficiente. Me cuesta volver a arrancar después. No puedo encender y apagar la inspiración a demanda.

—Las niñas te echaban de menos —me dice, mordaz—. Siento que haya gente que te quiera.

Se levanta y se dirige a la cocina.

—Eso no es... —Dejo caer las manos a los lados, sobre el sofá, y suelto un gruñido—. No es justo. La escritura es una bestia extraña, y sabes que escribo mejor cuando puedo estar un tiempo a solas. Te quiero y quiero a las niñas, pero es que parece que no puedes pasar ni una semana con ellas sin reclamar un respiro. ¿Y dónde está mi respiro?

—¿Cuántos episodios de *Love Island* has visto desde que llegaste? ¿No querrás que me crea que te has pasado todo el tiempo escribiendo? Yo he tenido que trabajar y cuidar de las niñas mientras buscaba la manera de tener las finanzas en orden para la reunión con el gestor. Perdona si no puedo entender que unas vacaciones en una... —Echa un vistazo a su alrededor—. Esto no puede considerarse una cabaña. Que unas vacaciones en una casa de ensueño sean una tortura. Solo te he pedido que le echaras un vistazo a los números. Fallo mío; ya me encargaré solo.

Y ahí está otra vez, de nuevo una pulla afilada y precisa. El problema siempre acaba siendo el dinero, mi carrera, el hecho de que, durante un tiempo, he sido la que traía más dinero a casa. Y ahora que las cosas han cambiado y todo está patas arriba, no se lo está tomando bien.

—¿Estás insinuando que no he trabajado? —Alzo el tono de voz y siento que se me ruborizan las mejillas al ponerme a la defensiva—. ¿Tienes idea de lo que supone escribir con tanta presión encima? ¿Con todo este ruido de fondo en las redes?

Él se apoya en la encimera y se cruza de brazos.

—¿Presión? —Su mirada se ha endurecido—. Te pasas los días escribiendo historias. Yo me los paso de reunión en reunión, lidiando con hojas de cálculo y política corporativa y dándolo todo para que un crío recién salido de la facultad no me quite el trabajo y lo haga por la mitad del sueldo. No me hables de presión, anda. Y, francamente, ese ruido de las redes te lo has buscado tú en buena parte. Tú no querías más fama. Te avisé de que, si les dejabas adaptar uno de tus libros, tu vida sería mucho más estresante.

—Vale, o sea que ahora el problema es mi éxito. Pensaba que el problema era mi falta de éxito.

—No, el problema es que ganabas mucho dinero y ahora ya no. Me alegro de que estés escribiendo, pero me cabrea un poco que te cabree que hayamos venido. No vendrá de un día. Estás muy borde. Te estás comportando como una zorra últimamente.

Me quedo boquiabierta.

Él, en cambio, cierra la boca con fuerza.

Camina hasta mí y me abraza.

—Lo siento, lo siento mucho. Yo... es que... estoy muy estresado, ¿vale?

Durante todos los años que llevamos casados, nunca se ha dirigido a mí con esa palabra.

—No te estaba llamando zorra. Es que... nuestro futuro

financiero no es tan estable como cuando sacabas bestsellers como churros cada seis meses. Solo te he pedido que le echaras un vistazo a los gastos, y tú me tiras en cara que no valoro lo que haces por la familia. —Se inclina un poco hacia atrás para mirarme a los ojos—. Lo único que necesito es un poco de ayuda, Petra. Necesito a mi mujer.

Las palabras se quedan colgando en el aire.

«Mi mujer».

El rol en el que estoy fallando de manera estrepitosa.

No le falta razón, lo sé. Él también carga un peso considerable sobre los hombros. Pero es que me mata su incapacidad para entender lo que es el bloqueo creativo, la factura emocional que te pasa el escrutinio público. Pretende que siempre sea la autora de éxito, que escribe sin que le cueste, y no acepta esta versión de mí: la del ser humano hecho un lío que trata de salir adelante bajo el peso de la vida.

—Lo sé. —Suavizo el tono de voz y noto que la rabia pierde fuelle y me deja exhausta—. Ya lo sé. Lo que pasa es que... cuando voy lanzada con la escritura, me cuesta mucho cambiar de marcha. No tengo la cabeza aquí ahora mismo. Y con... todo lo que ha pasado...

He estado a punto de mencionar a Saint, pero he logrado controlarme a tiempo y la palabra se me ha quedado trabada en la garganta, como un secreto peligroso.

Él suspira y me suelta. La conversación llega a un callejón sin salida, lo que cada vez es más habitual. Los dos nos quedamos con nuestras quejas y resentimientos, que guardamos en el silencio de nuestras almas. Él está estresado, yo me siento culpable y agarrotada en el ámbito creativo, y la situación financiera es el caldo de cultivo que alimenta las tensiones.

Me fijo en su cara, en su perfil cansado, y la culpa me carcome. No es mala persona, es un hombre trabajador y entregado a su familia, pero la conexión, la chispa, la complicidad que solía rellenar las grietas que se abrían entre nosotros cada vez son más débiles. Y yo acabo de empeorar mucho las cosas.

Estos últimos días, he dejado de sentirme como Petra. Supongo que por eso me ha molestado tanto que invadiera mi burbuja creativa con nuestra vida real.

Estas semanas de retiro literario me proporcionan la oportunidad de salir de mi piel y convertirme en alguien distinto por completo. A veces me sumerjo tanto en la escritura que no me limito a crear un personaje, me transformo en él. En esos momentos es como si viviera en dos mundos a la vez. En uno soy Petra, la que intenta dar una imagen de madre y esposa abnegada por mucho que me cueste. En el otro soy el personaje sobre el que esté escribiendo en aquel momento, alguien que solo existe en las páginas del libro y que no necesita sufrir por las consecuencias de sus actos.

Algunos lo llaman «método de escritura» y supongo que podría excusarme en él; echarle las culpas de mis actos a que me he sumergido demasiado intensamente en la historia. Achacarlo a que he permitido que los personajes tomen el control, que la narrativa me consuma. Decir que, durante un tiempo, he sentido que no tenía el control de mi vida, pero sé que eso no es excusa, y que no cambia la cruda realidad de que he cruzado una línea y he tomado una decisión que no puedo deshacer.

Le he sido infiel a mi marido, el hombre que acaba de sentarse de nuevo en el sofá para repasar las hojas de cálculo. Y lo único que puedo hacer es rezar para que no se entere, porque si lo hace, el fino hilo del que pende nuestro matrimonio se romperá.

Imaginarme qué pasaría si lo descubre hace que me arda el estómago, como si hubiera tragado ácido. No soportaría ver la traición y el dolor, crudo y descarnado, en sus ojos. Sé que lo destrozaría, que nos destrozaría a los dos, y a esta vida en común que hemos construido de manera meticulosa y casi agónica, ladrillo a ladrillo.

Siempre me he sentido orgullosa de mi autocontrol, de saber distinguir la ficción de la realidad, de saberme mover sobre la fina línea que separa la imaginación de la vida real, pero ahora siento que todo se funde y se vuelve indistinguible de un modo que nunca me habría podido imaginar.

Shephard cierra el portátil con suave determinación. El clic suena preciso, definitivo, y rompe el silencio denso que se había instalado entre nosotros. Han pasado varios minutos desde la tensa conversación, minutos en los que solo se oía el zumbido de la nevera y ruido de fondo de la televisión. Deja el portátil sobre el sofá, con movimientos lentos y parsimoniosos, como si estuviera reflexionando sobre algo profundo, importante. Siento su mirada clavada en mí como un peso familiar en la piel, pero no soy capaz de devolvérsela. Finjo estar concentrada en lo que dan por la tele, sin apartar los ojos de la pantalla, aunque no tengo ni idea de lo que está sucediendo en el programa, un sinsentido ridículo lleno de colores chillones.

—Esto no me lo esperaba —comenta Shephard.

«¿El qué?».

El pánico hace que el estómago, helado, me dé una voltereta, mientras todo el calor del cuerpo se me arremolina en el pecho y me dificulta respirar. Por un instante tengo la certeza absoluta y terrorífica de que lo sabe.

«Lo ha descubierto».

Estoy convencida de que, de algún modo, aunque parezca imposible, ha encajado las piezas y ha averiguado la verdad. Me vuelvo hacia él con brusquedad, con el pulso acelerado, que me late frenético en los oídos.

—¿Qué es lo que no te esperabas?

La voz me sale más aguda de lo que pretendía, lo que me delata. No puedo ocultar este miedo, es más fuerte que yo.

Él me dirige una sonrisa tierna, casi nostálgica, mientras busca en mi interior con la mirada, como si quisiera ver detrás de la fachada.

—No te alegras de que hayamos venido.

Más que una acusación es una observación. Me contempla, atento, a la espera de una respuesta, pero está claro que no sospecha nada más allá de mi obvia frustración por la necesidad de aislarme para poder crear.

Su ceguera es un alivio, pero también una nueva forma de tortura.

No logro relajarme, no por completo. Sigo notando un nudo en el pecho.

—¿Qué? Claro que me alegro.

La frase me suena falsa incluso a mí; un hilo de palabras forzadas, huecas, un intento patético que no engaña a nadie. Me plantifico una sonrisa en la cara que no es más que una mueca, que no me ilumina la mirada. Sé que sigo teniendo los ojos muy abiertos, aterrorizados.

La expresión de Shephard se ha vuelto comprensiva, pero hay algo agridulce en ella, un toque sutil de melancolía.

—Estabas en racha y te hemos interrumpido. Debería haberte llamado antes de venir. Lo siento. Es como si te hubiéramos arrancado de un sueño, Petra.

Se me escapa la risa, breve, amarga, ronca.

—O una pesadilla —murmuro, sin poder contenerme.

He revelado más de lo que pretendía. Lo miro a los ojos para averiguar si se ha dado cuenta de la tensión en mi voz, de los secretos oscuros que se ocultan tras mis palabras, pero él se ríe, ajeno a todo.

—Siempre has sido demasiado dura contigo misma. —Sacude la cabeza en un gesto de exasperación no exenta de cariño—. Pero, al final, siempre funciona. Cada vez que vienes al lago, regresas con el armazón de un libro nuevo. Este lugar es mágico para ti. Creo en ti, Petra. Siento haber perdido la paciencia. No es justo presentarme así y cargarte con más cosas.

Tiene razón.

Pero, aunque está pronunciando justo las palabras que necesito escuchar, sé que no llega a darse cuenta de la sangre, sudor y lágrimas que derramo en cada libro. Cada nueva novela es un trozo de mi alma que debo arrancar antes de verterla en las páginas.

Para él, estas escapadas son minivacaciones, una manera avispada por mi parte de cargar las pilas y encontrar inspiración. De relajarme y volver a casa con una nueva historia terminada, un nuevo producto. Desde su punto de vista parece muy cómodo, pero nunca se interesa por la agonía que me supone el proceso; solo le interesan los resultados económicos.

No lo culpo por ello. Sé que me quiere y que, a su manera, me apoya. Sé que es consciente de que escribir no es fácil, pero no creo que nadie acabe de entender lo agotador que resulta emocionalmente a menos que haya escrito un libro y haya volcado su esencia en algo tan abstracto. No son solo las horas pasadas ante el teclado; lo peor es lo que viene después de verter toda esa sangre, ese sudor y esas lágrimas. La disección que mucha gente hace de tus emociones para acabar diciéndote que tu esfuerzo no ha valido de nada porque eres una mierda de escritora.

Y tienen razón, aunque se quedan cortos. Soy una mierda de persona, a varios niveles, no solo como escritora.

Sentada en el sofá, me abrazo las piernas y trato de respirar hondo para calmar los frenéticos latidos de mi corazón, mientras el tenue brillo del televisor proyecta sombras que danzan sobre la cara de Shephard y sobre las paredes de la sala.

Ajeno al torbellino de emociones que me paralizan, él se mueve con su soltura habitual. Reconozco su contacto, cálido y familiar, cuando me agarra por el tobillo y tira de mí en un gesto que ha repetido muchas veces, hasta que quedo tumbada en el sofá y él me cubre con su cuerpo. Es algo que hemos hecho mil veces, pero en esta ocasión algo ha cambiado. Algo está mal, de un modo profundo, irrevocable.

Notar su peso aplastándome debería proporcionarme sensaciones cálidas y hogareñas, pero lo que siento es una avalancha de culpa que me inunda el pecho. Este sofá está manchado por lo que hice aquí con Saint, y ahora es Shephard quien está sobre mí en la misma postura que adoptó Saint hace unos días.

El recuerdo de Saint —sus manos, sus labios, su cuerpo— se cuela en mi mente como un fantasma del que no me puedo librar. Es su rostro el que veo sobrepuesto en la cara de Shephard, como un filtro no deseado y demasiado real.

Cuando me besa, reconozco el tacto suave de sus labios y su aliento cálido, pero no logro perderme en la caricia como debería, como hacía antes. Cada segundo del beso me parece una traición en sí misma, un recordatorio abrasador del secreto que le oculto.

Una mentira que presiono contra su boca.

Sé que el beso no va a durar mucho. En momentos como este, Shephard es del todo previsible. Preferirá que vayamos al dormitorio antes de que las cosas se calienten demasiado, antes de que la pasión prenda de verdad. Siempre lo hace así.

Es un amante de dormitorio, metódico, cuidadoso. Hace el amor casi como si se tratara de un ritual. Siempre ha sido así, contenido, previsor. Necesita tenerlo todo planeado. Hay algo en su modo de actuar que me resulta reconfortante. La rutina hace que me sienta segura, aunque esta noche tanta predictibilidad me asfixia. Siento que estoy atrapada en un guion que llevo demasiado tiempo siguiendo, que estoy actuando en una obra de teatro de la que se me ha olvidado el texto.

No recuerdo habérmelo montado con él en un sofá, así, de manera inesperada. Me resulta llamativo, teniendo en cuenta el tiempo que llevamos juntos, pero la verdad es que nuestros encuentros siempre han seguido un patrón, un ritmo que ambos entendemos, una danza familiar. Nunca ha habido espacio para sorpresas ni calentones espontáneos.

Con Saint, en cambio, todo ha sido salvaje, impredecible, cargado de una energía temeraria que nunca había experimentado hasta ahora. El contraste entre los dos hombres y las dos experiencias es sorprendente, como un cambio de frecuencia demasiado brusco. No puedo evitar compararlos, aunque sé que no debería, que estoy siendo injusta con Shephard y que estoy traicionando nuestra historia en común. Pero da igual, la comparación está presente en todo momento.

—Vamos a la cama —me dice, como no podía ser de otra manera, en tono amable, afectuoso.

Me besa en la frente antes de apartarse. Deja el espacio justo entre los dos para recordarme que así han sido siempre las cosas entre nosotros; que siempre nos hemos mantenido a una distancia prudente, controlada. Asiento con la cabeza, aunque mi mente está en otra parte, atrapada en la red de mentiras que he tejido.

—Vale. —Fuerzo una sonrisa—. Enseguida voy. Tengo que enviar unos correos antes de acostarme.

La mentira sale de mis labios con tanta facilidad que me asusto.

—Tómate tu tiempo. Tengo que ducharme de todas formas.

La voz de Shephard es un murmullo cálido, aderezado con un afecto sencillo, familiar, como una gruesa manta que uno se echa sobre los hombros. Se levanta del sofá, estira los brazos por encima de la cabeza y suspira, satisfecho, como un gato ronroneando, como si no tuviera ninguna preocupación en la vida; como si el encuentro de hace un rato con Saint no hubiera sido más que una anécdota estrafalaria y todo estuviera donde debe estar en su universo predecible y perfectamente alineado.

Me roza la mano al pasar junto a mí, un contacto cálido

pero breve, antes de dirigirse al dormitorio. Camina con paso firme, y su presencia irradia una sensación de confort aun sin pretenderlo. Pero esta noche sé que no voy a encontrar alivio entre sus brazos, no después de lo que he hecho.

Me pica la piel al pensar en Saint, cuyo aroma me persigue como un perfume fantasma.

La puerta del dormitorio se cierra con un chasquido casi imperceptible, que se queda resonando como un disparo en el silencio cavernoso que se ha instalado en el salón. Aguardo con los oídos en alerta y conteniendo la respiración hasta oír que se cierra también la puerta del baño. Sigo pendiente de todos sus movimientos, hasta el más insignificante, hasta que oigo el chorro de la ducha, que me indica que dispongo de un breve y valioso rato para mí, para hacer lo que no debo. Un lapso de tiempo disponible para caer más profundamente en la trampa que yo misma me he preparado.

Ni me acerco al portátil, que no era más que otra mentira, una de tantas. Me deslizo descalza sobre el suelo de madera en dirección a la puerta trasera, movida por un impulso irresistible. Descorro el cerrojo, que hace un ruido escandaloso en el silencio de la cabaña. Salgo al exterior y cierro la puerta mosquitera.

El aire de la noche es como una bofetada en la cara, frío y cortante, que me congela el cuerpo, pero, al mismo tiempo, me espabila y me hace ser más consciente de la naturaleza traicionera de mis actos.

Me estremezco mientras saco el móvil del bolsillo; temblando, toqueteo la pantalla con tanta torpeza que está a punto de caérseme al suelo del porche. Sin más titubeos, casi por instinto, marco el número de Saint. La mente me va a toda velocidad, convertida en un frenético carrusel de emociones: furia, tremenda culpa y una pizca de excitación.

Me responde al tercer timbrazo, tras una pausa intencionada que me lleva al límite.

—Sospechaba que te pondrías en contacto conmigo antes de acostarte.

Cuando al fin se decide a hablar, su voz suena tan relajada que me ataca los nervios. Casi parece que acabara de despertarse de una siesta reparadora.

—¿Qué coño ha sido eso?

Las palabras me salen cargadas por el peso abrumador de todo lo que estoy sintiendo.

—Estás casada —responde al momento.

Su voz ha perdido el tono juguetón y se ha vuelto fría e implacable, como acero templado. No queda en ella ni rastro de calidez, solo irritación. Su inmediato contraataque me hiere, no solo por sus palabras, sino también por el tono acusatorio, moralista, como si se creyera con derecho a juzgarme y condenarme; como si no fuera él quien inició este embrollo devastador, el arquitecto de mi tormento actual.

—Pues como tú.

Aprieto el móvil con tanta fuerza que los nudillos me duelen. Tengo el aparato pegado a la oreja y hablo en una voz baja que apenas controlo, en un susurro gutural. Siento que estoy agotando mis reservas de paciencia y estoy a punto de perder la cordura.

—Yo no te mentí, nunca te lo oculté.

Sus palabras me cortan como un cuchillo, frías y precisas. Su voz es plana, sin emoción ni entonación, como si estuviera exponiendo un hecho irrebatible, una realidad dolorosa pero innegable.

Y lo peor de todo es que tiene razón. Nunca me ocultó que estaba casado. Me expuso su situación y nunca fingió ser algo que no era. Fui yo la que mintió, la que escondió su vida tras una débil fachada. Aceptarlo no es agradable y me deja un regusto amargo y metálico en la boca, como si me hubiera mordido sin querer.

De manera instintiva, echo un vistazo hacia la ventana del salón con el corazón disparado para asegurarme de que Shephard sigue en la ducha, todavía a salvo tras el ruido monótono del agua que corre. Inspiro hondo, de manera entrecortada, mientras trato de tranquilizarme antes de volver a hablar. Necesito un poco de compostura en medio del caos.

—Técnicamente yo tampoco te mentí. —Hablo en voz más baja y controlada, y le añado un toque desafiante—. Tú nunca me lo preguntaste.

Al otro lado de la línea se hace el silencio, un silencio que se va alargando hasta crear un gran abismo oscuro entre los dos. Cuando vuelve a hablar, lo hace en tono mucho más bajo, casi un susurro.

—¿Te lo vas a follar esta noche?

Siento la pregunta como un puñetazo en el estómago que me roba la respiración y me deja boquiabierta, boqueando. A pesar de que se me ha secado la garganta, que siento comprimida, un escalofrío de excitación me nace en el vientre.

—Joder, Saint. Es mi marido. ¿Tú qué crees?

¿Cómo se atreve a preguntarme eso? ¿Cómo se atreve a hacerme responder a eso?

—¿Eso significa que no?

Ha recuperado el tono burlón y juguetón, como si quisiera provocarme, ponerme a prueba, ver hasta dónde es capaz de llegar antes de desquiciarme del todo.

No está enfadado conmigo. No era un enfado real. Para él, esto sigue formando parte del juego, una actuación perfectamente elaborada. Se está divirtiendo. Está disfrutando al verme atormentada, confusa.

Y entonces, como si me hubieran tirado un cubo de agua helada por encima, lo veo todo con claridad. La niebla mental que me embotaba el cerebro a causa del enfado se disipa al darme cuenta de lo que está haciendo, de la razón por la que ha venido hoy aquí a encontrarse con Shephard, de por qué ha interpretado el papel de policía duro e implacable. Está encarnando las características de Cam: controlador, posesivo, celoso. Está interpretando el papel que creé para él en la historia de Reya, el de Cam, el amante obsesivo y peligroso.

Y en este momento, consumida por una mezcla terrorífica de terror y perversa fascinación, lo odio por ello. Y lo amo por la misma razón.

Lo odio por hacerme sentir que soy transparente para él, que sabe exactamente qué teclas tocar para sumergirme en la ficción de un modo tan implacable que la acabo sintiendo real. No se limita a interpretar un papel; está usando mis deseos como armas y los está utilizando contra mí.

Lo de presentarse hoy aquí no ha sido más que una manera de poner a prueba mis límites. Quería que experimentara lo que se siente al temer que mi marido descubra mi aventura, pero en realidad no tenía ninguna intención de que Shephard se enterara.

—Me estás volviendo loca —murmuro—. No pensaba que fueras a llevar las cosas tan lejos.

Casi puedo ver cómo sonríe cuando replica:

—¿Quieres que pare?

Me quedo pensando. Pienso en Shephard y en el efecto que le causaría enterarse de lo que he hecho. De lo que sigo haciendo.

—Solo tienes que decirlo, Petra. Si es lo que necesitas, dímelo y no volverás a saber nada más de mí.

Se me forma un nudo en la garganta.

—No —susurro—. No quiero que pares.

—Bien. Pero, si vamos a seguir con esto, necesito que me hagas un favor.

Cierro los ojos y murmuro:

—¿Qué?

—Cuando tu marido te folle esta noche, ponte encima y piensa que estás follando conmigo.

Tras decir esas palabras, cuelga.

Boquiabierta, me aparto el móvil de la oreja y me lo quedo mirando. Luego me asomo de nuevo a la ventana por miedo a que Shephard me sorprenda y vea la cara que se me ha quedado.

¡Qué descarado!

¡Qué falta de respeto!

«Me gusta».

No puedo ignorar el calor que se me ha acumulado en el vientre. Oírlo hablar así —igual que Cam le hablaría a Reya— me despierta las ganas de plantarme ante el portátil y escribir otra escena.

Pero también me ha despertado las ganas de meterme en la cama con Shephard y hacer justo lo que Saint me ha dicho que haga. Por mucho que lo intente, no puedo apartar a Saint de mi cabeza.

15

Tras la llamada, corro los pestillos con una serie de clics ruidosos, frenéticos, como si quisiera levantar un escudo impenetrable para asegurarme de que no va a poder entrar. Luego apago las luces del salón y la cocina con la esperanza de que la oscuridad haga desaparecer cualquier rastro de su presencia. Si hubiera podido volverme invisible, lo habría hecho.

Con la casa al fin en silencio, me tumbo en la cama y espero a Shephard.

Su rutina de antes de acostarse es tan predecible como la salida del sol por las mañanas: una ducha larga y eficiente, un vigoroso cepillado de dientes y el último vistazo al móvil —para asegurarse de que no haya ningún correo electrónico del trabajo— antes de meterse en la cama. Oigo que el agua deja de caer y luego el sonido amortiguado de sus pasos sobre las heladas baldosas del baño.

Noto el frío contacto de las sábanas sobre la piel. Me estoy tapando hasta el cuello justo en el momento en que Shephard sale del baño con la toalla atada a la cintura. Enchufa el móvil en el cargador y retira el cobertor por su lado. No verbalizamos nada, dejamos las palabras en el aire, sin pronunciar, pero ambos sabemos cómo acabarán las cosas.

Representamos la función habitual de cada noche. Nos relajamos con el móvil en la mano, cada uno en su lado de la cama, separados por un invisible muro tecnológico. Si ve algo en TikTok que le resulta divertido, me lo enseña. Suele ser alguna tontería, a la que respondo con una sonrisa por cortesía, y le muestro algún meme, por corresponder. En algún momento, me quita el móvil y lo lanza detrás de mí, su manera de decirme que la noche está a punto de encarar su predecible fase final: atraerme hacia él, follarme, ponerse los auriculares y quedarse dormido al instante.

Siento la presencia de Shephard a mi lado, el calor de su pierna que se roza con la mía bajo las sábanas. La sensación debería ser de intimidad, pero lo cierto es que me resulta mecánico, una cercanía ensayada. Ambos hacemos lo que el otro espera, sin nada que distinga esta noche de cualquiera de las anteriores. Bailamos la danza de la rutina y los sobreentendidos.

Al fin, hace lo de siempre. Me acerca la mano, firme y familiar, me quita el móvil y lo lanza sobre la cama, a mi espalda, siguiendo el ritual que indica que la fase de desconexión del día ha terminado y está a punto de iniciarse la de intimidad marital. Me atrae hacia él, pega su cuerpo cálido al mío y me roza la delicada piel del cuello con los labios. Cierro los ojos y trato con desesperación de relajarme, de rendirme a lo acostumbrado, pero mis pensamientos se resisten y se van a otra parte.

Shephard siempre empieza con besos, suaves, exploratorios. Sigue con caricias que trazan rutas bien conocidas. Sé que luego se colocará sobre mí y me penetrará. Nuestros encuentros son siempre así, como una ruta bien trillada. Siempre he sospechado que el sexo entre nosotros era común y corriente, pero, tras haber estado con Saint y haber probado de primera mano su intensidad ruda y salvaje, ha dejado de ser una sospecha para ser una certeza incómoda.

Quiero a Shephard, siempre lo he querido. Es mi roca, mi ancla, mi lugar seguro, pero últimamente, a veces, es tan... aburrido. La palabra se queda dando vueltas por mi cabeza como una confesión que me avergüenza y me hace sentir culpable.

No puedo controlar las imágenes de Saint que me aparecen sin pedir permiso: sus manos, su boca, la forma fiera y desacomplejada con que se impone en el espacio que ocupa y toma lo que quiere. Sé que no debería estar pensando en él, y menos con Shephard a mi lado, pero no puedo evitarlo. Cuanto más intento apartarlo de mis pensamientos, de borrar su imagen de mi cabeza, más vívidos se vuelven los recuerdos, más nítidos, más insistentes. Su sabor permanece en mis labios, caliente y metálico, aunque sé que no está aquí.

Recuerdo las palabras que ha pronunciado hace un rato, el murmullo burlón que sigue resonando en mis oídos: «... ponte encima y piensa que estás follando conmigo». Es una orden tan clara y precisa que me resulta irresistible por su audacia.

Espero un par de minutos mientras reúno el valor para llevarlo a la práctica, y luego, despacio pero con decisión, empujo a Shephard hasta que, con un gruñido de sorpresa, queda tumbado de espaldas. Me monto sobre él en un movimiento que hemos practicado muchas veces y vuelve a gruñir, esta vez de satisfacción, cuando lo acojo dentro de mí y noto el modo familiar en que me llena. Me sujeta los muslos con sus manos grandes y posesivas mientras yo empiezo a arquear la espalda, moviéndome arriba y abajo a ritmo lento, pero decidido. Echo la cabeza hacia atrás y, con los ojos cerrados, visualizo el techo de la cabaña, pero enseguida aparece la cara de Saint y no tardo en desear con una intensidad desesperada y vergonzosa que sea él quien esté debajo de mí, y no Shephard.

La mente me va a toda velocidad recordándome todo lo que Saint me ha dicho, cada una de sus palabras provocadoras. Y, aunque sé que no debería, sigo sus instrucciones al dedillo, respondo a su reto y siento que la excitación me recorre e inflama cada una de mis terminaciones nerviosas.

Shephard no tiene ni idea. Piensa que estoy así por él, por nosotros.

Cuela una mano cálida entre mis piernas y empieza a acariciarme. La presión aumenta despacio, pero imaginarme que se trata de la mano de Saint me acerca al clímax. Me muevo con él, ajustándome a su ritmo, presionando con más fuerza, más deprisa, pero, cuando estoy a punto de correrme, cuando no puedo soportar más la intensidad del placer, abro los ojos.

Contengo el aliento cuando se me cierra la garganta y noto que el color se me retira de la cara y me deja helada, sin sangre.

Saint está justo al otro lado de la ventana del dormitorio.

Su silueta, alta y oscura, se recorta contra la luna llena, que brilla más luminosa que nunca y enmarca su perfil con un halo plateado. Parte de su sombra, alargada y distorsionada, cae sobre la cara de Shephard como una mancha oscura y heladora sobre ese rostro que no sospecha nada.

Su presencia me sorprende tanto que dejo de moverme a media embestida. Me he quedado paralizada, ni siquiera puedo respirar.

Shephard piensa que estoy a punto de correrme, porque se tensa bajo mi cuerpo y se le acelera la respiración.

—Estoy llegando, nena —murmura con la voz tomada por el placer.

Me esfuerzo para que siga creyéndolo y finjo un gemido de desesperación. Lo último que necesito ahora es que mi marido levante la cabeza y mire hacia atrás, por la ventana. Mantengo la mirada fija en Saint mientras un grito silencioso pugna por escapar de mi pecho.

No logro apartar los ojos de él, entre otras razones porque me pone muy nerviosa no saber qué hará a continuación. ¿Romperá el cristal? ¿Hará notar que está aquí? ¿Dará golpes en la ventana? ¿La romperá para atacar a Shephard? ¿A mí? ¿A qué coño ha venido? Siento su presencia como una violación, terrorífica pero electrizante.

Él me observa con una intensidad brutal. Sus ojos me recuerdan a dos brasas, pero no sé si es porque está excitado, enfadado, celoso o alguna terrorífica combinación de las tres cosas.

Saint arquea una ceja con parsimonia al darse cuenta de que me he quedado congelada sobre mi marido, paralizada, absorta en él. Me dirige una sonrisa breve pero cómplice antes de alzar las cejas y asentir de manera casi imperceptible para indicarme que siga con lo que estaba haciendo antes de descubrirlo. Es una orden muda pero firme.

Empiezan a temblarme los labios, y no por el placer que me proporcionan las caricias de Shephard, sino porque estoy asustada. Y por muy retorcido que sea el momento —por muy perverso que me parezca—, no puedo negar que la situación me pone. No estoy acostumbrada a las emociones fuertes, el atrevimiento, la sensación de riesgo...

Reanudo el movimiento ondulante sobre Shephard: despacio al principio, pero cada vez más deprisa hasta alcanzar un ritmo frenético, desesperado.

Saint pasea la mirada llena de deseo sobre mi cuerpo, en un barrido hambriento que me recorre desde el pelo hasta las caderas. Ver esa necesidad abierta y descarnada en sus ojos, esa hambre feroz, me impulsa a moverme cada vez más deprisa, a un ritmo salvaje y delirante que le debo a él, no a mi marido.

No quiero que Shephard me toque, al menos no ahí, ni ahora. Su contacto me resulta ingrato, casi intrusivo, como si no fuera adecuado para mí ni para este momento. Casi sin pensarlo, le aparto la mano de entre mis piernas y me la coloco sobre la cadera en un gesto de rechazo silencioso pero firme. Él aprieta los dedos; no sé si es una protesta o una pregunta muda, pero no se resiste y mantiene la mano donde se la he colocado.

Cuando al fin me corra, quiero que sea por la mirada de Saint, por sus instrucciones silenciosas, no por la mano de Shephard, que me resulta casi tan familiar como la mía.

Aparto los ojos de Saint por un instante y los bajo hacia Shephard, que los ha cerrado; su aspecto relajado me dice que no tiene ni idea de lo que está pasando al otro lado de la ventana, que sigue ajeno al hecho de que otro hombre está observándonos y ha reclamado como propio un instante tan íntimo. Su pacífica ignorancia es una bendición, pero también una nueva punzada de culpa.

Cuando vuelvo a cruzar la mirada con Saint, la respiración se me queda trabada en la garganta al sentir que me quema con esos ojos, que me diseccionan, me consumen, me desarman. No necesita estar dentro de la habitación; su presencia lo domina todo y llena el espacio entre los dos sin dejar sitio para nada más, ni siquiera los pensamientos.

Despacio, consciente de lo que estoy haciendo, me deslizo la mano por el torso, desde el estómago hasta el pecho. Trazo las curvas de mi cuerpo imaginando que es Saint quien me toca, quien me traspasa su deseo. Su reacción es inmediata. Se atrapa el labio inferior entre los dientes y se lo muerde con fuerza. Aprieta la mandíbula y los ojos se le oscurecen todavía más. Su gesto hace que me recorra una nueva oleada de calor, tan intensa que siento el inicio de una convulsión en mi interior. Es como si pudiera controlarme a distancia y sin palabras, como un titiritero que me dominara a través de los hilos. Sigo acariciándome con la mano temblorosa mientras él me marca la piel. Me cuesta más y más sostenerle la mirada. Cada vez que nuestros ojos se encuentran es un nuevo desafío. Me ordena que me rinda, que me entregue, que me rompa en mil pedazos.

Shephard gruñe debajo de mí. Su voz ronca me indica que está a punto de terminar. El cuerpo se le tensa por el esfuerzo. Casi no le oigo porque solo puedo pensar en Saint, en su mirada inquebrantable y sus labios entreabiertos, como si se imaginara que es él quien está en la cama conmigo en vez de mi marido, como si me estuviera consumiendo mentalmente.

Me abruma el poder insidioso que tiene sobre mí, este dominio completo y absoluto. Con el corazón latiéndome desbocado, como un tambor, me llevo la mano entre las piernas, desesperada por terminar de una vez este tormento que es una exquisita tortura. Quiero que Shephard se corra, pero tengo la necesidad de que esta vez sea distinto, que gire en torno a Saint.

La sensación me alcanza casi al instante: una oleada tan salvaje, profunda y devastadora que se me escapa un grito, un sonido gutural y primitivo, sin poder contenerme. No se parece a nada que haya sentido antes con mi marido, ni de lejos. Mi cuerpo entero se convulsiona de placer y no puedo mantener los ojos abiertos. Hago todo lo que está en mi mano para no desplomarme sobre Shephard. Mi cuerpo tiembla de manera incontrolable y las piernas se me tambalean mientras me recorre una oleada tras otra, en un *crescendo* demoledor que parece no tener fin. Es como si la mirada de Saint fuera el combustible que mantiene vivo este orgasmo, como si fuera él quien se colara en mi cuerpo a distancia y accionara cada nueva ola de placer, creando ondas expansivas.

Sigo moviéndome sobre Shephard con la mano entre las piernas, a pesar de que sé que él ya ha terminado y yo he terminado también, que ambos estamos saciados. Pero no quiero que termine. Mi cuerpo continúa perdido en las sensaciones que lo siguen recorriendo, como ondas cada vez más débiles, como un temblor que no cesa. Las piernas no me aguantan y, con un débil gemido, me desplomo sobre él, incapaz de soportar mi peso ni un segundo más, y hundo la cara en el hueco de su cuello.

Shephard me acaricia la espada con movimientos dulces y repetitivos, como si creyera que lo que ha pasado se lo debo a él; que es algo que me ha regalado. Me roza los hombros con un beso delicado, pero su contacto me resulta distante y apagado.

Salgo de encima de Shephard y echo un vistazo a la ventana, hacia el lugar que ocupaba Saint. Con el corazón desbocado, alzo la vista con la esperanza de encontrarlo ahí, pero ha desaparecido.

La luz de la luna se cuela por el hueco de las cortinas, pero lo único que ilumina es el patio vacío y la tranquilidad de la noche. Su repentina ausencia me hiela por dentro, como si me hubieran dejado con una idea a medias, un polvo a medias, un orgasmo a medias, y la sensación de vacío se volviera insoportable.

Cierro los ojos y apoyo la cabeza en el pecho de Shephard, buscando el consuelo de su calor tan familiar, pero no lo encuentro. Me parece un gesto hueco, fingido. Noto que se me empiezan a formar lágrimas detrás de los párpados, que me hacen arder los ojos. Y lo peor es que ni siquiera estoy segura de por qué estoy llorando. Me siento culpable, mucho, eso es evidente, pero no estoy triste, ni remotamente.

Qué jodido es todo.

Creo que esto ha sido lo más jodido que he hecho en la vida. Nunca había cruzado tantas líneas rojas.

Y lo peor de todo es la certeza que me corroe por dentro, la que no puedo obviar por mucho que trate de suprimirla. Si tuviera la oportunidad de volver atrás, haría lo mismo otra vez. Ha sido increíble: peligroso, excitante, una pasada de bueno.

—Ya veo que te hacía falta —comenta Shephard en tono

satisfecho, ajeno a lo que la experiencia ha supuesto para mí—. Ha sido... alucinante.

Casi se me escapa la risa al oírlo. Piensa que estaba falta de sexo. No tiene ni idea, no entiende nada. Me muerdo el labio y logro contenerme para que no se me escape la verdad junto a la risa.

Porque la verdad es que mis carencias vienen de lejos y abarcan mucho más que el sexo. Si él supiera la de años que hace que mi insatisfacción ha ido creciendo bajo la superficie, como un vacío, mudo y doloroso, que esperaba que algo —o alguien como Saint— me rasgara la piel y dejara que todo saliera a la luz y yo empezase a vivir de nuevo. No se lo confieso, claro. Lo que hago es decir algo propio de una inocente esposa y madre para mantener la frágil paz del momento.

—Creo que he hecho demasiado ruido. Espero no haber despertado a las niñas —murmuro contra su pecho.

Shephard ríe por la nariz y me planta un beso en la frente. Noto su aliento cálido sobre mi piel.

—Duermen como troncos —susurra satisfecho antes de darse la vuelta para coger la toalla de la mesita de noche.

Lo contemplo mientras me la pasa entre las piernas, en un gesto considerado. Es solo un detalle, pero uno que siempre he apreciado. Siempre se ocupa de mí y me cuida, incluso en los momentos de intimidad y vulnerabilidad. Es una de las características que lo convierten en un buen marido, una de las cosas que solían hacerme sentir segura y querida.

En los encuentros con Saint, no me he limpiado después. No ha habido nada limpio; todo ha sido caótico y pegajoso, y a él no parecía importarle. De hecho, parecía gustarle así. Tenía algo primitivo, animalístico. Y para mi absoluta sorpresa, a mí también me gustaba.

Saint es todo lo que no es Shephard, y eso es tan bueno como malo. Es una grieta profunda, una división electrizante.

Shephard ajusta las mantas para taparnos y siento el calor familiar de su cuerpo a mi lado. Se da la vuelta y queda de espaldas a mí, un gesto que delata la confianza postcoital tan propia del matrimonio.

—Buenas noches —murmura.

Me doy la vuelta hacia el otro lado. Tiro de las mantas y me abrazo con fuerza a la almohada. En la oscuridad, la luz de la luna pinta sombras en la pared.

—Buenas noches —susurro, pero las palabras me suenan huecas, como si fueran dirigidas a otra persona.

Alguien que ya no se encuentra al otro lado de la ventana.

«Tengo que recobrar el control emocional y atarme en corto, porque las cosas con Saint se están volviendo demasiado inestables».

16

Ato los cinturones de las sillitas de las niñas y les acaricio el pelo, tan suave. Chloe se revuelve un poco y tira del cinturón, lo que es normal en ella. Es una auténtica fuerza de la naturaleza incapaz de estarse quieta. Andi, por el contrario, está tranquila y me contempla con sus ojos enormes e inocentes, que me recuerdan a dos piscinas de agua clara.

Noto que están impacientes por reanudar sus rutinas habituales. Lo entiendo; yo también tengo ganas de retomar la que establecí al llegar aquí, pero al mismo tiempo siento el nudo en el corazón que me oprime cada vez que me separo de ellas. Por muchas veces que lo haga, no logro acostumbrarme. Da igual que me diga que necesito estar sola para poder escribir, me cuesta igual. Me inclino para darles un beso a cada una en la frente. Mis labios permanecen pegados a su piel un instante más de lo habitual, porque me quedo inhalando su dulce y delicado aroma a infancia y a sueño.

—Iré a casa dentro de una semana, por tu cumpleaños.

Trato de que mi voz suene alegre, lo que no me resulta fácil, porque las palabras se me quedan atascadas en la garganta como una bola seca e incómoda.

Ahora mismo una semana me parece una eternidad, llena de potenciales encuentros con Saint antes de que tenga que volver a casa para la fiesta de cumpleaños. Y luego regresaré aquí y me quedaré una semana más. Una última semana con Saint, el portátil y mis pensamientos. Cada vez estoy más convencida de que me iré de aquí con el libro terminado debajo del brazo.

Tal vez todo esto habrá valido la pena.

—¿Cuánto tiempo es una semana? —pregunta Andi con su vocecilla curiosa, un sonido cantarín que acompaña a su mirada de ojos brillantes, siempre sedientos de conocimiento.

De momento aún no tiene claro el concepto del tiempo.

Sin darme tiempo a responder, Chloe interviene con la confianza inquebrantable que tienen los niños de cinco años.

—Son solo treinta días —dice como si nada, en un tono de certeza absoluta, como si fuera la autoridad indiscutible en cuestiones relacionadas con el tiempo.

Se cruza de brazos para dar todavía más fuerza a sus palabras, orgullosa de su afirmación, y Andi asiente con la cabeza, como si las palabras de su hermana mayor fueran las tablas de la ley, grabadas en piedra.

No puedo evitar sonreír ante su seguridad, a pesar de su error, que me resulta muy gracioso.

—Una semana son solo siete días —la corrijo en tono tranquilo, aunque sé que lo más seguro es que esto se convierta en un debate del que ninguna de las dos salga ganadora.

Le coloco un mechón de pelo detrás de la oreja, pero ella sacude la cabeza y frunce el ceño en señal de frustración.

—No, son treinta —insiste, en tono más decidido y voz un poco más alta—. A veces, treinta y uno. Me lo dijo la profe.

Chloe siempre está dispuesta a defender la sabiduría de su profesora. Me aguanto la risa, porque no pienso entrar en una batalla en la que no tengo ganas de luchar, y menos ahora. Podría dedicarme a enseñarles con calma las diferencias entre días, semanas y meses, y todos los secretos del calendario, pero ahora mismo mi paciencia está bajo mínimos. Necesito que se marchen, que se alejen de Saint y de sus aterradoras sorpresas. No quiero que vuelva a presentarse mientras ellas y Shephard sigan aquí. Solo de pensarlo, me vienen náuseas.

—Vale, treinta días —capitulo para poner punto final a la conversación y despedirme—. Os quiero.

Me inclino una vez más sobre ellas y les doy un último beso en la mejilla.

Cierro la puerta del coche con suavidad, pero el sonido se queda resonando en la engañosa tranquilidad de la mañana. Inspiro hondo, de manera entrecortada, consciente de que esta semana se me va a hacer mucho más larga a mí que a ellas. Sé que se me va a hacer eterna.

Al darme la vuelta, veo que Shephard se acerca a mí con los brazos extendidos para darme un abrazo. Su cara es el vivo retrato de la satisfacción y el alivio. Me abraza con fuerza, envolviéndome en su calor familiar, sólido. Me apoyo en él un instante, buscando energía en su presencia física para no caer al abismo. Él me besa en la mejilla, un gesto cariñoso que debería hacerme sentir más segura, pero que no sirve para calmar la tormenta que ruge en mi interior, este huracán que no cesa.

—Me alegro de haber venido —me dice en un tono afectuoso que en otras circunstancias me habría resultado muy reconfortante. Para él, la visita ha sido un agradable descanso, un reencuentro familiar, su manera de recordarme que no estoy sola aquí, luchando por salir del bache en que se halla mi carrera—. Tal vez encuentres en lo de anoche la inspiración que necesitabas para el empujón final —añade con una sonrisa. Los ojos le brillan con un optimismo que no podría estar más fuera de lugar.

No se entera de nada. No tiene ni idea de lo mucho que se ha acercado a la verdad, aunque sea al revés. Es cierto que lo de anoche me proporcionó inspiración, pero no como él se imagina. No se trata de la inspiración que puedo usar luego en un libro para un público general. Recordarlo hace que me ascienda por la garganta una nueva oleada de culpa, espesa y asfixiante. Trato de tragármela y me esfuerzo por mantenerla bien abajo, en un lugar donde no pueda dañarme, donde no pueda traicionarme.

—Yo también me alegro de que hayáis venido.

Le doy un beso rápido en los labios mientras me esfuerzo por mantener la fachada en su sitio, por impedir que las endebles paredes se desmoronen a mi alrededor.

Me retiro un poco mientras él se sienta al volante. Las niñas ya han empezado a despedirse desde el asiento de atrás con sus manitas pegadas al cristal. Me coloco en la cara la amplia y ensayada sonrisa para devolverles el saludo. Sigo saludando hasta que el coche desaparece carretera abajo, hasta que ya no veo sus caritas pegadas a las ventanillas, hasta que ya no distingo el brillo cromado del coche entre los árboles.

Y cuando al fin pierdo el vehículo de vista, dejo de sostener la sonrisa, que se evapora como el humo. Siento un alivio instantáneo y una súbita punzada de excitación.

Cuando dejo de oír el sonido del motor y me convenzo de que no van a volver, me dirijo hacia la casa. Voy en modo piloto automático. Camino deprisa y con decisión, pero en mi cabeza solo hay sitio para una idea.

«Tengo que llamar a Saint».

No hay espacio para dudas; es una necesidad primitiva, desesperada.

No he podido pensar en nada que no sea él desde anoche. Su presencia y su audacia permanecen en mi mente como una sombra oscura y embriagadora que no me puedo quitar de encima. Se me pega a los pensamientos y se entrelaza a los instantes en que siento una engañosa sensación de calma. Necesito oír su voz para ubicarme en esto que ha nacido entre los dos, este algo excitante y aterrador, esta danza que escapa a mi control.

No llego muy lejos. En cuanto abro la puerta, me quedo clavada en el sitio.

No sé cómo, pero Saint está frente a mí, como si acabara de materializarse. Su cuerpo, alto e imponente, ocupa todo el quicio y me barra el paso por completo. Sus ojos, oscuros y penetrantes, me obligan a sostenerle la mirada con una intensidad que me pone el vello de punta.

La mente se me inunda de preguntas, que me asaltan a la vez, como un torrente caótico, desatado.

«¿Cómo ha entrado? Anoche cerré todas las puertas. ¡Me fijé bien! ¿Cuánto tiempo lleva aquí? ¿Me ha estado observando? ¿Ha estado espiando a Shephard?».

Me siento del todo expuesta, vulnerable, como si hubiera derribado las paredes que en teoría convierten mi espacio en un lugar seguro y hubiera perdido el control de lo que pueda pasar a continuación. Siento que la cabaña tranquila y acogedora acaba de convertirse en una jaula.

Saint no dice nada, ni falta que le hace. Su presencia lo dice todo mientras se hace a un lado para dejarme pasar, sin parar de observarme en ningún momento. Sin esperar a que lo invite, me sigue hacia el interior, tras cerrar dando un portazo que me sacude de arriba abajo. Cuando corre el cerrojo, el sonido es como el de una balda que nos dejara encerrados dentro. Deprisa, con una eficiencia escalofriante, corre el otro pestillo de un golpe de muñeca. El sonido permanece reverberando dentro de mí. Sin darme tiempo a procesar lo que está pasando, me agarra y me empuja contra la puerta. El súbito impacto de su cuerpo me deja atrapada contra la madera maciza. Siento el calor que irradia su piel, y el poder de sus músculos firmes, que apenas es capaz de controlar.

Me sujeta la barbilla con fuerza. Me clava los dedos en la piel hasta que entreabro los labios, y es entonces cuando me aplasta la boca con un beso posesivo, casi violento.

No hay espacio para la ternura, la suavidad, las dudas. Este beso es un recordatorio brutal e incontestable del poder que ejerce sobre mí. Está reclamando lo que considera suyo con una fuerza que me excita y me aterroriza al mismo tiempo. Y a pesar del miedo que me recorre las venas, siento que me derrito. Mi cuerpo me traiciona al responder con desesperación, con un hambre tan salvaje como la suya.

No sé qué tiene este juego retorcido al que nos hemos entregado que me excita tanto. Este tira y afloja de control y rendición. Solo sé que, en vez de darle un empujón y resistirme, que es lo que debería hacer una mujer casada y responsable como yo, lo que hago es atraerlo hacia mí, mientras se me escapa un sonido gutural, a medio camino entre un gemido y un gruñido. Lo agarro con fuerza por la camisa, como si fuera un salvavidas.

Creo que lo que más me atrae de él es esa aura peligrosa y temeraria de sus actos; su modo de caminar tan cerca del precipicio. Se arriesga a hacer cosas que Shephard no haría ni en un millón de años. Me coloca en situaciones incómodas pero estimulantes, presiona mis límites y me obliga a salir de mi zona de confort.

Y es evidente que disfruta muchísimo al hacerlo. Su placer me resulta casi tan embriagador como sus caricias.

Saint se aparta y separa la boca de la mía con un sonido suave, húmedo. Apoya la cabeza en mi frente y me mira con tanta intensidad que siento que me abrasa el alma. Noto su aliento cálido en la cara cuando murmura:

—Ve a ducharte y frótate bien, que no quede ni rastro de él.

La orden, pronunciada en voz baja y tono íntimo, me afecta como si se tratara de una bofetada. Es tan chocante, ofensiva, posesiva y degradante que mi respuesta es inmediata, me sale sin pensar.

—Que te jodan —le suelto, desafiante, sin pensar en las consecuencias.

Él sonríe y sus dientes blancos destacan en la penumbra. Es una sonrisa de depredador. En silencio, me sujeta la muñeca con firmeza, sin llegar a hacerme daño, y tira de mí de manera implacable. Cruzamos el dormitorio para llegar al baño.

—No te preocupes por eso —murmura, con la voz ronca cargada de promesas—. Todo llegará. Pero antes, lávate y quítatelo de encima.

Me mete en el baño antes de que pueda recuperar algo, cualquier cosa: el control, el juicio, la dignidad... Mi parte racional, la que se ocupa de protegerme, me exige salir corriendo de aquí, huir de este vórtice tan peligroso que ha creado, pero el resto de mi ser —por abrumadora mayoría— se deja arrastrar por la curiosidad morbosa, la excitación de no saber hasta dónde llegaremos con esto, hasta dónde está dispuesto a seguir presionando. Me libero de su agarre en un gesto más simbólico que efectivo.

—Estás loco —susurro, sin poder ocultar el asombro ni el miedo que me provoca.

Cuando tira de mí, el baño me resulta un lugar demasiado pequeño, demasiado íntimo. Luego, con una ternura que contrasta con su fuerza, me sujeta por la nuca enredando los dedos en mi pelo.

—Y te encanta —replica con la voz ronca justo antes de volver a apoderarse de mi boca en un beso más intenso y desesperado que el anterior.

Y, como la golfa que soy, le devuelvo el beso con la misma urgencia y desesperación. Mi cuerpo me lo exige; me está pidiendo a gritos el castigo y el placer.

Él me desabrocha los vaqueros sin dejar de besarme. Sus dedos, ágiles y diestros, se libran del botón con una delicadeza que me sorprende. Cuando aparta la boca de mis labios, se arrodilla frente a mí con la respiración entrecortada. Con los ojos clavados en los míos, me quita los vaqueros y después las bragas. Las empuja hacia abajo y me ordena con un gesto que levante los pies para que pueda acabar de quitármelo todo. Me cuesta mantener el equilibrio, pero obedezco y saco los pies de la montañita de tela y encaje. Se levanta y me quita la camiseta por encima de la cabeza hasta que quedo totalmente desnuda ante su mirada implacable.

Se acerca a la ducha y abre el grifo. Luego me dirige una mirada intensa, expectante.

—Entra, Petra. —Sus palabras son suaves, pero no dejan de ser una orden.

Me gusta que no me haya llamado Reya. Cuando pronuncia mi nombre —el de verdad— siento que sus celos son reales, que cuando se muestra posesivo no está actuando. Sus celos, tan masculinos, tan rudos, me impulsan a mostrarme atrevida y desafiante. Entro en la ducha y noto el chorro fresco sobre mi piel desnuda, mientras él se quita la ropa con movimientos fluidos y elegantes.

Sé que ha cerrado la puerta y ha echado los cerrojos, le he visto hacerlo, pero Shephard podría volver. ¿Y si se ha olvidado algo? ¿Y si se da cuenta de que no estoy en el salón y ni siquiera estoy usando el portátil? Si se ha olvidado de algo y regresa... Solo pensar en ello me provoca terror y una descarga de adrenalina.

Con los pensamientos rotos, fragmentados, moviéndose en todas direcciones, Saint entra en la ducha y me presiona con su cuerpo desnudo y cálido en el espacio limitado. Alza la mano hacia la alcachofa de la ducha y la saca del soporte con un leve clic. La coloca entre mis piernas y apunta. Contengo una exclamación porque el agua está muy fría y su contacto en esta zona tan sensible es un auténtico shock.

—¿Qué haces? —le pregunto con un hilo de voz, casi un gemido, abrumada por la rapidez y la intensidad visceral con que están sucediendo las cosas y por su atrevimiento, que supera todos los límites.

Él me pega la boca a la oreja y noto la calidez de su aliento contra la piel mojada antes de que me diga, en voz baja, ronca, casi un gruñido que vibra en mi interior:

—Lavarte bien el coño para que no quede rastro de él antes de comérmelo.

Me estremezco al oír sus palabras, zafias y depravadas. Apoyo la cabeza en la fría pared de baldosas y me rindo a las sensaciones, a su voluntad inquebrantable. En esos momentos, cara a cara con la fuerza de su deseo, me olvido de Shephard. Me olvido de mi marido, de las mentiras, de la vida que estoy traicionando.

Ahora mismo, solo existe...

«Saint».

17

«Saint, Saint, Saint..., qué hermoso ejemplar de hombre».

El sol cae a plomo sobre mi piel, como una manta cálida y benevolente, mientras lo observo dirigir el barco que nos lleva sobre la brillante superficie del lago. Tiene facilidad para las actividades físicas y se le ve muy cómodo tras el timón que maneja con fuerza y fluidez. No lleva parte de arriba y su espalda es un lienzo de músculos esbeltos, que brillan bajo una fina capa de sudor. Cada flexión de hombros es un fascinante despliegue de poder, un espectáculo cuyo ritmo visual me deja sin aliento. Fuera de casa me parece todavía más sexy, libre y sin domesticar.

Me dejo contagiar por su actitud y también me siento libre. Reclinada en los cojines gastados y calientes del barco, trato de perderme en las páginas de mi libro, un thriller psicológico que, ahora mismo, me parece menos inquietante que mi vida real. Pero la mirada se me desvía constantemente hacia Saint. Él también me observa a menudo, y sus ojos me marcan la piel a fuego. De vez en cuando pasa por mi lado para ajustar un cabo o comprobar algún indicador, y no pierde la oportunidad de darme un beso en el pelo, la sien o la comisura de los labios. Sé que cada una de esas caricias es su modo de declarar que soy suya.

—¿Necesitas ayuda? —le pregunto, y la voz me falla, como si me faltara el aliento.

Acaba de pasar de nuevo por mi lado y esta vez me ha acariciado el brazo. La pregunta me ha salido de modo automático, por costumbre, un reflejo de años de colaboración, de ser siempre la que se ofrece.

Él se echa a reír, pero no es una risa burlona.

—Relájate, Petra. Trabajas demasiado.

Lo ha dicho sin ningún tipo de crítica en la voz. Ha sido una observación, sin más, pero las palabras se quedan resonando en mi interior. Me viene a la mente la voz de Shephard, sus burlas sutiles, su manera de juzgarme cuando no trabajo porque estoy tratando de descansar. «El pozo está un poco seco», me dijo durante su última visita; una acusación velada, una manera de hacerme sentir culpable por no estar produciendo más, por mi bloqueo creador. Con una frase tan sencilla, Saint acaba de ofrecerme una liberación que no sabe que necesito. Él ve mi esfuerzo, mi cansancio, no mi fracaso.

El sol cada vez quema más y noto que me está empezando a marcar la forma del top. Con decisión, me lo quito y quedo expuesta al cielo abierto. Al instante siento los ojos de Saint clavados en mí. Noto el calor que siempre me provoca su mirada y oigo el gruñido que se le escapa, un sonido visceral que retumba en el aire. No hace ningún comentario molesto; nada que resulte un tópico ni que me haga sentir un objeto, ese tipo de piropos baratos o comentarios posesivos que muchos hombres sueltan sin que nadie se los pida. Se limita a observar, y su mirada intensa, silenciosa y posesiva es más potente que cualquier palabra.

Tras un rato de observar cómo el viento le azota el pelo

y el sol se refleja en sus hombros, al fin se sienta a mi lado. El barco se tambalea ligeramente. Saint apoya el codo en la rodilla con el cuerpo ladeado hacia mí. Su presencia es como una fuerza cálida, magnética. El silencio se alarga entre los dos, cómodo para él, eléctrico para mí, porque no puedo contener más la pregunta que lleva un buen rato carcomiéndome por dentro.

—¿Te arrepientes de esto? —le pregunto en voz baja, casi un susurro, mientras señalo el espacio que nos separa.

Y por «esto» me refiero a nuestra aventura, a la traición, a los secretos que compartimos.

Él se queda reflexionando un buen rato, con la mirada perdida en el horizonte y la expresión inescrutable. Cuando al fin se vuelve hacia mí, sus ojos han recobrado la determinación y me mira con una honestidad brutal.

—Desearía que no fuera una aventura, Petra —me dice con una voz baja que esconde cierto pesar que me toma por sorpresa—, pero no, no me arrepiento del tiempo que he pasado contigo. Ni un segundo.

Sus palabras me sobresaltan. Desearía que no fuera una aventura, y eso implica el deseo de algo más, algo legítimo. Lo que me lleva a pensar en su mujer, la persona con la que sigue casado, con la que habla todos los días. Y aunque siento sus palabras como un halago, una validación que me hacía mucha falta, también me parecen un insulto hacia ella y su matrimonio. Menuda ironía, tan deliciosa como cruel.

Me viene a la mente otra pregunta, una que me parece todavía más íntima, más intrusiva que la anterior.

—¿Te... tenéis hijos? —pregunto en voz muy baja, insegura, consciente de estar cruzando una línea que no sé si él quiere cruzar.

No me responde al momento. Su mirada se vuelve reservada, casi fría, como si le hubiera preguntado algo muy inapropiado, como si hubiera profanado un límite sagrado. El súbito cambio de actitud hace que se me encoja el corazón.

—Tú sabes que yo tengo hijas —insisto. La desesperación que oigo en mi voz me traiciona. Necesito saber más, necesito entender qué hay detrás de su pasión—. Quiero saber más sobre ti.

Él vuelve a romper el contacto visual y se queda contemplando la brillante superficie del agua. Cuando me responde, su voz es plana, carente de emoción, casi despectiva.

—Yo no te pregunté sobre tu familia; fueron ellos los que se presentaron aquí. Es distinto.

Me queda claro lo que implican sus palabras: mi vida, mi familia, mis circunstancias se presentaron ante sus ojos, sin que él las buscara. Él no se metió en mi vida, y, por tanto, espera que yo haga lo mismo con la suya.

Se me forma un nudo en el estómago, pero me muerdo la lengua porque siento que no es un buen momento para seguir presionando. Vuelvo a centrarme en el libro y finjo estar sumergida en la trama, aunque en realidad me siento como si estuviera ante una página en blanco.

Pero, cuando ya me he rendido, cuando el silencio parece que va a alargarse eternamente, empieza a abrirse. Habla en voz tan baja que me cuesta oírlo por encima del ruido de las olitas que chocan contra el casco del barco.

—Lo intentamos durante años —admite con la vista fija en el horizonte y el rostro distante, cerrado tras una máscara de dolor—. Tratamos de tener hijos. Probamos la fecundación in vitro, pero no funcionó. Los ciclos, los falsos positivos, los abortos espontáneos... Fue un infierno. —La voz se le rompe cuando pronuncia la última palabra—. Al final resultó que era yo, no ella. Era yo quien no podía tener hijos.

Sorprendida, me incorporo con tanta brusquedad que se me cae el libro al suelo de la cubierta. Su voz suena tan vulnerable y lo que ha compartido conmigo es tan íntimo que me quedo sin aliento por un instante.

—Oh, Saint —susurro, y lo tomo del brazo de manera instintiva como muestra de apoyo.

Él se encoge un poco al notar el contacto, pero luego sigue hablando, en tono bajo, impregnado de una profunda tristeza.

—Empezó a echármelo en cara. Aunque no lo dijera en voz alta, era algo que estaba ahí, lo notaba. Una rabia silenciosa por haberle robado sus sueños. Nos separamos hace seis meses.

Me da vueltas la cabeza. ¿Seis meses? Es muy reciente. Me duele que haya pasado por algo tan devastador, pero luego me viene a la mente algo mucho más egoísta.

«¿Por qué me dejó creer que su matrimonio era feliz?».

—No me habías dicho nada —comento con la voz temblorosa.

Él vuelve la cara y me mira con sus ojos oscuros.

—Aún no me he quitado el anillo de casado. Aún me siento casado. Además, tú necesitabas una musa que estuviera en una relación. ¿En cuál de los momentos que hemos compartido habría podido contarte mi desastre matrimonial? Puse por delante que vivieras una experiencia total, Petra. Yo también lo he disfrutado mucho, no te digo que no, pero mi prioridad era que pudieras experimentar la culpa, el secreto, la emoción de lo prohibido. Necesitabas sentirlo todo, vivirlo en tus carnes para recuperar la seguridad escribiendo. Necesitabas combustible para contar la historia de Reya.

Me inunda una sensación de terror y frío que aumenta a medida que voy conociendo más detalles.

—¿Quieres que tu matrimonio funcione? —La pregunta se me escapa, no puedo evitarlo. Necesito entender las cosas, encontrar un ápice de emoción humana en este juego caótico.

Él vuelve a perder la mirada sobre el agua.

—Por supuesto —responde en voz baja, con sencillez—. Pero no quiero retenerla, no quiero impedir que pueda tener hijos con otra persona. —Escucho en su voz un profundo dolor, un altruismo que tiene que estar destrozándolo, después de lo que acaba de contarme.

—¿Todavía vivís juntos?

Trato de sonsacarle más detalles que me ayuden a armar los fragmentos desordenados que conozco de su vida; a entender al hombre que se oculta tras el personaje.

—No —responde mientras niega con la cabeza—, ya no; pero hablamos casi a diario. —Cuando se vuelve a mirarme, veo una vulnerabilidad en sus ojos que no estaba ahí antes—. Le está costando pasar página..., y a mí también. —Al cambiar de postura, me roza la rodilla—. ¿Tienes... algún consejo que nos pueda ayudar?

La súplica me toma por sorpresa, igual que el súbito cambio de actitud. Por un momento, dejo de tener delante a Saint, el hombre inspirador, intrigante y manipulador, y veo ante mí a alguien que sufre. En cualquier caso, mi respuesta es automática.

—No —confieso en tono neutro—. Yo tampoco sé cómo

pasar página, aunque a veces me gustaría. —Es la verdad, por mucho que me duela—. Pero vosotros no tenéis hijos —añado sin pensar. Supongo que es un mecanismo de autodefensa, un modo de hacer que su dolor parezca más pequeño comparado con el mío, de darle más valor a mis problemas—, así que supongo que os resultará más fácil.

En cuanto las palabras salen de mi boca, me arrepiento. Su expresión se endurece al instante, un cambio sutil, pero profundo. Aprieta los dientes y se le oscurece la mirada. Cuando se aparta de mí, siento que nos separa un gran abismo. Me temo que piensa que le he quitado importancia a su infertilidad, su herida más profunda, que la he banalizado al compararla con mis cuitas matrimoniales, un problema que me he buscado yo solita. No dice nada, pero es como si su acusación colgara en el aire.

—Lo siento mucho —susurro, y espero que note en mi voz el arrepentimiento que me invade, inmediato y sincero—. Saint, no quería decir eso. Yo solo... —Dejo la frase a medias, incapaz de encontrar las palabras adecuadas.

Él levanta una mano para indicarme que no siga hablando. Su expresión sigue expresando dolor, pero la intensidad ha disminuido un poco.

—No pasa nada —afirma, aún tenso—. Esto no es una competición, pero te aseguro que no poder tener hijos es mucho más duro que divorciarte de alguien con quien has tenido hijos.

Sé que tiene razón. Su dolor ha de ser inmenso, porque sus sueños se han hecho pedazos por algo que está fuera de su control. Los míos... si llegan a romperse será porque yo habré tomado esa decisión a causa del aburrimiento. Cuesta mucho romper una relación si no hay una gran traición de por medio, especialmente si hay niños involucrados. El aburrimiento y el hartazgo no son razones que una pueda esgrimir para pedir el divorcio, pero me temo que así es como empiezan las cosas. Imaginándose una vía de escape, visualizando lo que podría ser una vida sin Shephard.

Su presencia solía ser como el aire para mí: me elevaba y me hacía sentir más ligera. Ahora, por lo que sea, cada vez la siento más como un peso; como otra de las cosas que debo cargar para que todos tiremos adelante.

Saint está contemplando el agua, haciendo una mueca. Cuando vuelve a hablar, lo hace en un tono íntimo, como si se encontrara en un confesionario.

—Mientras te observaba despedirte de las niñas, con Shephard presente... —Hace una pausa y yo siento que un escalofrío me recorre la espalda—. Estaba enfadado, Petra. Me sentía tan furioso. —Se vuelve hacia mí y siento que me perfora con la mirada—. Quería que me descubriera para que tuvieras que dejarlo, para poder disfrutar yo de lo que él no valora; lo que apenas ve.

Su confesión me ha abierto una ventana desde la que puedo asomarme a lo más profundo de su psique, un lugar oscuro y estremecedor, con un nivel de malicia calculada que debería repelerme. Y, sin embargo, me inunda una excitación perversa. Quería destrozar mi vida para apoderarse de ella. Ha estado a punto de hacerlo.

Se inclina sobre mí, me apoya la mano en la mejilla y me traza la mandíbula con el pulgar. Fija su mirada —que arde con una mezcla de furia y deseo— en mis ojos antes de apoderarse de mi boca con un beso hambriento, casi violento. Es un beso salvaje, nacido de un impulso primitivo y caótico. Y después, aquí mismo, en medio del lago, bajo la mirada indiferente del sol de la tarde, nos entregamos al sexo, aunque tal vez estemos empezando a hacer el amor. No hay espacio para la vergüenza en este acto de rebelión contra todo lo que hemos confesado y contra todas las reglas que hemos roto.

Nos acercamos a la calita. Las olas golpean el casco del barco con delicadeza mientras Saint maniobra con destreza para atracar el barco en el viejo embarcadero de madera. El sol, ya más bajo, proyecta sombras alargadas sobre el agua y pinta el cielo con tonalidades violetas y anaranjadas. No hablamos. El silencio que ha quedado tras nuestro vigoroso encuentro es denso, pesado.

Mientras iniciamos el amarre del barco y lo aseguramos a los desgastados pilotes con movimientos eficientes y sincronizados, noto el familiar picor en la piel que me provoca la ansiedad. El mundo real, del que he logrado escapar temporalmente, está llamando a la puerta y me exige que pague lo que le debo. Muevo las manos de manera mecánica mientras recojo el cabo, pero mi mente ya está de regreso en la cabaña. Y no se queda ahí. Sigue su camino hacia nuestra casa, hacia Shephard y la fachada que debo mantener.

—Este fin de semana tengo que volver a casa —le digo a Saint, y las palabras me suenan frágiles, como si estuviera haciéndole una confesión.

No es fácil volver a la realidad.

—¿Qué? Pensaba que tenías la cabaña alquilada dos semanas más.

Clavo la vista en el nudo que estoy haciendo para no tener que mirarlo a los ojos.

—No me voy hasta el viernes, y solo estaré dos días fuera. Es el cumpleaños de mi hija, tengo que estar allí.

Saint sigue agarrando la cuerda, pero se ha quedado inmóvil. Siento su mirada clavada en mí, fija e intensa, pero no se la devuelvo. El silencio se alarga, cada vez más tenso por las preguntas no verbalizadas, por la realidad de nuestras vidas, tan distintas.

Él asiente una sola vez, en silencio. No me pregunta por Shephard, no protesta ni exige nada. Solo un reconocimiento de la situación, simple pero difícil de soportar. Siento alivio, pero también una leve decepción. Una parte de mí, la que anhela su intensidad, esperaba una discusión, una súplica, una señal de su instinto de posesión, pero no me ofrece nada. Lo ha aceptado sin más.

Cuando el barco está ya bien amarrado y las cuerdas bien tensas, salta al embarcadero, pero, en vez de soltarme la mano —que, no sé cómo, durante el proceso de amarre ha quedado unida a la suya—, me la aprieta con más fuerza y se queda inmóvil sobre el muelle.

Sigo la dirección de su mirada, hacia el extremo opuesto del lago, y cuando encuentro lo que lo ha hecho reaccionar así, le aprieto la mano hasta que me suelta.

«Ay, Dios».

Saint se tira al agua antes de que me dé tiempo a procesar qué estoy viendo. Ahí está, a unos cinco metros de la orilla, flotando en el agua. Mari, boca abajo, sin mover los brazos, con el pelo asomando sobre la superficie.

—¡Mari! —grita Saint mientras nada hacia ella.

Me acerco todo lo que me permite el embarcadero y

dudo si llamar a la policía, gritar para que me oiga Louie o saltar al agua para ayudarlo. Pero no hago nada más que observar, paralizada.

—Mari —susurro—. Oh, no.

Cuando Saint la alcanza, la sujeta por la cintura para darle la vuelta, y, en cuanto lo hace, oigo un grito desgarrador.

Pero no es Saint quien grita.

Es Mari, que lleva gafas de bucear y está golpeando a Saint con el tubo.

—No. Me. Ahogo. Sé. Nadar. ¡Idiota!

Madre mía.

Suelto un suspiro que me relaja todo el cuerpo y noto como la sangre que se me había acumulado en la cabeza me baja a los pies y tengo que sentarme con las piernas cruzadas sobre el embarcadero hasta que se me pasa la impresión.

—Lo siento —se disculpa Saint—. He pensado que necesitabas ayuda.

Mari se señala el cuerpo —cubierto por un bañador— y se quita las gafas de bucear de los ojos. Tiene los rizos mojados pegados a la cara. Nunca la había visto tan enfadada.

—¡Tenía un tubo saliendo del agua junto a la cara! ¡Y voy en bañador! Como pistas no están mal. ¿No se supone que los detectives deben sacar la información del contexto? —Se dirige hacia la orilla, salpicándolo todo a su paso—. ¡Ya no hay quien se bañe tranquila por aquí! —refunfuña.

Sin poder evitarlo, me echo a reír.

—¡Te estoy oyendo, Diva Godiva! —me grita, lo que vuelve a hacerme reír.

Busco a Saint y veo que está regresando despacio hacia mí, totalmente empapado, pero con una sonrisa en los labios.

Sube al muelle con un impulso de los brazos y se sienta a mi lado.

—¿Vas a escribir esta escena en el libro?

—Por supuesto.

—¿Puedes poner que la salvo para quedar como un héroe?

—Por supuesto que no.

Saint se echa a reír y se quita la camiseta. Luego me toma la mano y me ayuda a levantarme. Vuelve a entrelazar los dedos con los míos, tal como estaban antes de que tratara de rescatar a una mujer que no se estaba ahogando. Su mano es cálida y fuerte. Mi ancla.

Regresamos a la cabaña caminando en silencio. El leve crujido de las viejas tablas de madera es el único sonido que rompe la quietud de la tarde.

Aparte de las gotas de agua que le caen de la ropa empapada.

Su presencia a mi lado sigue siendo poderosa, eléctrica, pero el silencio ha cambiado de naturaleza. Ya no es el cómodo silencio de dos personas que han compartido un rato de placer, sino una conversación muda en la que los dos somos conscientes de la realidad.

Saber que está casado, pero que no es inaccesible, me parece un gran cambio.

No puedo evitar insertar imágenes de Saint en mi futuro, mientras me pregunto cómo sería no tener que arrastrar el peso que me supone Shephard.

18

«Ay, Dios, cómo pesa».

—¡Shephard! ¡Quítate de encima ahora mismo!

Iba tratando de interceptar una pelota desviada, pero ha tropezado con la barbacoa y casi se nos lleva por delante, a mí y a la silla. Trato de apartarlo de un empujón, pero él no me lo pone fácil, porque le cuesta mantener la verticalidad. Supongo que ha bebido demasiado, pero estamos de celebración, no lo culpo.

—¡Kev, ayuda! —Shephard alarga el brazo hacia el vecino, que tira de él hasta que recobra el equilibrio. Antes de reincorporarse al partidillo que están jugando en el jardín, se inclina hacia mí y me da un beso en la cabeza—. Perdona, nena.

—No pasa nada. Ve a patearles el culo.

El patio vibra con la actividad caótica y los dulces sonidos de la fiesta de cumpleaños de mi hija. Las risas burbujeantes de los niños, con el contrapunto de algún globo que se pincha de vez en cuando o el vozarrón de Shephard que se impone a las conversaciones generales.

—¡No me jodas! —lo oigo protestar.

Veo que se deja caer de espaldas sobre el césped y se

lleva las manos a la frente en un gesto de derrota. Otros dos vecinos están celebrando su victoria contra él y Kev.

Oigo otra ronda de risas cuando las niñas pasan corriendo frente a mí. A mi lado, Nora también se ríe de algo que acaba de decirle Esther, mi vecina.

Es una sinfonía de vida normal, segura.

Esto es lo que más me gusta de mi vida con Shephard. Los fines de semana en el patio, preparar la comida en la barbacoa, tomar margaritas mientras los niños juegan en el callejón. Cada segundo que paso aquí, al sol, es como un escudo protector, lo que no deja de ser extraño, ya que me fui a la cabaña buscando protegerme de esta vida.

Ojalá pudiera disfrutar de ambas siempre. Ir alternando entre el caos excitante que me aporta Saint y el caos doméstico de mi familia.

Pero nadie puede aspirar a tenerlo todo sin acabar perdiéndolo todo.

—¿Dónde estás? —me pregunta Nora, inclinándose hacia mí y bajando la voz—. ¿Pensando en el poli buenorro?

Me vuelvo hacia ella como si me hubiera pillado en falta, pero por suerte está sonriendo.

—¿Qué? No.

Le respondo como si me hubiera preguntado por Saint, pero me doy cuenta de que me está preguntando por el libro.

«Vaya, vaya. Alguien se siente muy culpable por aquí».

—¡Un momento! —exclama Nora—. Conozco esa cara. Petra, ¡no me digas que lo has borrado todo! Te juro que, como hayas cambiado algo de lo que me enviaste, te voy a robar el portátil, recuperaré el documento y lo publicaré por mi cuenta.

—¡No he borrado nada! —Me pongo a la defensiva—. Te lo juro.

Ella suspira.

—Bueno, vale. Es que cada vez que intento hablar de ello, cambias de tema. Pensaba que no querías admitir que lo habías borrado.

—No, es que este fin de semana estoy en modo esposa y madre. No quiero pensar en la novela.

—Me parece bien. En las fiestas no se habla de trabajo. —Alza el vaso desechable para brindar y yo la imito—. Por un fin de semana sin trabajar —añade.

—Y por verte al fin en persona por primera vez este año —propongo. Tras volver a brindar, pronto vuelve a perderse en la conversación que mantiene con Esther.

Doy un sorbo al té helado mientras contemplo a Andi, que persigue un globo que se escapa mientras grita de alegría.

—¡Mira, mami! —exclama con la manita extendida.

Sonrío y estoy a punto de replicarle cuando distingo algo con el rabillo del ojo que me llama la atención al final de la calle.

Al principio no me fijo, porque el coche queda oculto en su mayor parte, pero al observar con atención veo que está exageradamente camuflado, como si tratara de pasar desapercibido entre las sombras que proyectan los viejos robles, como si hubiera buscado el mejor escondite de manera deliberada.

La respiración se me queda trabada en la garganta.

El vaso se me resbala de la mano. Trato de recuperarlo, pero cae con discreción sobre la hierba sin que nadie se dé cuenta.

«No puede ser. ¿Cómo va a seguirme hasta tan lejos?».

Pero ese coche, con su sola presencia, está gritando su nombre.

El estómago se me contrae, lleno de ansiedad helada, que contrasta con la oleada de calor que me sube por la cara y que me lleva a apretar los puños.

¿¡Cómo se atreve!?

Se puso como un energúmeno cuando yo lo seguí hasta su casa, cuando me asomé mínimamente a su vida real. Y ahora va y se planta aquí, como un centinela silencioso entre las sombras para observarme a mí con mi familia. Me parece tan hipócrita por su parte que me enciendo de rabia. Quiero dirigirme hacia allí a grandes zancadas e increparlo; exigirle que me explique qué demonios está haciendo aquí. Aprieto los dientes. La alegre sinfonía de la fiesta me suena desafinada, como si algo hubiera manchado su tonada.

Trato de ignorarlo, pero no es fácil fingir que no sé que me está observando, sobre todo aquí, en mi casa, el lugar que mantengo oculto del resto del mundo. La vista se me va, casi de manera involuntaria, hacia el final de la calle, hacia la silueta oscura y amenazadora que acecha bajo los robles como un depredador que no pierde de vista a su presa.

Me niego a sentirme como una presa en mi propio hogar.

Espero el momento adecuado y, cuando todos están distraídos con el juego particularmente bullicioso de los hombres, aprovecho la oportunidad. Me aparto del grupo fingiendo que entro en casa para ir al lavabo, pero la rodeo por el lateral y cruzo el patio trasero de Esther en dirección al coche. Salgo a la acera y camino decidida, aunque siento que me dirijo a la guarida del león. De vez en cuando miro hacia atrás para asegurarme de que nadie me ha visto, pero todos siguen entretenidos con la fiesta.

Rodeo el coche por detrás para que no me vean y oigo que los seguros se abren antes de llegar, lo que me confirma que se trata de Saint.

Al abrir la puerta del acompañante, veo su brazo, la mano que sujeta el volante, el muslo. El aire en el interior del coche es fresco, un brusco contraste con el ambiente bochornoso de esta tarde de verano.

Me siento a su lado y me sujeto los muslos con tanta fuerza que veo cómo los nudillos se me ponen blancos. Cuando al fin logro hablar, la voz me sale como un susurro tenso que apenas logra controlar la furia que ruge en mi interior.

—Pensaba que las casas eran terreno vedado —le reclamo.

Tengo la vista fija en su perfil, pero él sigue mirando al frente, observando mis dominios domésticos, mi familia, mi casa, a la que nadie lo ha invitado. Su calma me ataca los nervios.

Él vuelve la cabeza lentamente hasta que nuestras miradas se encuentran. En sus ojos no leo ni una disculpa ni una explicación, tan solo esa profundidad tan inquietante, tan suya.

—Las cosas han cambiado —dice en voz baja y tono pausado.

—Ah, ¿sí? ¿Puede saberse qué es lo que ha cambiado? —lo provoco mientras me cruzo de brazos.

Toda barrera defensiva se queda corta ante lo que pueda decir.

Él ladea el cuerpo un poco más hacia mí y apoya el codo en la consola central.

—Corres peligro.

Frunzo el ceño.

—¿Peligro? ¿De qué estás hablando? —Un hilillo helado de inquietud se une al enfado.

—Reya, has recibido amenazas de muerte. No puedo dejarte desprotegida.

«La madre que lo parió».

Me lo quedo mirando y se me escapa la risa por la nariz, en un ronquido brusco e involuntario.

—Estoy en MI casa. Es el cumpleaños de MI hija. No tengo tiempo para estas mierdas, Saint.

—Reya... —insiste.

—¡Deja de llamarme así! Es ridículo. Has encontrado una excusa barata para colarte en mi espacio personal y estoy furiosa.

Él me sostiene la mirada, sin titubear, con expresión inescrutable. Al fin sale del personaje, se echa hacia atrás y se apoya en el reposacabezas. Creo que al menos asoma una expresión a sus ojos. Tal vez estoy viendo lo que quiero ver, pero juraría que se trata de remordimiento.

Pero, un instante más tarde, el muy sinvergüenza tiene la desfachatez de sonreír.

—Petra —me llama por mi nombre real, algo es algo—, relájate.

Trata de acariciarme la nuca, pero no se lo permito y lo aparto de un empujón.

—No me pidas que me relaje mientras estás sentado a la puerta de mi casa... literalmente.

Él parece sorprendido por mi reacción. Se vuelve un poco más hacia mí y me pregunta:

—¿Tienes miedo de que haya venido a enfrentarme a tu marido?

—¿La verdad? No tengo ni idea de lo que eres capaz, y eso me aterra.

Él deja de lado cualquier tipo de actuación, se olvida de sonrisas y de poses de chulito y vuelve a transformarse en el Saint del barco, el que me tranquiliza y se preocupa por mí.

—Petra —repite, pero esta vez en voz muy baja, casi una súplica, con un deje de vulnerabilidad en la voz—. Yo nunca haría eso.

—Tienes que irte. —Logro que mi voz suene firme, a pesar del temblor en las manos, que trato de ocultar como puedo.

—Espera, espera un momento. —Me coge la mano.

—No. No puedo funcionar si sé que estás aquí. Necesito que te vayas, esto no está bien.

Él deja de discutir. Me observa en silencio unos segundos que se hacen eternos mientras parece diseccionarme con sus ojos oscuros. Al fin asiente con la cabeza de manera casi imperceptible.

Ya nos lo hemos dicho todo, por lo que busco la manija de la puerta con los dedos temblorosos y salgo del coche. Los sonidos de la fiesta me parecen más ruidosos y vibrantes, de una intensidad casi insoportable después del silencio enclaustrado del coche.

Regreso a la casa con la espalda dolorida por la tensión. De camino, oigo como enciende el motor y se marcha.

Entro en casa y voy directa al baño. Echo el pestillo y hago un gran esfuerzo por no venirme abajo.

Esta es MI casa.

Creo que Saint está loco.

Y lo peor es que creo que yo también lo estoy.

19

Lo estoy. Estoy loca.

Porque ¿qué persona en su sano juicio regresaría al lugar donde sabe que es vulnerable ante un hombre capaz de conducir dos horas para espiarla en su casa?

Yo, yo soy esa persona. Pero es que, ay, Señor, nunca había sentido nada igual. Es como si llevara una gruesa soga atada al pecho, cuyo otro extremo está atado al pecho de Saint. Y alguien tira de la cuerda constantemente hasta que estoy demasiado cansada para resistirme.

Hacer más caso de la atracción y la intriga que del instinto y el sentido común es una descripción de lo que supone estar loco.

El zumbido de la carretera bajo los neumáticos es el único ruido que rompe el opresivo silencio del coche. Aferro el volante con fuerza. Mis nudillos blancos son un reflejo de la tensión que me retuerce las tripas. La luz del sol se refleja en los árboles de hoja perenne que resiguen los bordes de la carretera con su brillo intenso, implacable. Voy avanzando por la carretera de curvas y, con cada kilómetro que me acerco a la cabaña, siento como si un tirabuzón de miedo se retorciera en mis entrañas, un muelle que alterna terror y excitación.

Ha pasado un día entero desde que le dije que se marchara y no ha tratado de ponerse en contacto desde entonces. Ni un mensaje, ni una llamada, ni siquiera un críptico emoji desde que se alejó en su coche.

Tengo el móvil boca abajo en el asiento del acompañante, pero me parece un trasto inútil. Lo he revisado mil veces esperando encontrar algo, aunque solo sea para asegurarme de que no es un fantasma ni una pesadilla, que realmente tuvo la osadía de presentarse en mi casa, pero el silencio del teléfono es ensordecedor.

Me duele la mandíbula de tanto apretarla. Me he dicho que volvía para terminar la novela, pero en el fondo sé que he venido porque él está aquí y sé que esto no ha acabado. Porque me ha arrastrado a su órbita y ahora no quiero que me expulsen de ella.

Llego al desvío, el camino de grava cuyo crujido bajo los neumáticos empiezo a asociar con el sonido de llegar a casa. Los árboles, que me resultan ya tan familiares, se ciernen altos y silenciosos sobre el camino, donde proyectan sus sombras alargadas. Contengo el aliento.

«Por favor, que no esté en casa. Por favor, que sí lo esté. Sí, soy consciente de estar pidiendo cosas contradictorias, pero es que estoy hecha un lío ahora mismo».

Justo entonces, cuando los árboles se abren y aparece el pequeño claro donde se asienta la cabaña, lo veo. Su coche. Oscuro, imponente. A diferencia de ayer, hoy está aparcado frente al porche a plena luz, como una bandera, una declaración de propiedad.

Está aquí, por supuesto que está aquí.

El enfado de ayer tarde, temporalmente amansado por el caos familiar de esta mañana, regresa al instante, con toda su intensidad. Se presentó en MI casa, la que comparto con Shephard y las niñas. Eso ya no es descaro, es... algo peor, que da mucho miedo. Y ahora... ¿está aquí, esperándome? Como si le debiera algo. Aprieto el volante con fuerza hasta que me duelen los dedos.

Que esté aquí me alegra tanto como me enfurece. Estoy muy enfadada conmigo porque lo que me apetece es echarme en sus brazos, aunque al mismo tiempo tengo ganas de dejarle un ojo morado.

Reduzco la velocidad y aparco el coche detrás del suyo. Cuando apago el motor, el silencio repentino amplifica los latidos desbocados de mi corazón. Permanezco sentada sin soltar el volante y me limito a respirar, tratando de poner algo de orden en mis pensamientos. No estoy de humor para sexo, estoy demasiado furiosa para eso, pero sí que me vendría bien hablar un rato. O discutir. Una buena pelea no me vendría mal; sería una buena manera de ponerle fin a esto y quedarme a gusto.

Abro la portezuela, que rompe la paz del aire con su crujido. La madera del porche, el olor a pino y a tierra mojada, todo me resulta distinto, manchado. Me dirijo a la puerta, pero me quedo con la mano sobre el pomo, dudando. ¿Qué le voy a decir? ¿Qué me dirá él? ¿Me pedirá algo? ¿Actuará como si no hubiera pasado nada?

Abro la puerta, que no está cerrada con llave, despacio, con prudencia, como si esperase que me saltara encima algún animal salvaje. Dentro se está fresco, en penumbra. Recorro el salón y la cocina con la vista hasta que lo localizo.

Está ante los fogones, de espaldas a mí. Un ligero aroma a salsa de tomate y hierbas aromáticas inunda el aire. Lleva unos vaqueros desgastados y una camiseta oscura, que le marca los hombros. Tiene una mano apoyada en la encimera y con la otra está espolvoreando algo sobre el plato.

Es la viva imagen de la vida doméstica, que no puede contrastar más con la del hombre que invadió ayer mi casa.

Ay, Dios. Y va en calcetines. ¿Por qué me afectará tanto ver a un hombre con un buen par de calcetines limpios?

Se vuelve un poco de perfil, lo justo para dejarme ver lo concentrado que parece en lo que está preparando. Bajo la vista hacia el plato, que ya ha servido con capas de pasta bañadas en salsa de tomate y queso.

Lasaña. Ha hecho lasaña.

El aroma sabroso y reconfortante de la pasta me asalta de lleno. Es un contraste brutal con la tensión de mi cuerpo, la furia visceral que aún me embarga.

«Lasaña».

Como si fuera una tarde normal y corriente. Como si no hubiera sido él la persona que ayer mismo violó mi espacio personal. Y hoy se pone a cocinar para mí.

Levanta la vista, despacio, como si sintiera mi presencia, pero sin sobresaltarse. Su mirada oscura se cruza con la mía desde el otro extremo de la cocina. No hay miedo en ella, ni voluntad de disculparse, solo una intensidad silenciosa que me causa un estremecimiento. No dice nada. Cierra la bolsa de parmesano y señala con la cabeza hacia la mesa, puesta para dos.

—La cena está casi lista —anuncia en voz baja y tranquila.

Me dirijo a la mesa con movimientos rígidos, como si fuera una marioneta. Está puesta con mucho gusto. Dos platos, cubiertos, incluso servilletas de tela. Hay una botella de vino tinto, sin abrir. Sirve la lasaña en los platos, porciones generosas, rebosantes de queso y deliciosa salsa. Me deja el plato delante antes de servirse él, que se ha sentado frente a mí. El silencio se alarga, cargado de palabras sin pronunciar y del recuerdo de caos de ayer. Que haya preparado un plato tan rico y reconfortante me parece casi una broma cruel.

Levanto el tenedor, pero no tengo ni gota de hambre. Pincho un trozo de pasta, pero vuelvo a dejar el tenedor sobre la mesa. No puedo comer, todavía no.

Él me observa, inescrutable, hasta que al fin suspira.

—Mira, Petra —empieza a decir en tono suave—, lo siento. Tienes razón. Me pasé de la raya.

—Te presentaste en mi hogar, Saint. La casa de mi familia.

Su rostro se mantiene tan imperturbable como su mirada.

—Lo sé, pero no olvidemos quién siguió primero a quién.

—¡Vivo a dos horas de aquí! Hiciste un viaje de dos horas, aparcaste frente a mi casa y estuviste espiando a mi familia vete a saber durante cuánto tiempo.

—Solo media hora.

—¡Por el amor de Dios! Como si eso fuera lo importante...

—Lo hice porque quería que te sintieras viva de verdad. Pensé que podría ser divertido, o que al menos te sacudiría algo por dentro. Que te inspiraría de alguna manera.

Me lo quedo mirando mientras la incredulidad lucha contra un minúsculo destello de comprensión.

—La adrenalina es una musa muy poderosa —añade—.

Si te soy sincero, creo que te falta un poco de adrenalina en la vida. He conocido a tu marido.

Me da rabia que se meta con Shephard, pero tengo que aguantarme la risa. Odio que sea capaz de humanizar el momento mediante el humor. Quiero seguir furiosa con él; venía buscando pelea.

Aparto el plato, porque ahora mismo no puedo pensar en comida.

—Estamos corriendo demasiados riesgos —le digo. No puedo echarle todas las culpas. Yo también formo parte de esta función, por mucho que me enfureciera verlo frente a mi casa. Pero fui yo quien empezó a jugar al gato y al ratón al seguirlo hasta su casa. La diferencia es que yo no habría aparcado el coche—. Estás poniendo mi matrimonio en peligro, y con eso no se juega.

Él me toma la mano mientras me sostiene la mirada.

—Tienes razón. Deberíamos haber establecido normas estrictas antes de empezar con esto, pero me perdió la emoción del momento. No volverá a pasar. Mi objetivo aquí no es destrozarte la vida, en absoluto. Lo que quiero es ayudarte a escribir... y divertirme un rato mientras tanto. Eso es todo.

Bajo la vista hacia mi mano, que sigue presa de la suya.

«No quiere poner en riesgo tu matrimonio», me digo. Es una declaración que debería hacerme sentir aliviada, y lo hace, en parte. Pero, por debajo de la superficie, una pequeña y rebelde parte de mí —una a la que apenas escucho— siente una perversa punzada de decepción.

«No me importaría que lo hiciera. Sería bonito». No sé de dónde sale ese pensamiento, tan peligroso como vergonzoso. Si Saint fuera una amenaza real, un riesgo auténtico, tangible, que obligara a mi marido a luchar por mí, tal vez entonces empezaría a valorarme más.

Creo que me aprecia, pero me temo que me ve como a un molde en el que podría encajar cualquier otra mujer. Nada me da más miedo que ser normal y corriente. No tengo claro que él vea lo que me hace especial, y eso me entristece.

—¿Estamos bien? —me pregunta mientras me acaricia la muñeca con el pulgar—. Es tu última semana aquí. Te prometo que no habrá más tretas.

Asiento con la cabeza y él me imita.

Supongo que ya está. Otra crisis evitada. Otra señal de alarma que decido guardar en el armario, bien dobladita.

Saint me suelta la mano para clavar el tenedor en la lasaña, pero yo aún no tengo el cuerpo para comer.

—¿Qué pasará cuando la semana llegue a su fin? —le pregunto.

—Lo que tú quieras que pase.

—¿Puedo confiar en que no vuelvas a presentarte en mi casa?

Él me dirige una sonrisa tranquilizadora, no prepotente.

—Sé de qué va esto, Petra. Sé lo que estamos haciendo. Creo que eres tú la que te olvidas de vez en cuando de que es un juego. Si no quieres verme nunca más, no me verás, pero no vas a dejar de escribir, así que supongo que volverás al lago. La pelota siempre estará en tu campo.

Oh, no. La idea de que esto que estamos haciendo no vaya a tener un final definido me hiela por dentro. Y no porque no vaya a querer verlo después de irme de aquí, sino porque, si no logro ponerle un punto final bien preciso, lo más probable es que no pueda quitármelo de la cabeza cuando vuelva a mi vida real.

No quiero que la pelota esté en mi campo. No quiero saber nada de pelotas ni de campos.

«¿Por qué es infiel la gente? ¡Menudo estrés, joder!».

Saint echa mano a la botella de vino.

—Leí lo que me enviaste por correo electrónico —comenta mientras lo sirve—. Lo leí mientras estaba de guardia ante tu casa ayer; antes de que me descubrieras.

Me revuelvo en la silla, incómoda. No sé si quiero escuchar su opinión.

—Petra —me dice en voz baja, pero tan grave que hace vibrar el aire—. No sé por qué no eres la escritora más creída del mundo. Deberías serlo, eres genial.

El halago es tan inesperado que me desarma y me hace reír. Pestañeo y vuelvo a mirarlo a los ojos.

—Mmm, ¿gracias?

—Ahora en serio. No podía parar de leer. Ver cómo interpretabas los momentos que hemos pasado juntos fue la mejor experiencia lectora de mi vida. El lenguaje que usas, tu manera de formar las frases..., es todo muy potente.

Da un trago al vino, pensativo.

No sé por qué me ruborizo al oír sus palabras, como si estuviera en primaria.

—Gracias, pero para ya; esto es muy incómodo.

Él me toma la mano por encima de la mesa y me la acaricia con el pulgar.

—Acepta los cumplidos. La antigua Petra lo hacía. Ya te dije que me tragué todos tus vídeos. He visto cómo eras antes de ser famosa y me da mucha pena que esa parte de ti haya desaparecido. Me habría gustado conocer la versión anterior de Petra, antes de que empezaras a creerte la versión de los demás.

Sus palabras me golpean con fuerza.

Yo también echo de menos esa versión. No porque crea que era mejor escritora, sino porque estaba mucho menos saturada, menos agotada.

Añoro la pasión que solía ponerle a todo, la interacción con las lectoras, los días de lanzamiento de las novelas, las firmas de libros, los viajes a otros países. Solía disfrutar tanto con esas cosas. Me levantaba temprano para ver si alguno de mis amigos estaba conectado o, si estaba inspirada, iba directa al ordenador para escribir cualquiera de las historias que tuviera entre manos.

Ahora, en cambio, me cuesta levantarme. Temo abrir el ordenador y encontrarme algún correo espantoso que me amargue el resto del día. Temo que alguna de las cosas que me digan se me quede dando vueltas en la cabeza y me impida abrir el manuscrito.

—Ojalá pudiera recuperarla —digo, más por mí que por Saint.

—Ojalá. Tu modo de escribir, lo que tú haces... es muy personal, aunque se trate de ficción. Vuelcas tu alma en cada página. Y cuanto más éxito tienen tus novelas y más famosa te vuelves, hay más personas que se creen con derecho a una parte de eso. Una parte de ti. Cada vez van a hacer más ruido y sus voces te van a llegar desde todas partes, pero ¿qué crees que pasará con esas personas si tú desapareces del mapa por completo?

—Que habrán conseguido lo que querían, ¿no?

Saint niega con la cabeza.

—No, no conseguirán nada. Se desplazarán en busca de

otro libro, otro autor, otra película, cualquier otra cosa que se haga popular. Para esas personas, adorarte u odiarte son modas pasajeras. Todo el mundo se acabará olvidando de lo sucedido, excepto tú. Tú eres la única que te quedarás aquí atrapada porque esta es tu vida. Es tu nombre, tu pasión. Tienes que controlar lo que dejas entrar, porque, una vez dentro, eso será lo que dictará lo que sale de ti.

Hace una pausa para que asimile lo que acaba de decirme. Sigue trazando círculos en el dorso de mi mano con el pulgar con un ritmo pausado, tranquilizador.

Una extraña calma se apodera de mí, nacida de la sensación de que me entiende de verdad, algo que no suele pasarme con Shephard.

—Gracias. —Es todo lo que logro decir sin romper a llorar.

Sé que sus palabras no son halagos vacíos. Me han llegado al alma de un modo que siempre había deseado sentir. Nadie lo había expresado así. Reconoce lo que estoy sintiendo sin quitarle importancia, sin decirme que debería estar agradecida por ganarme la vida con lo que me gusta. Me hace sentir que mi lucha interna es real, y que soy lo bastante fuerte para sobreponerme y salir adelante.

—Sabes que no me necesitas para nada, ¿verdad? Habías escrito un montón de libros antes de que apareciera en tu puerta. Y estoy convencido de que serías capaz de terminar este, aunque no volviera por aquí. Sé que, más que una musa, soy una distracción.

Niego con la cabeza.

—En eso no estoy de acuerdo.

Saint me suelta la mano, pero su calor permanece en

mi piel. Señala el plato, animándome a probarlo con una sonrisa.

—Tienes que comer. Y luego, con fuerzas renovadas, te vas a escribir.

Cojo el tenedor y, esta vez, el aroma de la comida ya no me resulta molesto. Todo lo contrario, siento que me da seguridad. Doy un bocado... y los aromas me estallan en la boca. Es delicioso, sabroso, muy reconfortante. Es perfecto.

Cuando terminamos de cenar, las últimas luces del atardecer se han apagado y la cabaña está bañada con la cálida luz de las lámparas. La fuente con el resto de la lasaña permanece en medio de la mesa, como dando fe de lo que acaba de pasar. Y, lo más importante, la tensión que se me había instalado en los hombros hacía unos días ha desaparecido. Su lugar lo han ocupado otras sensaciones. Me siento ligera, liviana, y muy motivada, como si volviera a tener un objetivo. Saint me ha hecho sentir muy bien, muy valorada. No como una conquista sexual, sino como artista y como persona.

Se levanta y empieza a recoger los platos.

—Ya los lavaré yo.

Se los quito de las manos y los llevo al fregadero. Desde allí, oigo que recoge sus cosas para irse. Me doy la vuelta y veo que se dirige a la puerta mientras se guarda el móvil en el bolsillo.

—Te escribiré mañana.

—¿Ya te vas? —Me dirijo hacia él.

Saint asiente en silencio y me rodea la cintura con un brazo cuando llego a su lado.

—Sí, tienes un libro por terminar.

No quiero que se marche. Se inclina hacia mí y, por un instante, me preparo para recibir un beso apasionado, pero debo conformarme con un suave y casto beso en la frente.

—Que descanses, Petra —me acaricia con sus palabras pronunciadas en voz baja—. Y escribe mucho. Échale el alma.

Cuando abre la puerta para irse, el viento me arremolina el pelo alrededor de la cara. La temperatura ha descendido varios grados y las copas de los árboles se mecen de lado a lado.

Lo observo mientras corre hacia su coche. Un relámpago estalla en el cielo justo cuando abre la puerta.

Se acerca una tormenta.

20

Se acerca una tormenta.

«La tormenta Mari».

Ha logrado meter el paraguas en casa, pero una súbita ráfaga de viento le ha levantado los rizos naranjas, que vuelan en círculo sobre su cabeza mientras las dos tratamos de cerrar la puerta. El viento sopla justo en la dirección de la entrada de la cabaña, por lo que la tormenta parece peor de lo que es.

Llevamos dos días de truenos y viento huracanado, pero me encanta este tiempo. Nada me ayuda tanto a escribir como una buena tormenta eléctrica.

—¡Puf, menudo vendaval! —Mari se sacude la lluvia de encima—. Esta tormenta es dabuti —comenta mientras se quita las botas.

—Ya nadie dice eso. —Cojo una cuchara del cajón para comerme el yogur que acabo de abrir.

—¿El qué? —Mari se deja caer sobre la mesa.

—Una tormenta dabuti —la imito.

—Oh, déjame en paz. Tengo sesenta años.

—Los nuevos treinta.

—Y, entonces, ¿tú qué eres? ¿Un bebé?

Me echo a reír justo cuando mi móvil empieza a vibrar. Me meto la cuchara en la boca y lo cojo. Al ver que se trata de Saint, respondo al momento. Me quito la cuchara de la boca antes de hablar.

—Hola —lo saludo, contenta.

—Me pasaré esta noche por ahí.

No es una pregunta, ni una consulta educada; es una declaración de intenciones, con su tono autoritario de siempre.

—¿Cuándo pasarás? —Noto el calor que me inunda las mejillas.

—Salgo de trabajar a las seis.

—¿Quieres que prepare algo?

Veo que Mari no puede controlar la curiosidad que la devora mientras me escucha con atención.

—Tú misma.

Siento que hay algo oculto en sus palabras, como si estuviera pensando: «¿Quiénes vamos a ser esta noche?».

—¿Cuál es tu plato favorito?

Espero que sea algo que sepa preparar. Tras un instante de silencio, me llega su risa discreta.

—Lo que a ti te guste cocinar, Reya.

Antes, oírlo pronunciar ese nombre me estimulaba, pero ahora me hace fruncir el ceño. Me está confirmando que se trata de la fantasía, una sutil invitación a profundizar en el juego, pero admito que esperaba que viniera como Saint. En fin, me conformo con que venga.

—Pues ya prepararé algo, Cam —bromeo sin acordarme de que Mari no se pierde detalle.

Madre mía, ahora se va a pensar que me tiro a tres hombres.

—¿Qué te parecería que me quedara a dormir? —me pregunta Saint.

—Creo que podríamos arreglarlo.

—Bien. —Antes de colgar, cuando estoy a punto de despedirme, añade—: ¿Reya?

El susurro ronco me hace contener el aliento.

—¿Sí, Cam? —El nombre del personaje me sale de manera automática como respuesta a su modo de dirigirse a mí.

—Te quiero.

Sus palabras, pronunciadas en tono cariñoso, suenan convincentes, y, aunque está representando a un personaje, recreando el rol que le asigné, tengo la sensación de que me lo está diciendo a mí. Una parte de mi mente, una no demasiado racional, quiere creerlo con todas sus fuerzas.

Noto que me ruborizo desde el cuello hasta la raíz del cabello.

—Yo también te quiero —susurro a toda prisa, y la mentira suena más real que cualquiera de las teóricas verdades que he dicho estos días.

Cuando la llamada se corta, no soy capaz de mirar a Mari a la cara.

Dejo el móvil sobre la mesa y me meto en la boca una cucharada de yogur. Siento que no deja de mirarme.

—¿Alguien va a venir a cenar?

Asiento con la cabeza.

—Saint.

—Cariño, ¿eres consciente de que te has equivocado de nombre al llamarlo? Dos veces.

—Es un apodo. Tú deberías saber cómo funciona eso.

—Pensaba que su apodo era «Saint». No puede tener dos apodos.

—Puede hacer lo que le dé la gana.

—Estás peleona hoy —me dice mientras me arrebata el yogur de la mano. Luego me quita la cuchara y prueba el yogur.

Arrugo la nariz.

—¡Puaj!

—Créeme, me he metido cosas mucho peores en la boca —me asegura antes de seguir comiendo—. ¿Qué vas a prepararle a tu hombre?

Ya me había olvidado de eso.

—Mierda, no lo sé. Voy a tener que ir al pueblo a por provisiones.

—Tengo una receta de pollo que le encantará. Es una receta dabuti, Petra. Dabuti. ¿Lo has oído bien, Petra? ¡Es una receta dabuti que te cagas!

Me echo a reír.

—Pásamela.

Creo que también echaré de menos a Mari cuando me marche.

Paso frente a una gasolinera de camino hacia la tienda. Es un establecimiento destartalado, con carteles desteñidos y un único surtidor. Normalmente no me detendría en un lugar así, pero hoy me llama la atención. Hace días que quiero comprar un periódico local que me ayude a situarme en este pueblo tan raro y aislado. Además, no me vendrá mal poner gasolina antes de regresar a Sacramento.

Tomo el desvío y aparco. Al salir siento las gotas de

agua que se me clavan en la cara. Corro hacia la tiendecita antes de repostar. La campanilla anuncia mi llegada. El interior está en penumbra y me llega el olor a café recalentado mientras me dirijo al mostrador. Voy fijándome en las estanterías por si veo algún periódico local. Tal vez no vendan prensa. Este pueblo es tan pequeño que no me extrañaría demasiado que no tuvieran.

Llevo días queriendo informarme sobre el incidente que ocurrió la noche en que Saint se presentó en la cabaña, la noche que lo cambió todo. Me vienen imágenes de aquel momento a menudo, como si fueran escenas de una película que reproduzco una y otra vez en mi cabeza. He pensado en añadirlo a la novela, incorporarlo a la trama para darle ese realismo que solo se consigue con experiencias reales.

Durante la fase de escritura suelo cambiar muchas escenas y me tienta la idea de reescribir el encuentro entre Cam y Reya para que se ajuste mejor a lo que pasó realmente entre Saint y yo. Tal vez así conseguiría más profundidad, emociones más viscerales con las que los lectores pudieran conectar a un nivel más íntimo.

A estas alturas, estoy casi convencida de que Saint se leerá el libro hasta el final antes de que se publique, lo que me anima a añadir escenas reales de los dos entre sus páginas.

Nunca he escrito escenas sabiendo que la persona en la que se inspiran las leerá. Pero también es verdad que es la primera vez que describo un personaje basándome en alguien real.

Al fin encuentro un expositor de prensa cerca de la caja registradora. Aparte del *USA Today*, solo hay otra publicación que, a juzgar por la fecha de la cabecera, sale una vez al mes. No es de extrañar en un pueblo tan pequeño.

Lo hojeo leyendo los titulares, pero no veo nada sobre una persecución policial acabada en suicidio.

Compruebo que he visto bien la fecha y vuelvo a calcular en qué día cayó mi encuentro con Saint. El periódico salió unos días después de mi llegada, por lo que debería aparecer, pero no encuentro ninguna referencia después de volver a hojearlo de principio a fin. Tal vez decidieron no tocar el tema para no enturbiar la imagen de pueblo tranquilo y seguro para los turistas.

No logro quedarme tranquila. Un hecho así debería aparecer en el periódico local. Tal vez me lo he saltado. Recorro las páginas una vez más, con más atención, buscando cualquier referencia al incidente.

Echo un vistazo al expositor, por si ha salido un nuevo número de la publicación.

Al fin llevo el periódico a la caja y se lo entrego al empleado. Es un hombre calvo de rostro ceniciento que aparenta estar en la cincuentena. Apenas levanta la mirada mientras consulta el importe en la caja registradora.

—¿Es el más reciente? —le pregunto.

—Sí.

—¿Le queda algún ejemplar del número anterior?

—No.

Un hombre de pocas palabras.

—¿Qué día sale el próximo?

Tal vez en la nueva edición haya alguna información.

Él se encoge de hombros, con expresión aburrida, como si la pregunta no fuera lo bastante interesante como para prestarle atención.

—Los trae Lennie, así que no hay manera de saberlo. A veces los trae el sábado por la noche; otras, el lunes por la mañana. —Lo dice como si yo tuviera que saber quién es Lennie, como si fuera una especie de leyenda cuya fama hubiera trascendido los límites del pueblo—. ¿Por qué? ¿Va a salir en el periódico o algo? —Finalmente me mira a la cara y sus ojos se encienden con un destello de curiosidad.

—No. Buscaba información sobre la persecución policial de hace unas semanas. —Trato de mantener el tono neutro, pero creo que se me nota que el tema me genera ansiedad.

El hombre aprieta unos cuantos botones más en la caja registradora, moviendo los dedos con lentitud.

—Será un dólar y veinticinco centavos —dice sin mirarme. Luego, como si acabara de ocurrírsele, pregunta—: ¿Qué persecución policial?

Le doy cinco monedas de un cuarto de dólar, dejándolas caer sobre su mano extendida.

—No recuerdo el nombre de la persona involucrada. Fue una persecución policial que acabó en suicidio en una carretera a pocos kilómetros de aquí. —He bajado el tono de voz sin darme cuenta. Las palabras me dejan un regusto extraño en la boca.

—¿Qué carretera? —A él también le ha cambiado el tono de voz, que se ha cargado de incredulidad.

—Hunter Trail —respondo, aunque el nombre me suena extraño, ajeno, como si perteneciera a la vida de otra persona.

El tipo se echa a reír, un sonido profundo que le retumba en el pecho.

—Si hubiera habido una persecución policial y un suicidio en Hunter Trail, me habría enterado. —Niega con la cabeza, como si fuera lo más absurdo que hubiera oído en su vida.

La campanilla de la puerta nos avisa de que ha entrado alguien y nos volvemos a la vez para ver de quién se trata. Es Louie. Me alegro de que sea él; me ayudará a aclarar las cosas.

—¡Eh! ¡Hola, Petra! —Louie parece alegrarse de verdad al verme—. ¿Cómo va la escritura?

El empleado, viendo la oportunidad de compartir la extraña conversación que acabamos de mantener, habla antes de que pueda responder.

—Louie, ¿has oído algo sobre una persecución policial o un suicidio en las últimas semanas? En tu carretera, concretamente.

Contengo el aliento a la espera de la respuesta de Louie. Él alterna la mirada entre el empleado y yo con expresión sorprendida hasta que al fin se echa a reír mientras niega con la cabeza.

—No, por aquí no —responde riendo—. No ha habido una muerte autoinfligida desde 2014. Y de una persecución policial aún hace más tiempo.

Sus palabras me golpean como un puñetazo en el estómago. La ansiedad se apodera de mí y mi mente empieza a dar vueltas, tratando de comprender lo que acaba de oír. ¿Cómo es posible? Yo estaba allí. Vi las luces de la policía, hablé con el agente.

«Esto no puede estar pasando».

Niego con la cabeza mientras insisto, con un hilo de voz.

—Pero... sí que pasó. En la carretera de tu casa, Louie.

En plena noche. Un detective llamó a la puerta... —Guardo silencio, porque cada vez lo entiendo menos—. Incluso tu mujer se enteró.

Louie me observa de arriba abajo con los ojos entornados.

—¿Detective? No tenemos detectives por aquí.

—¿Es de Los Ángeles o algo? —me pregunta el empleado—. ¿Es periodista? —insiste con un hilo de sospecha en la voz, como si quisiera saber quién soy y por qué estoy haciendo tantas preguntas.

—No —respondo en voz casi inaudible—. Soy escritora... de ficción. No soy periodista.

—Se aloja en la casa reformada —le informa Louie en tono orgulloso.

Con las manos temblorosas, saco el móvil del bolso, cada vez más afectada por el miedo y la confusión. Busco entre las fotos tan deprisa como me permite el temblor en los dedos hasta encontrar una que tengo escondida. Dos noches atrás nos saqué un selfi a Saint y a mí. Fue un momento de debilidad, no pude resistirme a la tentación de tener un recuerdo suyo guardado en el móvil, en una carpeta a la que nadie puede acceder.

Le muestro a Louie la foto de Saint.

—¿Este hombre no es oficial de policía de este pueblo? —pregunto insegura.

Louie me quita el teléfono y examina la imagen con el ceño fruncido. Tras unos instantes, se le escapa una risa burlona.

—Hay dos policías que patrullan por esta zona y ninguno se parece a este hombre. ¡Ya les gustaría!

Noto que se me retira la sangre de la cara.

«Tiene que ser un error».

Siento náuseas mientras mi mente da vueltas sin parar, tratando de encontrarle algún sentido a las palabras de Louie.

—Pero también fue a vuestra casa. Habló con vosotros después del accidente.

¿Se habría olvidado Mari de comentarme que Louie tenía demencia o algo parecido?

Pero Louie me está mirando como si la demente fuera yo.

—Enséñasela a Bill —me dice—. Esta es la gasolinera más cercana al lago. Es muy posible que el tipo haya venido aquí a repostar.

Estoy tan confusa que me cuesta mucho concentrarme. El corazón me va a mil por hora y me empieza a sudar la nuca. Levanto el móvil y se lo muestro a Bill, desesperada, porque necesito respuestas.

—¿Lo ha visto alguna vez? —le pregunto.

Me tiembla la voz, aunque me esfuerzo por mantener la compostura. La fotografía de Saint es la única prueba que tengo de su existencia. El único cordel que hace que la historia se sostenga.

Bill niega en silencio, con gesto calmado, indiferente, como si esta fuera una conversación más de las muchas que va a tener a lo largo del día.

—No sé cómo se llama —responde, aunque luego entorna un poco los ojos y observa la pantalla con más detalle—, pero lo tengo visto. —Se pone las gafas, me quita el móvil y lo examina con más atención—. Sí, sí. Tiene una cara difícil de olvidar. Un tipo alto, que conduce un coche negro. Pero no lo conozco. —Me devuelve el aparato.

Me aferro a esas migajas de información como si fueran un salvavidas. Mi mente sigue tratando de encontrarle el sentido a todo.

—¿Dónde lo ha visto? —Me inclino hacia él—. ¿Aquí?

Los nudillos se me vuelven blancos de tanto apretar el teléfono mientras espero su respuesta. No pierdo la esperanza de que lo que diga a continuación me ayude a comprender esta situación tan enrevesada.

Bill asiente lentamente con el ceño fruncido, como si se esforzara en recordar.

—Sí, si es el tipo en el que estoy pensando —hace una pausa, como si estuviera encajando las piezas en su cabeza—, ha venido un par de veces en las últimas semanas. Me imagino que se alojará en alguna de las casas en alquiler de la zona, porque no lo he visto antes por aquí.

Aunque su tono de voz es despreocupado, sus palabras me golpean como una patada en el estómago.

Esto no coincide en absoluto con la versión que Saint me ha dado de su vida.

—¿Puede que sea nuevo por aquí? —Me aferro a un clavo ardiendo en mi intento de racionalizar todo esto—. Puede que acabe de ascender a detective.

Mi voz suena muy poco convincente. Es como si estuviera tratando de convencerme a mí misma a la vez que a Bill, aunque, en el fondo, siento que todo se empieza a agrietar bajo mis pies y la duda se cuela por las rendijas.

Si Saint hubiera empezado a trabajar en la zona recientemente, ¿por qué no lo iban a conocer Bill o Louie? ¿Por qué iban a insistir tanto en que no trabaja por aquí?

Louie, que se ha mantenido cerca de mí, nota mi tensión. Frunce las cejas, preocupado, y da un paso hacia mí.

Siento el aire cargado por el peso de las preguntas sin respuesta.

—Petra, no sé qué significa este hombre para ti, pero te aseguro que no es de la zona y que no trabaja aquí, ni como detective ni como policía. Ni siquiera como guardia de seguridad. Ni en el Taco Bell.

—No hay ningún Taco Bell en el pueblo —apunta Bill.

—Por eso sé que no trabaja ahí —replica Louie.

La convicción con la que lo dice me retuerce el estómago. Louie me mira a los ojos, esperando una explicación, pero no puedo ofrecerle ninguna.

—Bill y yo lo sabemos todo sobre todos los habitantes del pueblo —sigue diciendo en tono firme pero amable—, a menos que estén de vacaciones en alguna de las cabañas. —Sus palabras se quedan colgando en el aire, como una verdad que aún no estoy preparada para aceptar—. Pero casi todas son mías, y él no se aloja en ninguna de ellas.

Si lo saben todo sobre todos los habitantes del pueblo y no conocen a Saint, ¿de dónde demonios ha salido?

Niego con la cabeza en señal de rechazo. No quiero creerme lo que Louie me está diciendo. Pensaba que él conocía a Saint, pero ahora me dice que no y ya no sé qué creer. Temo estar volviéndome loca. El corazón me late desbocado mientras las preguntas giran en bucle en mi cabeza, cada vez más deprisa, lo que me impide razonar. Si Saint no es detective, ¿qué es?

Rescato de mi memoria las conversaciones que hemos mantenido y reviso los detalles que me ha dado sobre su vida.

¿Cómo puede haberme mentido de manera tan convincente?

¿De dónde ha salido?

¿Cómo puedo haber estado tan ciega?

Alterno la mirada entre Bill y Louie con el pulso disparado y las manos temblorosas. ¿Cómo es posible que no sepan quién es? Actúan como si Saint no existiera; como si el hombre con quien he estado pasando las noches fuera un fantasma. Pero es real. Lo he besado, lo he tocado, he dormido a su lado. No puede ser una fantasía. Tengo imaginación, pero no tanta.

Las preguntas se amontonan una sobre otra hasta que amenazan con aplastarme. ¿Por qué no aparece la persecución policial en el periódico? Esa noche fue real. Había luces de policía dando vueltas frente a la cabaña y un detective en la puerta. Todavía lo tengo muy fresco en la mente.

¿Cómo ha podido pasar algo así sin dejar rastro? ¿Cómo es posible que Louie, que vive en esa carretera, no se enterara de nada? ¿Cómo puede ser que no viera a Saint si Mari también se despertó con el escándalo que hacían?

Tantas preguntas sin respuesta me provocan un nudo en la garganta. Me empiezo a marear por tanta incertidumbre.

Sin decir nada más, me dirijo a la puerta, la abro de un empujón y salgo al exterior, donde la tormenta sigue rugiendo. Oigo que Louie me llama, preocupado, pero no me doy la vuelta. Voy directa al coche y busco las llaves con manos temblorosas. El sonido de la puerta al cerrarse se queda resonando en mis oídos, pero no le presto atención. Tengo un caos demasiado grande en la cabeza como para pensar en nada más que en lo principal: tengo que volver a la cabaña.

No pongo gasolina. Ahora mismo no es una prioridad. Solo una idea me ocupa la mente mientras conduzco: «Mari».

21

—¡Mari!

Empiezo a gritar su nombre en cuanto salgo del coche. Corro hacia su casa con la esperanza de que me aclare el caos en que se ha convertido mi vida y, cuando llego a la entrada, aporreo la puerta.

—¡Mari, abre!

—¡Un momento!

La oigo moverse por la casa. La tarima cruje mientras se acerca a la puerta. Cuando al final me abre, parece sorprendida de verme.

—¿Petra? —murmura—. Pareces un pollo remojado. Pasa, cielo.

Se hace a un lado, pero no entro. No me fío de ella, ni de Louie ni de Saint. En estos momentos, no me fío ni de mí misma.

—Saint —digo, sin aliento.

Ella alza una ceja.

—¿Le has quemado la cena?

—No, no. Es solo que... necesito saber que no me estoy volviendo loca. —Señalo hacia la carretera—. La noche aquella..., cuando el hombre... en la carretera...

—¿El que se suicidó? —responde con brusquedad, sin tacto, pero no me importa. Es un alivio que sepa de qué le estoy hablando.

—¡Sí! Sucedió, ¿verdad?

—Por supuesto que sucedió. —Ladea la cabeza y me mira preocupada—. ¿Te encuentras bien?

—No. No lo sé. —Echo a andar por el porche—. Estaba en la gasolinera y Louie no sabía de qué le hablaba, y no sale en el periódico, y Bill y él dijeron que no había ningún detective y...

—Frena un poco, cielo. —Mari sale al porche—. Creo que necesitas sentarte un rato.

Niego con la cabeza. No tengo tiempo para sentarme a charlar con ella. Aunque me confirme que Saint existe y que Louie tiene inicio de demencia, todavía tendré que encararme con Saint esta noche. Y, por cierto, ni siquiera he llegado a la tienda, por lo que no tengo ningún ingrediente para preparar la receta que me pasó Mari hace un rato.

—Entonces, ¿me lo confirmas? ¿Es detective de verdad? ¿No me estoy volviendo loca?

Mari desvía la vista hacia el camino. El sonido de un vehículo que se acerca se impone al de la lluvia sobre el tejado. Me doy la vuelta y las dos observamos a Louie, que aparca delante de la casa.

—Mierda —dice Mari.

—No se acuerda —le digo—. Louie no recuerda que Saint parara en vuestra casa aquella noche.

—Él... tiene el sueño muy profundo. Tal vez no se despertó del todo. —Mari me sonríe y me da unas palmaditas en el hombro—. Pues ya está. Todo aclarado. Será mejor que te des prisa. Esta noche tienes compañía.

Louie ha bajado de la camioneta y se dirige hacia nosotras. Mari parece nerviosa. Me inquieta que esté tratando de librarse de mí tan deprisa, como si tuviera algo que ocultar.

—¿Mari? —la llamo.

—¡Mari! —grita Louie.

—Mierda —murmura ella.

Louie ha llegado hasta nosotras. Me señala sin apartar la vista de su mujer.

—¿Te lo ha preguntado?

—¿El qué? —replica ella.

—Lo de la persecución policial.

—Ah, sí.

—Mari lo recuerda —le comento a Louie.

—¿Qué es lo que recuerda? —Louie no aparta la vista de su mujer, que parece muy incómoda.

—No fue nada. Unos policías me hicieron unas preguntas sobre un incidente que sucedió hace unas semanas.

—Petra dice que alguien murió aquí al lado. ¿No se te ocurrió contármelo?

—Mari, me dijiste que los policías habían hablado contigo y con Louie.

Él se apoya las manos en las caderas y ladea la cabeza sin dejar de mirarla.

—¿En qué lío te has metido esta vez?

—En ninguno —responde ella, pero todo en su lenguaje corporal grita que está mintiendo.

Louie levanta las manos como si él también lo supiera.

—Mira, no quiero saberlo. Si hay un cadáver de por medio, no quiero saber nada.

—No hay ningún cadáver —la asegura Mari, a la defensiva—. Ninguno real al menos.

«¿Ninguno real?».

—Sí que lo hubo. Me dijiste que lo habías visto —le recuerdo.

Louie abre la puerta, pero antes de entrar en la casa, le dirige una mirada muy seria a Mari.

—Te espero dentro. No quiero que me involucres en esto, pero, sea lo que sea, más te vale contarle la verdad a esta mujer, porque necesitamos el dinero del alquiler y no voy a tolerar que me meta una denuncia por una chifladura de las tuyas.

«¿Chifladura?».

«¿Denuncia?».

—Louie, espera —le suplico, pero él desaparece dando un portazo, lo que me deja a solas con una mujer de pelo naranja y aspecto muy culpable.

Estoy a punto de echarme a llorar.

—Cuéntame lo que sea que no me hayas contado —le pido—. Si no lo haces, llamaré a la policía y se lo preguntaré a ellos.

—Y ¿qué les vas a preguntar? —Mari se sienta en una de las dos mecedoras que hay en el porche, a lado y lado de la puerta. Cuando me mira a los ojos, su actitud ha cambiado por completo—. ¿Les preguntarás si el hombre con quien estás teniendo una aventura existe de verdad?

Su manera de hablarme me hace estremecer.

—Mari, por favor. Estoy muy asustada. Por favor, dime qué está pasando.

Ella suspira y señala hacia la otra mecedora.

—Siéntate. No te puedo responder en una frase.

—No quiero sentarme, quiero que me lo cuentes.

—Siéntate y te lo contaré.

—Que me lo cuentes te digo, ¡joder! —estallo al fin. No puedo más.

A Mari se le abren mucho los ojos.

—Vale, vale...

Estoy temblando con tanta fuerza que me abrazo para tener algo a lo que aferrarme, pero no pienso sentarme en el porche de esta loca hasta que no me cuente todo lo que sabe.

—Me disculpo de antemano por lo que voy a contarte, de verdad te lo digo, pero tienes que entender lo aburrida que es la vida por aquí. Louie me sacó de Los Ángeles para venir a este pueblo perdido de Dios, donde nunca sucede nada. Podría pasarme semanas sentada en esta silla sin hablar con nadie, y...

—Ve al grano, Mari —la interrumpo. No estoy para aguantar sus rollos ahora mismo.

—Vale. —Resopla antes de continuar—. Me untó.

Tardo unos instantes en entender lo que me está diciendo.

—¿Qué dices? ¿Quién te compró? ¿Para qué?

—Saint. Cam. Como se llame. Lo sorprendí en la carretera la noche en que te contó que había habido una persecución policial. Que, por cierto, no la hubo.

Una lágrima me cae por la mejilla. Me la seco con un gesto brusco, enfadada porque la tristeza quiera abrirse camino a través de la rabia.

—Al principio, al ver las luces de la policía, pensé que había pasado algo. Estuve a punto de despertar a Louie, pero decidí acercarme a tu casa sola para echar un vistazo. Y entonces lo vi. El tipo estaba colocando luces de policía falsas en la carretera. No había agentes de policía ni un cadáver, solo luces. Tenía una en el coche y estaba poniendo alguna más en un árbol, cerca de la cabaña.

Al final me rindo y me dejo caer en la mecedora, porque tengo miedo de que las piernas no me sostengan mucho más tiempo. Ella sigue hablando.

—Me encaré con él. No me da miedo la gente, y él estaba en nuestra carretera con pinta de sospechoso, así que le pregunté qué demonios estaba haciendo. Lo pillé con las manos en la masa. Al amenazarlo con llamar a la policía, se sinceró. Me dijo que te conocía y me aseguró que solo quería gastarte una broma inocente. No me quedé tranquila con su explicación, por lo que le pedí más detalles. Él me mostró las luces y se ofreció a enseñarme su placa. Me dijo que había venido porque eres escritora y se te da mejor escribir sobre cosas que te han pasado de verdad. Me pareció una explicación razonable, y el tipo tampoco me pareció amenazador. Me dijo que podía quedarme por ahí cerca para asegurarse de que no te mataba. Me prometió que estaba allí como inspiración para la novela que estabas escribiendo. Que era algo que habíais acordado los dos.

—¿Te dijo que yo estaba enterada?

Mari asiente con la cabeza.

—Sí. A ver, no entró en detalles, pero me dijo que le habías pedido que te asustara. Y como ya te he comentado alguna vez, sé lo que supone ser artista. A veces hemos de hacer cosas que nos den vidilla para no quedarnos estancados. Pensé que era una especie de fetiche que os traíais, alguna perversión vuestra. No quería meterme en vuestros asuntos, pero tampoco iba a permitir que un extraño te matara, así que esperé hasta que se marchó.

Me froto las sienes, tratando de asimilar todo lo que

me ha dicho. Esa noche fue la primera vez que vi a Saint. Él fingió no saber que era escritora, pero si lo que me ha contado Mari es verdad y ya sabía quién era..., me ha estado mintiendo desde el principio. Un desconocido ha estado mintiéndome y follándome, y no tengo ni puñetera idea de quién es.

—¿Por qué no llamaste a la policía? Y ¿por qué no me dijiste nada?

Estoy muy enfadada con Mari, pero la mayor parte de mi enfado va dirigido contra Saint. Y también contra mí misma.

«¿Cómo he podido ser tan idiota?».

—Amenacé con hacerlo, créeme. Le dije que saliera de mi propiedad, pero él me hizo una oferta que no pude rechazar.

—¿Una oferta?

—Creo que la primera vez que hablamos tú y yo, cuando él aún no se había presentado por aquí, te dije que aceptaba cualquier trabajo como actriz, siempre que me pagaran. Y él se ofreció a pagarme siempre y cuando mantuviera la boca cerrada y le siguiera la corriente si tú me hacías alguna pregunta.

Me asaltan muchas ganas de gritar.

—¿Aceptaste dinero a cambio de mentirme?

—Bueno, dicho así no suena muy bien —admite ella—, pero aquella noche me pareció emocionante. Y no te dejé en la estacada. Esperé fuera mientras estuvo en la cabaña. Me aseguré de que no te mataba antes de aceptar su dinero.

—Qué altruista —farfullo.

Estoy tan enfadada con ella que me duele la cabeza.

—Me pagó por fingir. Me pareció que tenía sentido que

una escritora disfrutara con algo así y no pensé que te dolería. Me gustan las bromas, y el dinero todavía me gusta más. Y si un hombre tan guapo como él te ofrece las dos cosas, es muy difícil resistirse.

Me mira como si esperara mi perdón, mi comprensión.

—No tienes ni idea de lo que has hecho. —Cuando me cae otra lágrima sobre la mejilla, parece arrepentida de verdad.

—Por eso vine al día siguiente. Me sentía mal. Quería ver cómo estabas y me pareció que todo iba bien. Y luego seguiste viéndote con él. Me contaste que lo habías besado y se te veía feliz, así que me imaginé que era un rollito vuestro.

—Yo no... —Dejo la frase a medias. No le debo ninguna explicación, es ella la que me debe un millón de disculpas.

—No tenía ni idea de que estabas casada. No es asunto mío, ya lo sé, pero cuando tu marido se presentó sin avisar, me pareció... interesante. Traté de mantenerme al margen. Solo me pasé por allí porque sentía curiosidad; quería ver qué rollito os traíais los tres. Me pareció que tu marido no sabía nada, aunque ignoraba si eso formaba parte del juego. Pero, como ya he dicho, traté de mantenerme al margen.

—¿Quién es ese hombre, Mari?

—¿Quién? ¿Saint?

—Sí. Si no es un detective auténtico, ¿quién es?

Mari se encoge de hombros.

—En eso me temo que metí la pata. Debería haberme fijado mejor en la placa. Cuando te conté que trato de mantenerme lo más lejos posible de las autoridades, era verdad. No sé qué cara tienen los polis del pueblo. No sé quién es este tipo ni si es un policía de verdad. Yo solo soy una testigo inocente.

—¡No, Mari! ¡Eres cómplice y culpable! —Me levanto exasperada, herida—. No me puedo creer que hayas sido capaz de esto, que lo permitieras. Es... una crueldad. Es cruel y peligroso. Deberías sentirte muy avergonzada.

Me seco las lágrimas con la camiseta. Me siento tan idiota. Tan traicionada.

—Por si te sirve de algo, lo siento. Espero que no te hiciera daño, o que no se aprovechara de ti, al menos.

No soporto estar aquí con ella ni un segundo más. Me gustaría darle un buen meneo para ver si así recobra el sentido común.

—¡Dejaste que un desconocido se colara en mi casa a las cinco de la mañana, joder, Mari! ¡Claro que me ha hecho daño! ¡Claro que se ha aprovechado de mí! ¡Y tú también!

—A ver, Petra. Entiendo que estés enfadada, pero comprendes mi punto de vista, ¿no?

—¿Pretendes que haga de abogada del diablo? ¡No, gracias! ¡Eres una mierda de persona y te puedes ir a tomar por culo, pedazo de... dabuti!

Mientras me alejo del porche oigo que me dice:

—En realidad la palabra no se usa así, pero...

—¡Oh, vete a la mierda, Mari! —Abro la portezuela del coche—. ¡Quiero que me devuelvas el dinero!

Cierro de un portazo y pongo la marcha atrás. Mientras me incorporo a la carretera, la miro de reojo y veo que Louie ha salido al porche. Están discutiendo.

No es mi problema. Aún faltan unas horas antes de que llegue Saint, y voy a aprovechar ese tiempo para hacer encajar todas las piezas de la información que Mari no ha sabido aclararme. También me va a dar tiempo de recoger mis cosas y largarme de aquí.

Piso el acelerador a fondo y me dirijo a la cabaña.

«Necesito el portátil».

22

El portátil no me ha servido de nada.

Cuando he buscado el nombre de Nathaniel Saint, no he encontrado nada relacionado con este hombre. Cero patatero. Me han salido referencias en viejas necrológicas o en informaciones comerciales, pero ninguna en redes sociales. Tampoco he encontrado su certificado de nacimiento ni de matrimonio. Nada sobre ningún Nathaniel Saint de menos de ochenta años.

Me ha mentido sobre su nombre, al menos eso ya me queda claro.

Un nuevo dato que me machaca como si se me hubiera caído una losa encima. Cada conversación, cada caricia, cada momento que hemos compartido me pasa por la cabeza como una película distorsionada. No puedo controlar los nervios, la pierna me da botes sin control bajo la mesa.

¿Cómo he podido estar tan ciega? Me siento como una imbécil. Le he dejado entrar en mi vida, crear el caos a su paso y no me he planteado nada.

Estoy tan descompuesta que no puedo permanecer sentada. Empiezo a recorrer la sala de punta a punta, con la esperanza de que el movimiento me ayude a colocar las piezas del puzle en su sitio, pero cuantas más vueltas le doy al tema, más desordenadas me parecen las piezas. Mi mente no hace más que girar en bucle, no avanza.

Si Nathaniel Saint no es su nombre real, ¿cómo voy a averiguar cómo se llama? ¿Cómo investigas sobre alguien que no quiere ser descubierto? No tengo ningún hilo del que tirar, ninguna información sólida. Tengo la sensación de haber estado viviendo un sueño, sin saber que nada de lo que me había contado era real.

Rebusco en mi memoria alguna pista, algo a lo que aferrarme. Pero ni siquiera le he preguntado cómo se llama su mujer. ¿Por qué no le he hecho más preguntas? ¿Por qué no he indagado más? Es como si me hubiera dejado envolver en esta fantasía sin preocuparme por la realidad, y ahora estoy pagando el precio.

Un momento.

«¡La foto!».

Me quedo quieta con el pie en el aire mientras una descarga de adrenalina me recorre el cuerpo. El selfi que me tomé con él. Tal vez pueda usarlo. Tal vez si hago una búsqueda de la imagen en Google encuentre algo que me lleve a descubrir quién es en realidad.

Regreso corriendo hacia la silla y me lanzo sobre ella. Con los dedos temblorosos, desbloqueo el móvil y busco la imagen que guardo en mi archivo privado. La foto de los dos juntos, sonriendo, con su brazo sobre mis hombros me resulta inquietante ahora que sé que él no es quien dice ser. Me envío la imagen a mi correo tan deprisa como puedo y luego abro la carpeta de entrada, con el corazón martilleándome el pecho. Los segundos que tarda en abrirse el correo me parecen una eternidad, pero una vez que lo hace, hago clic en la foto al instante.

Descargo la imagen con las manos temblorosas y la cargo en el buscador de imágenes de Google. Permanezco sentada, respirando de manera superficial mientras espero a que se carguen los resultados, con la vista clavada en la pantalla. La tensión me resulta insoportable. El nudo que tengo en el estómago se aprieta más y más a medida que pasan los segundos, pero necesito saberlo. Necesito respuestas, necesito saber quién es.

Pero llego a un callejón sin salida. El buscador de imágenes de Google no funciona con caras.

«¡Joder!».

Me echo hacia atrás en la silla pensando en otra solución, mientras contemplo la pantalla con impotencia. Al cabo de un rato me salta un anuncio que me ofrece hacer justo lo que necesito a cambio de una cuota. Es la primera vez que me alegro de que me salte publicidad.

Entro en la web, les doy todos mis datos y pago lo que me piden. Sé que lo más probable es que acaben de estafarme y que me hayan robado la identidad, pero me arriesgo. Todo sea por descubrir la verdad.

Me aparecen varias imágenes. Voy observándolas de cerca, pero ninguna de ellas corresponde a Saint. Todas son de hombres que se le parecen vagamente —ya sea por los rasgos de la cara o por el vello facial—, pero no son él. Sigo examinando fotos y más fotos, cada vez más frustrada. Mi esperanza se desvanece un poco más con cada propuesta fallida. Es como si cada clic fuera un nuevo callejón sin salida, un paso más en este laberinto de mentiras.

Y entonces, de repente, veo una imagen que hace que el corazón me caiga a plomo hasta el estómago.

Una fotografía de alguien que se parece mucho a él.

El pulso se me acelera y me sudan las manos. Tengo demasiado miedo de hacer clic en la foto, pero estoy demasiado desesperada para no hacerlo.

«Por favor, que sea él. —Mi mente empieza a repetir las palabras como si fueran un mantra—. Por favor, que sea él».

Inspiro de manera entrecortada mientras presiono la imagen con el ratón. El enlace me lleva a un perfil de Facebook, pero la página es privada. Casi toda la información está protegida, pero el nombre es visible.

«Eric Kingston».

La cabeza me va a mil por hora mientras observo el nombre, tanto que las letras se vuelven borrosas mientras intento procesar lo que estoy viendo. Las únicas fotografías accesibles al público son las de perfil, pero es suficiente para confirmar que este es el hombre al que he estado llamando Saint.

Saint es Eric Kingston.

«¿Quién es Eric Kingston?».

No hay una historia, un contexto en el que situarlo. Solo un nombre y unas cuantas fotos. ¿Qué clase de hombre se toma tantas molestias para ocultar quién es? Mantengo la mano en el ratón, con ganas de abrir su lista de amistades o algo que me proporcione más información, pero no puedo porque lo tiene todo en modo privado. Me tengo que conformar con una cara y un nombre que no he oído nunca antes.

La realidad me abruma. Cierro los ojos y respiro entrecortadamente tratando de calmarme sin conseguirlo. Las preguntas giran a mi alrededor como un tornado, implacable y despiadado. ¿Quién es Eric Kingston y qué quiere de mí?

Cierro la página de Facebook y me dirijo a las pestañas que tengo abiertas en el buscador. Necesito más respuestas y no pienso detenerme hasta obtenerlas. Abro otra vez Google y tecleo el nuevo nombre: Eric Kingston. Le doy al «Enter» y contengo el aliento mientras el buscador me proporciona varias opciones.

Reviso los resultados, fijándome en los nombres y las descripciones, con la esperanza de que algo me llame la atención. Me siento como una detective uniendo pistas, pero, a cada paso que doy, siento que voy descubriendo más sobre una verdad que tal vez no me guste. Necesito saber la verdad, aunque, al mismo tiempo, me aterra pensar en lo que pueda descubrir.

Al fin encuentro un enlace a un perfil de Instagram con su nombre. El corazón me da un vuelco cuando lo abro, pero la esperanza se desvanece casi al instante.

«Privado».

Otra vez.

Maldigo entre dientes y me echo hacia atrás en la silla. Me siento como si me hubieran lanzado un cubo de frustración helada por encima. Es como si cada vez que trato de abrir una puerta, me la cerraran en las narices antes de poder echar un buen vistazo.

Pero entonces me fijo en algo que me llama la atención. En el perfil aparece un segundo nombre: Merrell. Eso es nuevo. He encontrado otra pieza del puzle, otra miga de pan en el camino que conduce hacia la identidad de este hombre.

Eric Merrell Kingston.

Repito el nombre varias veces en silencio para memorizarlo. La ansiedad se mezcla con la determinación y se me acelera el pulso al darme cuenta de lo lejos que estoy llegando. Cojo la cartera y vuelvo a sacar la tarjeta de crédito con los dedos temblorosos. Si quiero llegar hasta el fondo de esto, necesito consultar sus antecedentes; no puedo basarme solo en las redes sociales. Necesito información más concreta, algo más que una foto de perfil o unos cuantos detalles vagos.

Abro la web de verificación de antecedentes, una de esas que prometen un informe completo, y, de nuevo, introduzco mis datos. No sé qué espero encontrar exactamente, pero he de llegar hasta el final. No puedo retirarme ahora, después de todo lo que he descubierto. La rodilla me da botes como loca bajo la mesa mientras espero a que se carguen los resultados. Cada segundo que pasa se alarga una eternidad.

Cuando al fin la página acaba de cargarse, me abruma la cantidad de datos que recibo.

«¡Hay muchísimos Eric Kingston!».

Examino a toda prisa la pantalla, tratando de seleccionar entre la avalancha de nombres y perfiles. Cada uno es una nueva oportunidad, pero ninguno de ellos coincide con la imagen del hombre con el que he estado. Desciendo y desciendo por la pantalla buscándolo, cada vez más frustrada. Pero al fin, encuentro algo. Uno de los perfiles seleccionados tiene Merrell como segundo nombre.

Es él.

Hago clic con tanta fuerza que temo haber roto la alfombrilla. Espero a que la página se cargue con un nudo en la garganta. Contengo el aliento con la sensación de que todo lo que he estado buscando está aquí, a punto de desvelarse ante mis ojos. Cuando la página se abre, veo que es un perfil de LinkedIn.

Tengo su currículum ante mí. Lo tengo todo ahí, bien ordenadito por secciones. Cada punto de la lista me revela algo más sobre el hombre con quien he estado compartiendo cama. Leo la página de arriba abajo, empapándome de los detalles. No es detective. Ni siquiera trabaja en las fuerzas de seguridad.

Eric es un puto guionista.

Parpadeo, incrédula, mientras proceso la información. Al parecer ha trabajado en varios proyectos cinematográficos. Algunos de ellos me suenan. Me da vueltas la cabeza.

Sigo leyendo, adentrándome en su currículum. No hay nada que haga pensar que es detective. No hay ninguna mención a las fuerzas armadas, nada que indique que ha trabajado en ese campo en algún momento de su vida. Mi mente se resiste a esta información que choca con lo que he creído hasta ahora.

«¿Y si es un agente infiltrado, de incógnito?».

Sí, ya, muy pillado por los pelos, pero, a estas alturas, me agarro a un clavo ardiendo. Tal vez me dio un nombre falso porque no está autorizado a darme su nombre real.

Tal vez se encuentra infiltrado en una operación. Eso explicaría también por qué no aparece nada en el periódico sobre la persecución y el suicidio; podría tratarse de información clasificada. Tal vez esté al cargo de un tema que no puede salir a la luz, información demasiado sensible para darla a conocer. Eso también explicaría el aura de misterio que lo envuelve.

Pero no, si fuera así, no le habría pagado a Mari. Ni habría colocado luces de policía falsas en el patio. Un policía infiltrado no haría algo así.

Soy consciente de que todo lo que digo está cogido por los pelos. Cada nueva teoría que se me ocurre es más descabellada que la anterior, pero no puedo parar de buscarlas.

«Necesito que esto tenga algún sentido».

Mientras queden pelos a los que agarrarme, no pararé. Me da igual si acabo teniendo una peluca.

«¿En qué me he metido?».

Abro un nuevo apartado de la página y contengo el aliento al ver lo que aparece. Hay un número de teléfono de Eric Kingston. Se ve bien claro contra el fondo blanco. Busco la información de contacto de Saint que tengo guardada y comparo ambos números. Alterno la vista entre la pantalla del ordenador y la del móvil con la esperanza de que los números sean distintos, que todo sea una extraña coincidencia. Pero no es así.

«Son idénticos».

Es como si me hubieran dado una patada en el pecho y me hubieran dejado sin respiración. Se me resbala el móvil de la mano, que va a parar al suelo con un ruido sordo al que no hago caso. Me levanto tan deprisa que la silla casi se cae hacia atrás. Recojo el móvil y me lo guardo en el bolsillo trasero de los pantalones. Luego me alejo un par de pasos del ordenador, como si la pantalla brillante se hubiera convertido de pronto en un objeto amenazador, como si la verdad que me está mirando a la cara pudiera hacerme un daño físico. La habitación empieza a dar vueltas a mi alrededor a la misma velocidad que mis pensamientos, que giran de manera frenética en mi cabeza.

«¿Por qué me mintió sobre quién era?».

No tiene sentido. Nada de esto lo tiene. Si es guionista, ¿estará ligado de alguna forma a gente que conozco? ¿Tendrá alguna conexión con la adaptación que desearía no haber hecho nunca? ¿Conocerá a Allister McCapullo Carapolla?

¿Cómo sabía que me encontraba aquí? Le dijo a Mari que estábamos haciendo algo relacionado con mi novela. ¿Cómo es posible, si aún no me conocía? Pensaba que lo de ser mi inspiración había sido idea mía. Que yo le propuse vernos para alimentar mi creatividad... después de conocerlo.

Reproduzco aquellos primeros momentos con él en mi memoria, buscando pistas, cualquier señal que se me pasara por alto, cualquier cosa que pudiera indicar que este hombre no es quien afirmaba ser. Pero no encuentro nada y me quedo más confusa que antes. Una espesa niebla de preguntas sin respuesta me enturbia la mente.

Me acerco a la pantalla y examino la información. Según la dirección, vive en Los Ángeles.

«Los Ángeles».

Queda a unas cuantas horas de aquí, a muchos kilómetros de distancia del pueblecito donde se supone que vive. Se me hace un nudo en el estómago.

«¿Por qué ha fingido que vivía por aquí?».

Admito que cada vez me importa menos el porqué de las cosas que ha hecho. Lo que realmente me importa ahora es salir pitando de aquí. El pánico se ha instalado en mi pecho, denso y asfixiante, y solo sé que no puedo quedarme aquí ni un minuto más. Me siento atrapada en una pesadilla, una de la que no puedo despertar. Siento que las paredes de la cabaña se ciernen sobre mí en el silencio sofocante.

Tengo que irme de aquí.

«¡Vete ya!».

Con la adrenalina bombeando en las venas, me dirijo corriendo al dormitorio. Ni siquiera pienso en la mejor manera de recoger las cosas. Solo actúo, con movimientos frenéticos y desesperados. Saco la maleta de debajo de la cama y me peleo con la cremallera. No tengo tiempo para ser metódica, ni me molesto en doblar nada. Abro el armario, cojo la ropa por montones y los lanzo en la maleta. Camisetas, vaqueros, zapatos..., todo se mezcla en una montaña arrugada y caótica. Abro los cajones de la cómoda y los vacío en segundos, apilando más ropa sobre el montón inicial. Las telas se arrugan bajo el peso de los artículos de neceser que voy lanzando de cualquier manera sobre la pila. Champú, loción limpiadora facial, pasta de dientes...: todo va a parar a la maleta de cualquier forma.

Mientras recojo, noto que los ojos se me llenan de lágrimas. Me echo a llorar en silencio, pero sin poder parar. Me tiemblan los hombros mientras voy asimilando la gravedad de la situación. El peso de todo lo que he hecho, de lo que he permitido que sucediera, me resulta insoportable.

¿Cómo puedo haber sido tan irresponsable? ¿Cómo puedo haber estado tan ciega?

Me seco las lágrimas con rabia, pero siguen cayendo más mientras me esfuerzo por pensar con claridad. Las manos me tiemblan tanto que apenas puedo sostener el cargador que he desenchufado de la pared. El cable se me resbala y va a parar al suelo. Intento controlar el llanto mientras lo meto a presión en la maleta. Siento un nudo en el pecho que me obliga a respirar de manera superficial. Creo que estoy a punto de venirme abajo por completo.

«¿Cómo he podido ser tan irresponsable?».

La pregunta se repite en bucle en mi cabeza como un eco, pero no tengo tiempo de pensar en eso ahora. No es momento de ponerse a pensar en lo que he estado haciendo estas últimas semanas: las mentiras, la traición... Es demasiado. Cojo las llaves del coche que están en la cómoda y noto el metal frío contra la palma de la mano.

Sé que me dejo un montón de cosas en la cabaña, pero me da igual. No me importa nada que no sea escapar de aquí. Mi instinto me grita que corra, que ponga toda la distancia posible entre este lugar y yo. Con el pulso latiéndome desbocado en las orejas y casi sin aliento, corro hacia la puerta del dormitorio.

Entro en la cocina aturdida, con el pánico recorriéndome las venas.

Y se me escapa un grito.

No puedo evitar el sonido que sale de mi garganta, aunque no sirva para alterar la escena que tengo ante mí. Saint ni se inmuta. No se da la vuelta al oírme gritar, no reacciona de ninguna manera. Está de pie junto a la mesa, de espaldas a mí, lo que me permite ver que tiene los hombros tensos mientras contempla la pantalla del ordenador, el mismo en el que hace un momento se me ha revelado su auténtica identidad.

Se me encoge el corazón al darme cuenta de lo que debe de estar viendo.

Retrocedo asustada hacia mi habitación. Mis pensamientos son un remolino caótico que se esfuerza en encontrar una vía de escape. La vista se me va hacia la ventana. ¿Podría salir antes de que me alcanzase? La ventana no queda muy lejos, pero está medio bloqueada por la cama. No estoy segura de poder alcanzarla lo bastante rápido. Las únicas salidas que quedan son la puerta delantera y la trasera, pero para llegar a cualquiera de las dos he de pasar frente a Saint.

El terror se ha instalado en mi pecho y me dificulta mucho la respiración. Me llevo las manos temblorosas a la boca para disimular el sollozo que amenaza con escapárseme. No puedo permitir que oiga lo asustada que estoy, pero el cuerpo me traiciona. Cada vez que inspiro, tiemblo de manera incontrolable.

Saint permanece inmóvil unos segundos más, pero luego levanta el brazo con lentitud hacia el portátil. Contemplo paralizada cómo baja la tapa con cuidado. El clic que hace al cerrarse reverbera en el silencio sepulcral de la cocina, como una puerta barrada ante cualquier esperanza de salir de aquí sin que se dé cuenta.

Empieza a darse la vuelta con movimientos tan lentos que me desquician, como si saboreara cada instante. El corazón me martillea en los oídos mientras doy otro paso hacia atrás para dirigirme al dormitorio. Él me sigue, pero en vez de mirarme a los ojos, lo primero en lo que se fija es en la maleta. Se le tensa la mandíbula al darse cuenta de lo que significa que haya hecho el equipaje. Aprieta los puños a los lados y niega con la cabeza despacio, pero con determinación.

—¿Te ibas?

Aunque me lo pregunta en voz baja y tono controlado, noto algo oscuro que hierve bajo la superficie. Su tono no denota curiosidad, sino acusación, incredulidad y algo peor.

Me está presionando con los ojos, pero soy incapaz de devolverle la mirada. Trato de responderle, pero solo logro emitir un susurro casi inaudible tras el latido desbocado de mi corazón.

—No eres detective.

La acusación se queda colgando entre los dos, densa, cargada con el peso de todo lo que he descubierto. Al principio, Saint no dice nada. No intenta negarlo ni explicarse. Levanta la vista de la maleta y me mira a la cara, aunque su expresión es inescrutable. El silencio se alarga, asfixiante, y cuanto más dura, más aterrorizada estoy. Preferiría que me gritara, que me riñera, cualquier cosa antes que esta mirada fría y silenciosa.

Me mantiene clavada en el sitio con esos ojos que me observan como un depredador ante su presa. Su cara sigue inexpresiva; su cuerpo, desquiciantemente quieto, pero hay algo en su modo de mirarme que me congela hasta el tuétano. Su silencio es de esos que se clavan más que cualquier palabra. Es como si estuviera calculando su siguiente movimiento, decidiendo qué va a hacer conmigo ahora que la verdad ha salido a la luz.

Intento retroceder un paso más, pero las piernas se me han vuelto de plomo y no soy capaz de moverlas. Estoy atrapada y ambos lo sabemos. No sé qué decir ni qué hacer para relajar la tensión. No se me ocurre nada. El silencio es más ensordecedor que el grito que he soltado antes, más fuerte que cualquier sonido que haya oído hasta ahora.

Es él quien lo rompe al fin.

—¿Por qué me has investigado? —Da un paso hacia mí

y entorna los ojos—. ¿No podías dejar las cosas como estaban?

Tengo la garganta seca, por lo que trago saliva antes de responder:

—Me mentiste. —Me avergüenza oír lo asustada que sueno—. Me engañaste en todo. Necesitaba saber la verdad.

La expresión de la cara no se le altera, pero detecto un brillo en sus ojos. Da otro paso hacia mí. Por instinto, retrocedo hasta que toco el marco con la espalda. Al notar la fría madera contra mi piel, me doy cuenta de que estoy arrinconada, lo que reaviva el pánico que me recorre las venas.

—¿Necesitabas saberlo? —Su voz destila desprecio—. ¿Y qué pensabas encontrar? —Al dar otro paso, elimina la distancia que nos separa y se cierne sobre mí como una sombra—. ¿Pensabas que saber la verdad iba a cambiar algo?

Niego con la cabeza; mi respiración es rápida, superficial.

—¿Qué harás ahora con la verdad? ¿Se lo contarás a tu marido?

La razón me grita que salga corriendo, que haga algo —lo que sea—, pero el cuerpo no coopera. Estoy clavada en el sitio, atrapada en este instante, sin salida. Las lágrimas vuelven a inundarme los ojos, pero parpadeo para librarme de ellas. No quiero que vea lo aterrada que estoy.

—¿Vas a...? —Trago saliva con esfuerzo, porque el miedo me dificulta hablar, pero al fin logro hacerle la pregunta que me lleva rondando por la mente desde que lo he visto en la cocina—: ¿Vas a hacerme daño?

Él niega con la cabeza de inmediato y me dirige una mirada incrédula, casi ofendida.

—¿Qué? No.

Me responde como si mis palabras le resultaran ridículas, como si hubiera malinterpretado la situación por completo. ¿Cómo puede pensar que mi reacción es absurda?

«¿No se da cuenta de lo terrorífico que es esto para mí?».

Estoy viviendo una auténtica pesadilla. El hombre al que pensaba que conocía ha resultado ser un completo extraño. No tengo ni idea de quién es.

«Ni idea».

Su nombre, su oficio, su vida..., todo era mentira. Y ahora no puedo salir de aquí y no puedo dejar de pensar en lo cerca que está.

Me meto la mano en el bolsillo trasero con la esperanza de poder desbloquear el móvil sin que se dé cuenta. Los dedos, sudorosos, me tiemblan mientras trato de recordar cuál es el botón que debo apretar en caso de emergencia. No puedo dejar que se dé cuenta de lo que pretendo. Me siento como si colgara de un precipicio. Un movimiento en falso y todo podría venirse abajo.

Sorteo el marco de la puerta para dar otro paso atrás, con lo que me meto en el dormitorio. Mi intención es que haya más espacio entre los dos, aunque sé que no me va a servir de mucho.

—¿Por qué me mentiste?

Se me quiebra la voz al pronunciar la última palabra, por una mezcla de miedo y rabia. Necesito respuestas, pero, más que nada, lo que necesito es mantenerlo a distancia. Necesito tiempo.

Pero él da otro paso hacia mí, y la distancia vuelve a recortarse. Con una desquiciante expresión calmada, responde:

—Es lo que tú querías, Petra.

El descaro con que me habla me golpea como una bofetada y me da tanta rabia que el miedo queda en segundo plano, al menos por el momento.

—¿Lo que yo quería? —estallo, incrédula—. ¡Ni siquiera sabía que existías antes de que te presentaras aquí fingiendo ser detective! —Levanto más la voz con cada palabra porque mi frustración necesita una vía de escape—. Sé que no pasó nada aquella noche. Todo lo que me contaste era mentira, y, por si eso fuera poco, le dijiste a Mari que habías venido para ayudarme a escribir. ¿Cómo se te ocurrió decirle eso si aún no me conocías? —Las preguntas y acusaciones se pisan unas a otras, empujadas por la prisa y la desesperación.

Él ladea un poco la cabeza mientras me observa con los ojos entornados, como si estuviera calculando cuánto contarme. Su actitud es escalofriante. La calma con que se lo toma todo vuelve la escena aún más surrealista.

—¿Ya no recuerdas lo que dijiste dos noches antes de que me presentara aquí? —me pregunta en un tono tan suave que resulta siniestro.

«¿Lo que dije?».

¿De qué está hablando? Busco en mi memoria algo que le dé sentido a su pregunta, pero no encuentro nada.

Debe de darse cuenta por mi expresión de que estoy muy confusa, porque da otro paso al frente y, con la mirada clavada en la mía, me aclara:

—El vídeo, el directo. —Me habla como si se estuviera dirigiendo a un niño pequeño—. Dijiste que te gustaría experimentar las cosas sobre las que escribes. Y dijiste también que tu protagonista era un poli. Bueno, pues te traje al poli.

Sus palabras son claras, pero yo cada vez me siento más desorientada.

«No tiene sentido».

Trato de procesar lo que he oído, pero las piezas no encajan. Si se presentó aquí fingiendo ser policía por lo que dije en el directo, eso significa que sabía quién era yo antes de conocernos en persona.

«¿Vio el vídeo en directo?».

«¿Dos días antes de conocerlo?».

Lo que significa que... ¿me ha estado siguiendo?

¿Es miembro de mi grupo privado?

Se me revuelve el estómago al darme cuenta de que nuestro encuentro no fue fortuito. Lo había planeado. Me ha estado siguiendo desde vete a saber cuándo. Pensar en el tiempo que puede hacer que me sigue en las redes sociales me hace estremecer.

Continúo con la mano en el bolsillo, tratando de recordar la manera de conectar con emergencias sin mirar la pantalla. Decido seguir hablando, aunque no me salgan más que susurros, con la idea de que no se fije demasiado en el brazo que oculto a mi espalda.

—¿Cuánto tiempo hace que me sigues?

Necesito que continúe hablando para ganar tiempo.

—Desde el principio. —Aunque lo dice en un tono despreocupado, como si estuviera hablando del tiempo, sus palabras me provocan un escalofrío—. Ya te dije que había visto todos tus directos. Lo que no mencioné es que los había visto en tiempo real.

Me cubro la boca con la mano mientras contengo el aliento al asimilar el horror de lo que me está contando. Pensaba que acabábamos de conocernos, pero lleva años observándome. Me llevo la mano al pecho, tratando de controlar la respiración, pero el miedo, abrumador, me sobrepasa.

—¿Estás casado al menos? —pregunto con un hilo de voz, porque me asusta su respuesta.

Él niega con la cabeza y me dirige una sonrisa canalla.

—El matrimonio no es lo mío.

La tranquilidad con que se lo toma todo me hace sentir muy inocente, como si fuera culpa mía no haberme dado cuenta de que me estaba mintiendo. Su matrimonio, la infertilidad... no eran más que nuevas capas de mentiras que se amontonaban sobre las anteriores; otra manera de manipularme. Él iba elaborando su sofisticada fachada y yo me lo tragaba absolutamente todo.

Me doy cuenta en cuanto sucede. Baja la vista hacia mi brazo, el que llevo un rato ocultando a mi espalda. Su expresión cambia y a mí se me cae el estómago a los pies.

«Lo sabe».

Sin pensar, me doy la vuelta y corro hacia el baño. Lo oigo moverse a mi espalda y acelerar los pasos cuando ve lo que pretendo. Alargo la mano hacia el pomo. Tiemblo de arriba abajo, pero necesito entrar y cerrar la puerta con pestillo. Tengo que hacer la llamada antes de que lo impida.

No lo consigo.

Justo cuando agarro el pomo de metal, Saint me sujeta del brazo con tanta fuerza que casi me levanta del suelo. Sin darme tiempo a reaccionar, tira de mí hacia atrás y me deja sin aire en los pulmones. Siento que el corazón me va a estallar al ver, horrorizada, que me arranca el móvil de la mano. El tiempo se ralentiza y la adrenalina me recorre las venas mientras observo impotente cómo revisa la pantalla. Su cara se contrae de furia al darse cuenta de que ya había accedido al número de emergencias, aunque todavía no había hecho la llamada.

«Estaba a punto de conseguirlo».

—¡No he hecho nada malo, Petra! —me recrimina en tono furioso mientras lanza el móvil hacia atrás con un gesto de la muñeca.

Me encojo al oír el ruido del teléfono al golpear la pared, pero no tengo tiempo de pensar en ello porque, un instante después, me da un empujón en los hombros que me deja tumbada de espaldas en la cama. Gateo y me arrastro con frenesí hacia el cabecero con la intención de poner la máxima distancia entre él y yo. Mi mente me grita que no me quede quieta, que me siga moviendo, pero estoy acorralada.

Saint está quieto a los pies de la cama. Abre y cierra los puños, con la mandíbula en tensión. Me cuesta reconocer su modo de mirarme, como si se sintiera no solo furioso, sino también traicionado.

—¿Qué les dirías si vinieran? —Me habla con desprecio, en tono burlón—. ¿Me acusarás de ser demasiado bueno en los juegos de rol?

—¡Te has estado haciendo pasar por un policía!

Me tiembla la voz por la rabia y el miedo. Cada palabra que pronuncio me sabe a veneno. La rabia que arde en mi interior parece estar a punto de romper a hervir y, mezclada con el terror, me hace temblar de manera incontrolable.

Saint levanta las manos, exasperado, y ríe con amargura.

—¡Porque tú querías que lo hiciera! —grita cuando no puede seguir conteniendo la frustración—. ¡Tus directos de preguntas y respuestas son una invitación a entrar en tu vida! Llevas años compartiendo con tus lectores a qué lago te retiras a escribir. Dejas que todo el mundo sepa cuándo vienes aquí, sola. Incluso me respondiste cuando te pregunté hasta dónde estarías dispuesta a llegar en una situación así. Tu respuesta fue: «Haría cualquier cosa por ser mejor escritora».

Sus palabras son como un puñetazo en la tráquea.

«¡Dios santo!».

El pulso parece tropezar y perder el ritmo en mi pecho. Me lo quedo observando con los ojos muy abiertos. ¿Fue él quien lo preguntó?

«¿En serio pensó que lo estaba pidiendo?».

Se me retuerce el estómago al darme cuenta de la magnitud de su delirio.

—No te estaba invitando a que vinieras hasta aquí a mentirme.

La voz se me quiebra por el esfuerzo de contener las lágrimas. Quiero gritar, pero no creo que me dé la voz. La siento pequeña, aplastada bajo el peso de la evidencia. Me cuesta creer que haya sido capaz de llevar la fantasía hasta tan lejos.

Los ojos de Saint se iluminan con un brillo más oscuro, hiriente. Su voz se vuelve plana, casi indiferente, cuando dice:

—Los dos hemos estado mintiendo, Petra. Tú no eres una víctima inocente en esto.

Niego con la cabeza, rabiosa, tensa.

—¡Me atacaste en plena noche! —lo acuso, y me aferro a la colcha hasta que los nudillos se me vuelven blancos.

—¡Porque tú querías que lo hiciera! —grita, y el eco de

su voz se queda reverberando por las paredes de la cabaña como una acusación.

Sigo negando con la cabeza, obstinada, temblando de rabia.

«No voy a consentir que me haga responsable de lo sucedido».

Yo no le pedí que hiciera nada de esto. Comentar en un chat en directo que me gustaría experimentar las cosas sobre las que escribo no significa que esté lanzando una invitación para que alguien me localice y represente conmigo alguna fantasía retorcida que se haya montado en su cabeza.

—Fingiste ser alguien que no eres —insisto, aunque apenas se me oye porque tengo los dientes muy apretados.

—Igual. Que. Tú.

Su respuesta es calmada, fría, casi sin expresión. No hay en su voz ni rastro de disculpas, ni de admisión de la locura que ha cometido. Me mira como si estuviéramos al mismo nivel de responsabilidad en esto; como si mi deseo de autenticidad a la hora de escribir justificara sus actos.

—Deja de decir que yo te pedí que lo hicieras. —Se me rompe la voz por la tensión. Me tiemblan las manos cuando agarro la cama con más fuerza, tratando de anclarme, de calmarme, pero no sirve de nada. Cada vez me desmorono más y más—. Lo que acordamos hacer juntos es distinto de lo que tú decidiste hacer por tu cuenta.

—Ah, ¿sí?

Su voz es fría como el hielo. Imperturbable, da un paso hacia mí y entorna los ojos, como provocándome.

—¡Yo nunca te mentí, Saint! —grito en un intento desesperado de retener algo de control en esta situación cada vez más descontrolada—. Tú ya sabías quién era yo antes de venir hasta aquí.

Se me rompe la voz cada vez que hablo, pero me da igual. Necesito que entienda que no es lo mismo, que ha cruzado una línea roja.

Él se sujeta la nuca y contrae la cara en una mueca de enfado y frustración.

—Ah, no. Tú no me has mentido, claro. ¡Estás casada, Petra, joder! —me acusa a gritos mientras se acerca a mí a grandes zancadas.

Me desplazo hacia el otro lado de la cama de manera instintiva para mantener la distancia entre los dos. El pulso me late con fuerza en el cuello.

—Eres esposa y madre —añade, y sus palabras suenan afiladas como puñales—. Y ninguno de tus lectores lo sabe. Yo no tenía ni idea. ¡Finges ser alguien que no se corresponde con tu vida real!

Sus palabras se me clavan tan hondo que alcanzan la parte de mi alma que guardo en privado, donde se encuentran las personas que mantengo al margen de mi vida pública.

Pero, a pesar del dolor que me causan sus palabras, me niego a permitir que vuelva a tergiversar las cosas. No pienso dejar que me haga sentir culpable por algo que no tiene nada que ver con lo que me ha hecho.

—No es lo mismo —susurro con la voz temblorosa y los ojos muy abiertos por el miedo y el enfado.

Pero, mientras lo digo, siento el peso de su acusación, que me obliga a replantearme las cosas, aunque sea por un momento.

Él permanece al borde de la cama, mirándome desde arriba con ojos oscuros, impenetrables.

No puedo quitarme de encima la sensación de que está a punto de ocurrir algo terrible. Estoy atrapada y los dos lo sabemos.

Me levanto de la cama con cuidado y noto el frío suelo bajo los pies cuando trato de alejarme de él. Estamos en lados opuestos de la cama, que se ha convertido en una barrera temporal entre los dos, pero que en realidad no me ofrece una protección real. Con el corazón desbocado, busco la manera de huir, pero todas las opciones ofrecen el mismo resultado: no puedo escapar porque él es más rápido que yo.

—¿En serio me recriminas que tenga vida privada? —La voz me falla, pero logro transmitirle la desesperación que siento—. Mira lo que ha pasado con la poca información que he hecho pública.

Las palabras quedan colgando entre los dos, pero no parece muy afectado. Empieza a moverse despacio, y con determinación, alrededor de la cama, como un depredador acorralando a su presa. El corazón se me acelera al comprobar que la cama ya no es una barrera segura, sino una línea divisoria delgada y sin valor.

Tengo la espalda apoyada en la pared, y su fría superficie me confirma la terrorífica realidad del momento.

«No puedo escapar».

Él se cierne sobre mí, con esa calma tan suya y que tanto me enerva.

Tengo la boca tan seca que apenas puedo tragar saliva. Al parecer, toda la humedad se ha concentrado en las palmas de mis sudorosas manos. Me siento como un animal arrinconado, impotente, indefenso. Sé que no puedo vencerlo en un combate físico, lo ha demostrado una vez más al atraparme con tanta facilidad, por lo que me obligo a sostenerle la mirada, a pesar de que mi cuerpo me grita que agache la cara y me encoja hasta desaparecer.

—No somos tan distintos, Petra. —Ha bajado el tono de voz y me habla con suavidad, como si quisiera persuadirme, convencerme de que tiene razón. Su estatura me hace sentir todavía más pequeña y vulnerable. Baja aún más la voz, que se convierte en un susurro tentador—. Tú necesitabas inspiración y yo te la di de un modo que no podrías ni haber imaginado con esa cabecita.

Se inclina hacia mí y su cálido aliento me provoca un escalofrío.

—Y te encantó —murmura orgulloso, satisfecho—. De nada.

Siento que las paredes se encogen y me encierran en la habitación. Aprieto los párpados con fuerza, tratando de bloquear la realidad de su presencia tan cercana, pero no sirve de nada. Aunque no lo vea, lo sigo percibiendo. Su aliento me acaricia la mejilla, su presencia es sofocante. Una lágrima se me escapa por la comisura del ojo y tengo que morderme la mejilla por dentro para no sollozar. Siento el camino que recorre la lágrima mientras me desciende por la cara hasta llegar a la mandíbula.

Me encojo al notar que él me la aparta con el dedo. Su contacto me resulta demasiado íntimo e invasivo, me genera rechazo, casi repulsión. A él le da igual; no se aparta, no me deja espacio para respirar. Estoy temblando, pero me obligo a mantenerme inmóvil para no demostrar el miedo que experimento.

Me ha dicho que no pensaba hacerme daño, pero no estoy convencida de ello en absoluto.

«No me siento segura».

Pero tampoco tengo ninguna evidencia de que planee hacerme daño físico, al menos de momento. Se está comportando de un modo tan ambiguo que me causa escalofríos; como si estuviera jugando a un juego del que solo él conoce las reglas.

Saber que en realidad no está casado —que eso también era mentira, como todo lo demás— cambia la perspectiva y las reglas del juego, porque ahora sé que él no tiene nada que perder si lo nuestro sale a la luz. Nada.

En cambio, yo puedo perderlo todo.

«Todo».

La revelación me golpea con fuerza. Mi matrimonio, mi familia, mi vida... Todo podría estar a punto de venirse abajo.

Cuando llegué aquí, pensaba que estaba pasando por un mal momento, pero tras las pésimas decisiones que he tomado estas últimas semanas, estoy peor que nunca. Ya no es que tenga la moral por los suelos, es que he atravesado el suelo rocoso y me estoy adentrando en el manto terrestre y voy en caída libre hacia el núcleo.

Me estoy hundiendo y no dejo de hundirme.

Estoy hundida.

Una idea se abre camino en medio de esta espiral de pensamientos destructivos. El título del libro.

«*Hundida*».

Porque así es como estoy, así me siento. Es un título que define a la perfección la trayectoria de mi vida y, al mismo tiempo, refleja la realidad de Reya. Siempre y cuando salga con vida de esta, claro. Porque, ahora mismo, no sé si podré terminar el libro o si estoy condenada.

Me escuece la garganta cuando me trago el nudo que se me ha quedado encallado ahí y levanto la vista para mirarlo a los ojos. De momento, no sabría decir si está disfrutando de su actual situación de poder o si se encuentra tan perdido como yo en esta fantasía enrevesada.

—¿Se lo vas a contar a mi marido? —le pregunto asustada, con un hilo de voz.

Si lo hace, me arruinará la vida por completo, destrozará lo que tanto me he esforzado en proteger. Si se lo cuenta a Shephard, todo habrá terminado.

Me mira como si lo hubiera ofendido con mi pregunta y frunce el ceño, como si estuviera muy por encima de esas cosas.

—¿De verdad me ves capaz de hacer algo así?

Su voz suena seca, molesta, como si no se creyera lo que está oyendo, pero me da igual. No puedo confiar en él; ya no.

—No tengo ni idea de lo que eres capaz de hacer —admito en voz baja, y la verdad que encierran mis palabras me golpea con fuerza.

No sé quién es este hombre.

Él guarda silencio mientras me examina como si quisiera memorizar mis rasgos, como si se estuviera grabando este momento en la memoria. Cuando fija la vista en mis labios, los suyos se separan ligeramente. Por un instante, me viene a la cabeza el recuerdo de su sabor. Quiero escupir para librarme de él, quiero borrarlo de mi memoria. Quiero hacer desaparecer cualquier cosa que me recuerde a sus caricias.

Saint se inclina sobre mí y levanta la mano para acariciarme el labio tembloroso con los dedos, en un gesto casi tierno. Es como si deseara con todas sus fuerzas besarme, aunque no me cabe en la cabeza que pueda estar pensando en algo así en estos momentos.

—Soy capaz de muchas cosas —admite en voz baja y cargada de intención—, pero destruirte no es una de ellas.

«Pero si ya lo has hecho».

Lucho por mantener el control de mis reacciones, por mostrar un rostro neutro y un cuerpo calmado. Tal vez así logre salir de la cabaña con vida. Solo tengo que mantener la calma.

—Hazme un favor, Petra —añade en voz todavía más baja, casi un susurro—. Cuando termines el libro, dedícaselo a Saint, porque ha sido él quien te ha arrancado la historia a polvos.

Sus palabras me sientan como una bofetada. Contengo el aliento de manera instintiva, visceral, pero no es una reacción provocada por el miedo. No, es algo mucho más oscuro e inquietante. He contenido el aliento porque sé que no debería estar sintiendo lo que siento ahora mismo. Mi cuerpo ha elegido reaccionar de modo opuesto al de mi mente.

El intelecto me grita que me proteja, que salga huyendo, pero mis nervios y el calor que me está inundando el vientre me chillan justo lo contrario. Mi cuerpo todavía desea que me toque, que me bese, que me folle.

Me estoy odiando ahora mismo. Odio sentir que conviven dos personas dentro de mí, y que están discutiendo por un monstruo.

«¿Qué me pasa?».

¿Por qué no puedo salir corriendo? ¿Por qué no le doy un empujón o hago cualquier otra cosa, en vez de quedarme aquí quieta como un pasmarote?

«¡No seas idiota, Petra! Esto no es un libro».

—Quiero irme —susurro con la voz temblorosa y más insegura de lo que pretendía.

Es la verdad, quiero irme. Por lo menos, mi mente sí quiere.

Él sigue observándome la boca, acariciándome los labios con tanta delicadeza que me hace estremecer. Cuando levanta los ojos, me clava en el sitio con la mirada, tan intensa que parece ver a través de mí, parece saber el tipo de batalla que mi cuerpo está luchando contra mi conciencia.

Me ignora por completo, como si no me hubiera oído, y, en vez de hacerme caso, me hunde la lengua en la boca, sin avisar, con una pasión que me roba el aliento. El calor se funde con el miedo en un beso hecho de pasión y de desesperación a partes iguales. Por un instante, me quedo atrapada en él.

No quiero devolvérselo, no quiero rendirme a la atracción, pero mi cuerpo me traiciona y mis labios buscan los suyos como si tuvieran voluntad propia. Me invade la ya habitual descarga de adrenalina que acompaña al deseo. Me asusta, porque hace que me dé cuenta de que no controlo mis actos.

«Petra, eres fuerte, eres inteligente. No caigas en esto».

Le apoyo las manos en el pecho y lo empujo con todas mis fuerzas.

En cuanto rompo el contacto, él se aparta con una lentitud que me parece calculada. Da un paso atrás que crea una brecha física entre los dos, reflejo de la brecha emocional que estoy tratando de establecer entre nosotros. Cuando nuestras miradas se cruzan por un instante, veo algo nuevo en sus ojos, algo que no había visto hoy: un destello de vulnerabilidad.

Es como si no quisiera que me marchara, como si esperase que cambiara de idea.

Pero no pienso hacerlo; no puedo.

«Está loco».

No malgasto ni un segundo. En cuanto tengo un espacio libre, lo aprovecho. Me separo de la pared y noto que el pulso se me vuelve a disparar cuando me dirijo a la puerta del dormitorio. Sin detenerme, me agacho a recoger el móvil por el camino. Siento el peso de su mirada en mí, pero me niego a mirar atrás. No quiero ver lo que hay en sus ojos. No quiero saber si piensa detenerme.

Me guardo el móvil en el bolsillo y recupero el portátil de la mesa. Lo sujeto con fuerza mientras me dirijo a la puerta principal. Por el camino, recojo la maleta.

Tiemblo de arriba abajo. Con todos los músculos en tensión, llevo la mano al pomo mientras rezo para que no me detenga. Abro la puerta sintiendo que la adrenalina se me dispara y salgo al exterior. La lluvia me ayuda a recobrar la cordura.

No miro atrás, ni por un segundo.

Lanzo la maleta y el portátil sobre el asiento de atrás del coche, con las manos temblorosas. El pánico sigue demasiado presente, demasiado fresco, pero continúo moviéndome, como en modo piloto automático. Me siento al volante y cierro de un portazo. Lo primero que hago es cerrar las portezuelas con seguro. El sonido me sabe a victoria, aunque sé que todavía no estoy a salvo. Introduzco la llave de contacto y la hago girar.

Cuando el motor ruge y se enciende, no pierdo el tiempo. Pongo la marcha atrás y aprieto el gas a fondo. Solo entonces me atrevo a levantar la vista, mientras el corazón me late en el pecho como un tambor.

Saint está en la puerta de la cabaña, reclinado contra el marco. Me sostiene la mirada mientras me observa irme con una expresión que no logro descifrar. No está furioso, ni siquiera molesto. Su rostro muestra cierta calma, casi resignación. Su postura es relajada, con los brazos cruzados ante el pecho, como si se conformara con contemplarme, pero no puedo quitarme de encima la sensación de que me está dejando huir con demasiada facilidad, que se me escapa algo.

Le sostengo la mirada mientras me alejo de la casa con el corazón desbocado en el pecho. Quiero asegurarme de que no va a seguirme, de que esto no va a convertirse en otro de sus juegos retorcidos.

Cuando me incorporo al camino, él levanta una mano y me saluda. Su gesto es tan despreocupado, tan «normal», que no tiene sentido en un momento tan terrorífico. Es como si fuera una despedida entre dos viejos amigos, en vez de una huida. Como si no estuviera escapando con un miedo a morir que me obstruye los pulmones.

Piso el acelerador a fondo. Los neumáticos protestan al rodar sobre la grava, pero no aflojo la velocidad y me alejo de la cabaña tan deprisa como puedo, con el pulso latiéndome en la garganta. Y cuanto más me alejo, más lágrimas me caen por las mejillas.

Con cada metro de distancia que pongo entre los dos, más miedo voy soltando. Poco a poco voy liberando el pánico hasta que casi me ahogo con los sollozos que tengo atrapados en el pecho. Lloro y lloro sin consuelo durante kilómetros.

Sigo sin asimilar lo que acaba de suceder.

«¿Cómo he dejado que las cosas llegaran tan lejos?».

Pienso en Shephard, en las niñas. Veo sus caras en mi mente y me encojo bajo una nueva descarga de culpa. ¿Cómo he podido ser tan egoísta? ¿Cómo he podido ponerlas en peligro de esta manera? Pensar en ello hace que se me retuerza el estómago.

«¿Y si se le ocurre ir a por ellas?».

¿Y si mis actos las han convertido en objetivos en el juego retorcido al que Saint está jugando?

No estoy segura de que estén a salvo de él. Tampoco sé si yo lo estoy, pero por lo menos no me está siguiendo. Algo es algo. Espero que se haya cansado ya de esta fantasía, que se conforme con lo que ha obtenido de mí y que no busque continuar con ello en el futuro. Pero sé que no es más que una esperanza, algo frágil a lo que me aferro a falta de algo más sólido.

Suelto un grito cuando un sonido inesperado y ensordecedor me arranca de mis pensamientos. He dado un brinco en el asiento al pensar que se trataba de él, que ha encontrado la manera de alcanzarme, pero luego me doy cuenta de que es el móvil, que está sonando.

«No es más que el móvil».

Suelto el aire de manera entrecortada para calmarme, aunque el corazón sigue latiendo a toda velocidad. Me vuelvo hacia el asiento del acompañante, donde el aparato continúa zumbando con violencia. Al ver el nombre de Shephard escrito en la pantalla me acuden nuevas lágrimas a los ojos. ¿Cómo puedo haber sido tan idiota? ¿Cómo puedo haberle hecho eso a un hombre que siempre se ha portado bien conmigo?

Cojo el teléfono y me seco los ojos con el dorso de la otra mano. Respondo tratando de mantener la voz firme, de tragarme las emociones que amenazan con adueñarse de mí.

—Hola —le digo, pero se me rompe la voz, que acaba siendo algo a medio camino entre un susurro y un grito histérico.

—¿Estás bien? —me pregunta preocupado.

La ternura que detecto en su voz se clava en mí como un cuchillo y hace que me cueste mucho más mantenerme entera.

Inspiro hondo y me trago el sollozo que estaba a punto de escaparse de mi garganta.

—Sí, sí —respondo, aunque sé que la voz me suena quebradiza, como si pudiera acabar de romperse en cualquier momento—. Es que... no me encuentro muy bien. Por eso estoy volviendo ya para casa.

Después de todas las mentiras que le he dicho, esta me sale con facilidad, pero, igualmente, siento que lo estoy traicionando, que estoy añadiendo una capa más de engaño a todas las anteriores.

—Oh, vale. —Hace una breve pausa. Me parece distinguir decepción en su voz, aunque enmascarada de preocupación—. Se lo diré a las niñas. Se alegrarán de que vuelvas, aunque siento que te encuentres mal. ¿Quieres que prepare un caldito?

Al oírlo, me cae otra lágrima por la mejilla. ¿Cómo puedo haberle hecho algo tan terrible a un hombre como él? Un hombre capaz de dejarlo todo para prepararme un caldito porque estoy «enferma». No me merezco su cariño, no me lo merezco a él. De repente anhelo mi vida aburrida. Quiero una vida asentada. Prefiero una vida rutinaria a esta mierda que estoy viviendo ahora mismo.

—Sí —susurro—. Un caldito me vendría muy bien. Llegaré a casa en un par de horas.

—Ve con cuidado. —Su voz está llena de amor y preocupación.

—Lo haré. —Inspiro entrecortadamente y me seco las lágrimas una vez más—. Te quiero, Shephard.

—Yo también te quiero.

Su declaración, pronunciada en un tono suave, me alcanza como un puñetazo en el estómago.

Cuelgo el teléfono, pero las lágrimas no cesan. Cuando llego a una señal de stop, miro a mi alrededor para asegurarme de que no me sigue nadie. La carretera está vacía. El mundo exterior es un lugar tranquilo, pacífico, comparado con la tormenta que ruge dentro de mí. Inspiro hondo y procuro calmarme mientras desbloqueo la pantalla. Con rapidez, busco el contacto de Saint.

Sin dudarlo, bloqueo su número.

Suelto el aire en un suspiro lento y entrecortado, sin apartar los ojos de la pantalla. Siento como si acabara de cometer un pequeño acto de rebelión, un pequeño paso para empezar a recuperar el control de mi existencia. Sé que no es suficiente, que bloquear su número no va a borrar lo sucedido, ni va a librarme del miedo a que vuelva a presentarse en mi vida, pero me queda la esperanza. Espero que verse bloqueado le haga entender que esto se ha acabado.

«Tiene que acabar».

Rezo para que lo que haya sido que fuera esto, el juego al que estuviera jugando, haya llegado a su fin.

Siempre he tenido claro que debía tener miedo de seres como los leones o los osos, porque es evidente que son peligrosos. Pero acabo de darme cuenta de que debería sentir más miedo de los seres que tienen la capacidad de fingir que no son peligrosos.

«Por favor, que él también lo dé por terminado».

23

—Ya he terminado —comenta Shephard.

Cierra el libro y, cuando lo deja caer entre los dos, hace un ruido sordo que me recuerda al de un mazo de un juez en el silencio de la habitación.

Estamos ya en la cama, y yo finjo estar concentrada en el portátil, como si estuviera leyendo correos electrónicos, aunque en realidad tengo la mirada perdida en la pantalla. Llevo una hora sin enterarme de nada. He estado pendiente de cada página que Shephard volvía, de cada vez que respiraba, mientras avanzaba hasta llegar a la última página de mi último libro. Espero que nunca llegue a descubrir que se inspira en hechos reales.

Cada vez que Shephard lee alguno de mis libros, me tenso, pero esta vez, después de todo lo que ha pasado, mucho más que las anteriores. En general, siempre quiero que disfrute con lo que escribo, pero esta vez me conformo con que no vea lo que se esconde bajo la superficie.

Shephard prefiere leer mis historias cuando ya están en forma de libro. No le gustan los manuscritos digitales, porque dice que le gusta sentir el peso del libro en las manos. Tiene un marcapáginas metálico que solo usa para mis novelas.

Prefiere leer el producto final, ya pulido, después de que haya introducido todos los cambios. Conoce mis hábitos de escritura casi tan bien como Nora, y por eso prefiere esperar a que haya cambiado todas las cosas que no me acaban de convencer antes de leerlo. Le gusta tener en sus manos el producto de meses de revisiones y modificaciones con un bonito encuadernado en tapa dura.

Siempre le doy a él el primer ejemplar, que me llega un par de semanas antes de que salga a la venta.

Nunca me había sentido tan nerviosa al darle a leer una de mis novelas a Shephard. Su opinión me importa más que nunca, porque me preocupa que reconozca partes de mí en Reya. Más que preocuparme, me asusta bastante.

—¿Y bien? —le pregunto con los dedos sobre el teclado, aunque hace rato que he dejado de fingir que estaba escribiendo.

El temblor de mi voz me traiciona. Si hay algo que admiro de Shephard es su honestidad. Nunca se muerde la lengua a la hora de decir lo que piensa, y ahora más que nunca —después de dejar a Saint plantado en la cabaña— valoro que sea tan honesto.

La honestidad me hace sentir segura, justo lo que necesito.

Contengo la respiración a la espera de comprobar si la verdad que hay escondida entre líneas permanece invisible a sus ojos.

Tras una pausa, Shephard se vuelve hacia mí. Las hebras de su silencio se estiran y tensan entre los dos mientras busca las palabras adecuadas.

—Ha sido... —Se frota la nuca mientras frunce el ceño, concentrado.

Con el corazón en un puño, espero a lo que tenga que decirme, aunque cada segundo es una agonía.

—Ha sido electrizante, Petra. Creo que se ha convertido en mi favorita de todas las que has escrito.

Sus palabras me cubren como un bálsamo y calman la ansiedad que llevaba semanas reconcomiéndome. Su halago me cala hasta lo más hondo y me llena de una calidez que hacía tiempo que no sentía.

—¿En serio? —El alivio hace que mi voz suene más liviana, casi incrédula.

No era consciente de lo mucho que necesitaba su aprobación hasta que he escuchado sus palabras.

Shephard se inclina hacia delante, cierra la tapa de mi portátil con delicadeza y lo deja en la mesita de noche, a su espalda. Sus movimientos son decididos y su mirada no se aparta de la mía en ningún momento. De repente, sin previo aviso, cambia de postura y tira de mí con un gesto fluido que hace que quede pegada a él y que se me acelere el pulso. Apoyado en el codo, me aparta un mechón de pelo de la cara. Es una caricia delicada, afectuosa, que reaviva mi culpa.

«¿Cómo me atrevo a sonreírle después de las cosas horribles que le he hecho?».

Se cierne sobre mí y me besa en la frente. Sus labios permanecen allí un instante antes de echarse un poco hacia atrás para mirarme.

—No sé qué es, pero hay algo distinto en esta novela —me dice en tono suave, casi reverencial—. He sentido... No sé, me cuesta expresarlo con palabras sin insultar a tus demás libros. —Hace una pausa y sonríe mientras me recorre la cara con la mirada—. Lo he sentido auténtico. —Vuelve a besarme, esta vez en los labios pero con la misma ternura, antes de echarse hacia atrás con una sonrisa traviesa—. Me has puesto cachondo, la verdad.

Agacha la cabeza para besarme detrás de la oreja antes de susurrar:

—¿Quién es Saint?

El mundo deja de girar.

«Me da un infarto».

Mi corazón pasa de latir normal a golpearme con violencia las costillas. Me cuesta respirar, pero me obligo a calmarme y a no reaccionar antes de hora a pesar del pánico que se ha apoderado de mí.

—¿Quién? —logro preguntar, con la voz aguda por el nudo que se me ha formado en la garganta.

Él levanta la cabeza y me mira a los ojos. Por suerte, no veo en los suyos ni rastro de enfado ni acusación, solo curiosidad.

«No lo sabe».

Me está haciendo una pregunta inocente, pero mi corazón sigue desbocado porque yo sí lo sé.

—Le has dedicado el libro a alguien llamado Saint —me recuerda con una sonrisa irónica.

«¡La dedicatoria!».

Cierro los ojos y me maldigo en silencio por olvidarme de ese detalle. Me he esforzado tanto por archivar las cosas que sucedieron con Saint que ni se me pasó por la cabeza que Shephard se fijara en la dedicatoria —o le importara—. Pero ahora aquella realidad me está mirando a la cara. Han pasado seis meses desde que entregué el libro y todavía más tiempo desde que escribí la dedicatoria.

Si al final hice caso de la petición final de Saint fue por miedo a lo que pudiera hacer si no seguía sus instrucciones. No quería arriesgarme a que se enfureciera. O, peor aún, a que se presentara aquí a pedirme explicaciones. Él sabe dónde vivo. Yo, en cambio, conozco tan poco sobre él que no sabría cómo impedir que viniera.

—No sé quién es Saint —miento. Aunque mi voz suena casi convincente, yo sé que mis palabras son falsas, lo que hace que el nudo que tengo en el estómago se me cierre aún más—. Hice un concurso entre los lectores —añado con la esperanza de que suene razonable—. Y elegí a uno de ellos al azar para dedicarle el libro.

Cierro los ojos con fuerza. Espero que la tensión se rompa de una vez, que me llame mentirosa y me diga que lo sabe todo, pero, en vez de eso, se echa a reír, y su risa —suave, genuina— me retuerce por dentro.

—Mola —comenta—. Le vas a alegrar el año, seguro.

«Seguro».

—¿Tienes la maleta preparada para la gira?

—No, la prepararé mañana —respondo aliviada ante el cambio de tema—. Esta vez tenemos dieciséis presentaciones, así que tendré que llevar dos maletas.

—Guau, una gira de las grandes —comenta burlón—. ¿Nora irá contigo?

—Sí.

Sonrío, pero por dentro siento que me ahogo ante la perspectiva de irme de gira. Voy a tener que mentir a mis lectores sobre qué me inspiró a escribir este libro y voy a tener que conseguir que suene convincente. Me dan miedo las presentaciones, porque esta va a ser la primera gira que haga después del fiasco de la adaptación cinematográfica. No sé qué esperar, y tener que añadir mentiras en las presentaciones me altera aún más los nervios.

Espero que la gente venga. Y, ya puestos, que vengan con buenas intenciones. Las mentiras que me veo obligada a contar no hacen más que apilarse unas sobre otras y temo que terminen por ahogarme. Tengo muchas ganas de sincerarme con Shephard y contarle la verdad, pero no puedo. De momento, no.

No se lo podré contar nunca.

Shephard se acerca y vuelve a besarme. Yo se lo permito y muevo los labios sobre los suyos, aunque mi mente está muy lejos de aquí. Ha vuelto a la cabaña, donde Saint sigue en la puerta, observándome mientras me marcho. Por mucho que quiera olvidarlo, sé que nunca podré escapar de lo que sucedió entre nosotros.

Cuando Shephard me lleva la mano al pecho, separo las piernas para darle lo que sé que quiere. Segundos más tarde, está dentro de mí.

Practicamos sexo más a menudo ahora que antes de que Saint entrara en mi vida. Sospecho que en parte es porque siento que he traicionado a Shephard de tantas maneras que hacerle el amor es como rezar un avemaría. Si le concedo su actividad favorita, tal vez compensaré algunas de las cosas terribles que he hecho.

Pero no puedo negar que, si hacemos el amor más a menudo, es porque, cuando Shephard está dentro de mí, cierro los ojos y me imagino que es Saint quien me folla.

Por mucho que quiera evitarlo, mis pensamientos siempre regresan a la excitación de los días que compartí con Saint. Y por mucho que lo odie y me odie a mí por lo que sucedió, no puedo negar que la atracción que sentí por él fue muy real. Los sentimientos que mi cuerpo experimentó en los momentos íntimos que compartimos fueron auténticos. Y aunque convivo con la culpa y los remordimientos, sigo siendo humana y tengo fantasías depravadas que nunca le contaría a otro ser humano. Por eso, cuando Shephard me folla, me imagino que es Saint quien lo hace. Porque Shephard no puede leerme la mente. Porque soy humana. Y porque, por mucho que haya aprendido la lección y la haya aplicado a mi vida real, en mis fantasías puedo hacer lo que quiera.

Y en esta fantasía en concreto estoy navegando en el lago, con Saint, y es él quien acaba de montarse sobre mí tras leer *Hundida*.

24

Hoy es el día de publicación oficial de *Hundida*. Han pasado más de dos años desde el último lanzamiento. Antes, ese día era como un sueño para mí, pero ahora lo vivo más como una pesadilla.

He experimentado este proceso tantas veces que todas ellas se mezclan en mi mente, pero hoy es distinto. El posible éxito o fracaso de esta novela en particular me pesa más, a causa de la culpa que acompañó a la experiencia de escribirla.

Me da igual si entra en las listas de los libros más vendidos. Ni siquiera me importa demasiado que a la gente le guste. Lo único a lo que aspiro es a terminar la primera presentación sin venirme abajo tras superar la ronda de preguntas de los lectores. Si pierdo el control de nuevo y salgo corriendo del estrado, ya me veo atiborrándome a pastel de coco —de la marca Pepperidge Farm a ser posible— mientras ideo a qué voy a dedicarme en el futuro.

Tengo un nudo en el pecho, que se aprieta más a cada segundo. Desde el camerino en el que espero oigo el lejano murmullo de voces, que me recuerdan que pronto tendré que enfrentarme al público y responder a todas las preguntas que quieran hacerme sobre el libro. O sobre cualquier cosa.

Nora se ofreció a filtrarme las preguntas, pero le dije que no. Necesito enfrentarme a lo que venga, da igual lo vulnerable que me haga sentir.

Mi amiga está a mi lado, brillante y bulliciosa como siempre, pero hoy siento que su energía y su confianza en mí solo amplifican mi ansiedad. Me echa un vistazo y sé que nota el tornado de emociones que gira dentro de mí. Hay personas ante las que logro disimular los nervios, pero con Nora es imposible.

—Has hecho esto un millón de veces —trata de calmarme—. Y todo el mundo que ha venido se alegra de que estés aquí.

—¿Y si no es verdad? ¿Y si algunos han venido con malas intenciones y lo que quieren es grabar un vídeo en el que quede como una idiota para subirlo a las redes y que se haga viral como en la última presentación?

Nora me toma las dos manos.

—Eh —susurra—. Ya sabes lo que es hacerse viral Ya sabes lo que es quedar como una idiota. No hace falta que te preocupes por eso.

Sus palabras me arrancan una carcajada.

—Tienes razón, toda la razón del mundo.

La directora de la librería viene a buscarme al fin. Ha llegado el momento de salir a escena. Nora me guarda el bolso y el móvil, y me da ánimos con una sonrisa.

—Tú puedes, Petra. Está chupado.

La dejo allí y me abro camino tras la cortina, con el corazón golpeándome el pecho mientras me obligo a plantarme una sonrisa en la cara. La voz de la librera reverbera en mis oídos. Dice algo sobre lo contenta que está de tenerme ahí, y de lo satisfechos que están por la afluencia de público, pero yo solo puedo fijarme en las caras, que no son pocas.

Ha venido muchísima gente. Me quedo pasmada unos segundos, sorprendida.

«Han venido. La gente ha venido de verdad».

Esta vez, cuando sonrío, lo hago con una emoción auténtica.

Inspiro hondo y sigo andando con las piernas temblorosas por el escenario. La luz tenue de las lámparas del techo no logra atemperar el frío por los nervios que se me acumulan en el estómago.

Saludo a la multitud antes de sentarme, y me paso las manos por el regazo mientras me centro. La directora sigue hablando y oigo que enumera algunas de mis novelas más vendidas, pero su voz me llega desde lejos, como si estuviéramos bajo el agua. Jugueteo con los reposabrazos mientras me preparo para el inevitable asalto de preguntas, sabiendo que ese será el momento de mayor vulnerabilidad.

Cuando termina la presentación, la librera da las instrucciones.

—Quien tenga alguna pregunta que levante la mano. Francis os acercará el micrófono.

La gente empieza a levantar la mano al instante y Francis se acerca a la primera lectora. Es una mujer de mi edad, más o menos. Lleva una blusa y me fijo en que tiene un montón de libros en el regazo. Otras mujeres sentadas en la misma fila le susurran cosas, por lo que me imagino que han venido en grupo.

Cuando finalmente establece contacto visual conmigo, veo que parece estar tan nerviosa como yo.

—Tal vez esta pregunta sea un poco incómoda —empieza diciendo—, pero es la primera aparición pública que haces en dos años..., desde la adaptación.

—Ay, madre. —Me río, sin saber qué cara poner.

—Ya —sigue diciendo la lectora—, ya sé que es un asunto delicado, pero nunca te has manifestado sobre el tema y todas nos morimos de ganas de saber por qué permitiste que borraran a Caleb de la película. ¿Nos lo podrías aclarar, por favor?

Un murmullo recorre la sala, pero, para mi sorpresa, no me importa la pregunta ni los murmullos. Era inevitable que saliera el tema. Si quiero seguir escribiendo, cuanto antes me lo quite de encima mejor.

—Sí. No es que me apetezca hacerlo, claro, pero creo que los lectores os merecéis una explicación.

Los murmullos vuelven a recorrer la sala, esta vez acompañados de algún aplauso.

—La verdad es que soy escritora, me dedico a escribir libros. Y para adaptar esos libros al cine hacen falta años de trabajo, el trabajo de muchas personas. El mundo del cine no se parece en nada al mío. Ni siquiera lo veo como parte de mi carrera, porque no soy directora, ni productora, ni siquiera guionista. Ellos son los expertos en su campo. Por eso, cuando su idea de lo que debía ser la adaptación se alejó de lo que yo quería ver en la pantalla (lo mismo que queríais ver vosotros), confié en su criterio, pensando que así la película sería mejor. Yo no tenía experiencia en el tema. Por supuesto, di mi opinión, pero cada vez que defendí a Caleb me topé con mucha oposición.

Oigo varios gruñidos entre el público.

—Un momento. No estoy echándole la culpa a nadie.

Sí, Allister, el productor, tenía una visión distinta a la mía. Él estaba a cargo del proyecto y decidió cambiar la trama, pero muchas personas estuvieron de acuerdo con él. Es un riesgo que corres como autor cuando vendes los derechos de tus novelas.

El micrófono ha pasado a otras manos, pero la nueva lectora insiste en el tema.

—Pero ¿por qué negaste haber tenido nada que ver con la decisión? Todos hemos visto el intercambio de mensajes.

Siento que me ruborizo, que el calor me trepa por la nuca. Sabía que esto iba a ser inevitable, y por eso elijo responder con total honestidad.

—¿Francamente? Cuando escribí el post diciendo que la decisión no dependía de mí, fue porque lo pensaba. Si hubiera podido elegir, me habría mantenido fiel al libro, pero perdí la confianza en mí misma. Tiré la toalla y me rendí en vez de seguir luchando por Caleb. La culpa de eso es mía y de nadie más, y por eso pido disculpas. Que sepáis que sigo siendo del equipo Caleb a muerte.

El público empieza a aplaudir al instante y yo siento un gran alivio ante su reacción, aunque sé que todo esto llegará a internet, donde mis palabras se diseccionarán y generarán miles de opiniones. Pero reconozco que haber podido explicarme sin cargarle las culpas a nadie me hace sentir bien. Allister no puede decir lo mismo, pero ya me da igual. Si quiere seguir paseándose por los pódcast llamándome «difícil», que lo haga. Una cosa tengo clara. A partir de ahora, si se adapta alguna otra de mis novelas, voy a ser difícil de verdad. Voy a partirme el alma por la historia que se ganó el corazón de los lectores y me voy a ganar a pulso la fama que Allister me ha dado. Va a ser lo mejor para todos. Prefiero estar orgullosa de las adaptaciones que se hagan; no quiero películas en las que ni siquiera reconozca la trama original.

La mujer que me ha hecho la pregunta me da las gracias, pero, cuando está a punto de devolver el micrófono, se lo lleva de vuelta a la boca y añade:

—Solías ser más activa en las redes sociales, pero desapareciste una temporada. Pensábamos que te habías retirado para siempre. Solo quería darte las gracias por no hacerlo.

—Lo hice, me retiré para siempre —replico tan deprisa que corto en ciernes el aplauso que empezaba a arrancar. El público, confundido, no sabe cómo reaccionar—. Sé que no era una pregunta, y te agradezco tus palabras, pero, ya que estamos siendo sinceros, admito que también tiré la toalla con eso.

Me enderezo en la silla para seguir respondiendo la no-pregunta. No sé cómo expresar en palabras lo que quiero decir; ni siquiera sé si debería hacerlo. Me parece un tema demasiado íntimo para compartirlo en una sala llena de desconocidos, pero, de no ser por ellos, yo hoy no estaría aquí. Por eso me lanzo.

—Me gustaría poder decir que he hecho callo tras estos años en la industria editorial, pero no es así. A veces, la negatividad de los comentarios me supera y necesito esconderme de todo. Sí, he leído libros de autoayuda, he tratado de ignorarlos, he ido a terapia, lo he probado todo, pero las cosas que leo me siguen afectando, y a veces necesito alejarme de verdad de esas reacciones. No todos tenemos la piel tan dura como para que nos resbalen los comentarios. Creo que no pasa nada por admitir que los ataques nos llegan al corazón, aunque sea un poco. Me muestro en redes cuando me siento fuerte, e interactúo cuando me veo emocionalmente estable, porque mi salud mental es muy valiosa para mí. Por muchos consejos que la gente me dé, nada ha impedido que las críticas me sigan doliendo de vez en cuando. Estoy segura de que volveré a tirar la toalla en más ocasiones, pero mientras me queden fuerzas para volver a empezar, me conformo. No necesito ser perfecta; soy humana y me equivoco.

Esta vez, los aplausos que siguen a mis palabras son más entusiastas. La mujer que me ha hecho la pregunta me da las gracias y le pasa el micrófono a la siguiente persona que quiere hablar. Miro de reojo hacia un lateral y veo que Nora me está dirigiendo una mirada orgullosa. Cuando me muestra el pulgar hacia arriba, empiezo a sentirme más tranquila.

—Yo también iba a preguntar por la película, pero supongo que ese tema ya está zanjado —dice otra chica, y su comentario es recibido con una ronda de risas—. Antes que nada, quería decirte que me encantan tus libros. Me llamo Christian y soy muy fan. Todas lo somos. Somos un grupo de lectura y hemos venido todas a verte. —Señala a un grupo de mujeres que llevan la misma camiseta.

Aprovecho que habla ella para coger el botellín de agua que hay en el suelo, junto a la silla. Vuelvo a mirar a la chica mientras me hace la pregunta.

—Me preguntaba si tendrías algún consejo para los autores que empiezan.

Asiento con la cabeza mientras desenrosco el tapón. Justo cuando estoy a punto de llevarme la botella a la boca, me detengo en seco. Al principio, solo es una sensación de familiaridad, de haber reconocido a alguien entre el público; una cara que me atrae como una fuerza gravitacional.

Y entonces, me quedo helada.

Nuestras miradas se cruzan.

Es Saint, sentado unas filas por detrás de la mujer que tiene el micrófono. Siento que la sala se encoge, como si alguien hubiera succionado el aire. Veo que levanta la mano sin apartar la mirada de mis ojos. Está pidiendo el micrófono.

La sala está en silencio, expectante, esperando la respuesta a la pregunta que me han hecho.

«¿Cuál era la pregunta?».

—Google —respondo con un hilo de voz—. Google es el mejor amigo del escritor. Cualquier duda que uno tenga, ha sido ya respondida en internet. La cuestión está en elegir la respuesta que más te inspire.

Doy un sorbo rápido.

«¡Ay, Dios!».

Siento que empiezo a sudar cuando la chica pasa el micrófono hacia atrás. Al ver a Saint se lo ofrece. Él se levanta con aplomo y coge el micro. Su presencia reclama toda mi atención, aunque cada fibra de mi ser me grita que deje de mirarlo. Y que corra.

Pero no puedo.

Contengo la respiración mientras sigo presa de la mirada de Saint. De Cam. De Eric, o como se esté haciendo llamar ahora. Da igual, porque en este momento es todos ellos a la vez, pero también ninguno. No es más que el hombre que me recompuso y luego volvió a hacerme pedazos.

«¿Qué está haciendo aquí?».

Mil preguntas me inundan la mente, que me va a toda velocidad, pero el miedo, frío e implacable, se impone a lo racional y me impide pensar. Me agarro con fuerza a los reposabrazos y me esfuerzo en mantener la compostura, aunque por dentro me desmorono cuando comienza a hablar.

—Solo una pregunta —empieza diciendo, y su voz me provoca el efecto habitual, esa oleada de confusión que se me cuela bajo la piel—. ¿De dónde sacas la inspiración?

Su voz, suave y calmada, se abre camino entre la niebla que me embota la cabeza, como si él quedara al margen del caos que crea en mí. Aunque no puedo saberlo, porque si algo me ha demostrado es que es un gran actor.

Su pregunta —inofensiva para el resto de los presentes en la sala— es como un puñal que me apunta directo al corazón.

«¿De dónde sacas la inspiración?».

Es una pregunta fácil, que he respondido mil veces en situaciones similares, pero, viniendo de él, suena a desafío, como si me estuviera retando a contar la verdad.

Siento que me invade una gran furia, que se queda ardiendo bajo mi piel. ¿Cómo se atreve? Después de todo lo que hizo, tiene el descaro de plantarse aquí, delante de todo el mundo, y fingir que esto no es más que un juego al que seguimos jugando.

Como si no fuera él el causante de que me asuste de mi propia sombra.

Aprieto los dientes y me obligo a mantener la calma para poder dar al público la respuesta que espera. Pero la hoguera de rabia que arde en mi pecho se resiste a apagarse; al contrario, amenaza con desbordarse y salir al exterior.

—La inspiración sale de todas partes —le digo, aunque la voz me suena hueca—, de la vida, la gente, las experiencias. —Es una respuesta mecánica, ensayada, pero no pienso decirle lo que le gustaría oír, que sería: «de ti». La voz me tiembla un poco y me pregunto si la gente detectará la tensión que fermenta en mi interior, si se darán cuenta de lo cerca que estoy de estallar—. ¿Siguiente pregunta?

Aparto la vista de su sonrisa y busco con desesperación a alguien que le quite el micrófono.

—Yo tengo otra —insiste.

Trago saliva.

—Bueno, en realidad, más que una pregunta es un comentario. Solo quería decirte que no he podido soltar el libro hasta el final. Me has tenido colgado de cada palabra. He tenido la sensación de estar en la habitación contigo, viviendo las cosas que experimentan los protagonistas. Para eso hace falta mucho talento, Petra. Eres muy buena en lo que haces.

Se oyen unos cuantos aplausos, pero me ha hablado en un tono tan suave e intenso a la vez que algunas personas se tensan y otras se revuelven incómodas en la silla. Su sonrisa irónica me dice que le importa una mierda lo que los demás piensen. Cuando le entrega el micrófono a otra persona, permanezco inmóvil, paralizada bajo los focos.

Veo borroso a causa de la furia que ha empezado a brotar de mi interior, pero me la trago y me obligo a mantener la compostura. Puedo hacerlo. No me da la gana de permitir que me boicotee la presentación. Después de boicotearme la última yo sola, me dije que nunca más.

Aunque eso fue antes de saber lo que era la rabia auténtica. Esa furia es la que me sostiene a lo largo de la siguiente hora, que se convierte en una de las más duras de mi vida.

En cuanto termina la ronda de preguntas, voy directa al camerino para calmarme un poco antes de empezar con las firmas. Nora no está aquí y, francamente, lo agradezco, porque se daría cuenta de las emociones que tanto me está costando controlar. Me tomo unos minutos para tranquilizarme, beber agua y arreglarme un poco el maquillaje, porque tengo cara de haber visto un fantasma.

Cuando al fin reúno el valor para regresar a la sala, detecto enseguida a Saint, que se encuentra más o menos a mitad de la cola de lectores que quieren que les firme el libro. Él ya me está mirando antes de que establezca contacto visual, como si hubiera tenido la vista fija en la puerta, como si no hubiera tenido del todo claro que fuera a salir a firmar a pesar de su presencia.

Me pregunto si se habrá leído el libro hasta el final. ¿Se quedaría despierto anoche hasta las doce para ser de los primeros en descargárselo? ¿Habrá terminado la novela donde aparece en cada capítulo, cada línea, cada palabra? ¿Se habrá pasado la noche en vela leyendo una historia que no existiría sin él, sin lo que me hizo, sin el caos que creamos juntos en aquella cabaña?

Se me acelera el pulso, pero me obligo a seguir caminando hacia la mesa de firmas como si su presencia no me alterara. Mientras saludo a la primera persona de la cola, la pluma me parece más pesada que nunca.

Atiendo a cada uno de los lectores con paciencia, tratando de retrasar lo máximo posible el inevitable momento en que él llegará a la mesa. Por mucho que me esfuerce en no mirar, los ojos se me van hacia la cola, donde aguarda paciente, como todos los demás, aunque su presencia es la única que me roba el aire. Siento sus ojos clavados en mí todo el rato, como un láser que me quema la piel.

Cuando al fin aparece frente a la mesa, me siento mareada. No levanto la vista cuando me dice:

—¿Puedes dedicárselo a Saint?

Me habla en tono suave, demasiado suave, como si tuviera el control absoluto de la situación, como si no me estuviera destrozando por dentro con todo esto.

«Saint».

A estas alturas encuentro que tener nombre de santo no le pega nada. Además, me niego a cederle el control. Cojo el libro, lo abro y escribo su nombre:

Eric.

Firmo debajo y cierro el libro con energía, mi manera de decirle: «Que te jodan». Lo hago deslizar sobre la mesa sin mirarlo a los ojos en ningún momento.

—¿Ningún comentario personal? —me reclama.

Sus palabras son una provocación disfrazada de broma. Está jugando conmigo, como siempre. Cuando la rabia vuelve a apoderarse de mí, cortante y ardiente, dejo de reprimirla. Levanto la mirada hacia él y, por primera vez, dejo que vea la furia, la frustración y el dolor que llevo tanto tiempo cargando.

¿Cómo se atreve a plantarse aquí y fingir que esto es un encuentro casual, que es un lector como los demás? ¿Cómo se atreve a dejarse ver?

Vuelvo a abrir el libro y, presionando el papel con fuerza, añado:

Un tipo absolutamente desconocido, un completo extraño. Que tengas la vida que te mereces.

Aunque mi intención era ser insultante, él recibe la dedicatoria con una sonrisa arrogante que me ataca los nervios, como si alguien hubiera rascado una pizarra con las uñas. Se inclina hacia mí y baja la voz para que solo pueda oírla yo.

—Gracias por la dedicatoria.

Me niego a decirle «de nada» cuando se queda esperando una reacción. No quiero darle nada más que mi indiferencia. Le indico a la persona que lo sigue que se acerque a la mesa para que entienda que se le ha acabado el tiempo y que tiene que marcharse.

De reojo, veo como se dirige a la salida.

«Hasta nunca».

Justo antes de llegar a la puerta, veo que se da la vuelta y que sonríe, pero no a mí. Está sonriendo al ver otra cosa o, tal vez, a otra persona. Levanta la mano y saluda a alguien.

Por un momento me siento aliviada al comprobar que he dejado de ser su centro de atención.

Empiezo a apartar la mirada, pero siento un impulso fuerte que me obliga a mirar de nuevo. ¿Por qué iba a hablar con alguien de aquí? ¿A quién puede conocer? ¿Le habrá hablado a alguien de nosotros?

Alargo el cuello porque la lectora que tengo delante no me deja ver de quién se trata. Veo que una mujer camina hacia él, que también va a su encuentro.

«Nora».

Le está sonriendo con un atolondramiento que hace que se me encoja el estómago. Lo último que necesito es que empiece a manipularla a ella ahora.

Continúan andando el uno hacia el otro y yo trato de seguir la escena, pero dos personas más se plantan ante mí y me bloquean la vista por completo. No me queda más remedio que prestarles atención, aunque por dentro siento la necesidad de llamar a Nora a gritos para prevenirla, para avisarla de que se aleje de él antes de que caiga en la trampa de su sonrisa de encantador de serpientes.

«Y una mierda voy a consentir que juegue con ella como hizo conmigo».

Me asalta una idea terrorífica.

«¿Y si no soy la primera escritora con la que juega?».

¿Y si no es la primera vez que lo hace? ¿Y si es un acosador de escritoras en serie? Lo veo muy capaz y, por lo que parece, ha elegido a mi amiga como su próxima víctima. Si ha visto mis vídeos, habrá visto también los de Nora.

«¿Cómo no se me había ocurrido antes?».

Sonrío a la cámara cuando me piden fotos, y, cuando vuelvo a buscar a Nora, no la encuentro. Firmo varios libros más mientras busco a Saint. Sigo pendiente de los dos mientras firmo los libros de los últimos lectores de la fila. Me siento culpable por no haberle prestado más atención a Nora. He tenido que echar mano de toda mi fuerza de voluntad para no salir corriendo y apartar a Nora de ese monstruo.

Cuando la última persona de la cola se marcha, la directora de la tienda se acerca con dos empleados que cargan los libros que han sobrado para que los firme.

—¿Puedo tomarme un descanso primero?

—Claro —me responde.

Voy directa a la salida y no hago caso cuando oigo que una lectora me llama. Es algo que no haría en otras circunstancias, pero estoy preocupada por Nora y no puedo